【台灣篇】

兒童戲劇

陳晞如 監製

改編‧實驗‧創作

序／說書人的話

　　民國六十年，台灣兒童劇運誕生。其風潮揭起於中國戲劇藝術中心「兒童戲劇研習會」，八十位國中小學教師結訓時所創作之劇本，其量可觀，蔚為景象。

　　溯及歷史，教師編創兒童劇本，其來有自。而參與本書的成員，同樣來自各學齡層的教師，唯獨與前二冊之不同，是地理版圖的遷徙，由噶瑪蘭旅行到了古都府城。而無論東南經緯，在台灣兒童劇本發展的流程中，教師寫手從不缺席。

　　十年之後再譜第三部曲-台灣篇，在悠悠時間的長河中，再續前緣，更感不易。即使期間陸續有兒童戲劇課程的開設，但因課程時數短促，師生聚合緣分不足。直到去年，教育部精緻師培「故事劇場」課程（台南大學承辦）成立，為期三十六小時，期末時，以小組聯合創作的方式集體創演故事劇場小品，使參與者在理論與劇場實務中貫穿運用於所學，充分享受學習實踐的樂趣。然而，曲終人未散，繼而意猶未盡的是大伙企圖探索各自獨立編創劇本的可行性。於是，非正式的劇本創作課程，在咖啡廳、茶館、圖書館和我的研究室延續展開。

　　以台灣為主軸的創作主題，係此次參與出版的九位教師作家共同討論所擬定，她們想透過劇本說演台灣的故事，當中包含之於兒童文化的現象與觀察。昭蓉、敏菁、念柵、怡瑄、珮如是以童年成長地為題材，歷史故事為背景，透過文獻蒐集、田野調查與專家訪談，尋找創作靈感；青佩、淑萍改編傳統故

事，以端正兒童德行為訴求，古今版本的閱讀與考證構成台語書寫的首次嘗試；至淨編創的萌發來自於旅行，從深度挖掘文史資料的過程中，衍生之於寶島故事的好奇與探索；宛儒改編了台灣圖畫書作家劉旭恭的作品，圖像文字化的挑戰，促使其不斷透過自我經驗與實際接觸觀察，尋找人物資料，從中發展角色關係。

本書的另項實驗是劇本試讀。此項共識形成的原因是－兒童戲劇服務的觀眾是兒童，劇本理因如此。因此，每部劇本的初稿形成時，作者便在校園辦理試讀大會，邀請兒童讀者讀劇，從中獲得改進，也提醒自己的筆觸需維繫在兒童理解的對等關係。

對於這些位新手作者群而言，劇本創作其實是一種人生的拓荒，腸思枯竭之時，就是等待了，若真還有些什麼，就是彼此間的陪伴與鼓勵。在此，特別感謝我的老師林文寶教授，支持本書出版，無形中給了我們一種使命感。

陳晞如

2015立冬・台南榮譽

目　次

龍喉傳說

作者：江敏菁

劇本大綱

改編自麻豆民間傳說

【麻豆民間傳說】

傳說清朝乾隆年間，唐山地理師行經麻豆，發現水堀頭附近有誕生帝王之徵象，便上奏清廷，清帝大驚，命堪輿師破壞此地靈氣。遂佯稱興建水堀頭橋以利民行，實際上是假借建橋之名，遂行其陰敗地理之實。堪輿師遂指揮地方父老，以製糖用的石轆及巨石，鎮壓水堀頭的龍喉要害，由於水堀頭為一吉穴所在，扼龍喉要位，泉水頓時變成紅色，原為麻豆最繁華的港市，從此災變頻傳，並使坐鎮水堀頭龍穴的五府王爺易狩他鄉⋯⋯。

【演出長度】50~60分鐘
【演出形式】舞台劇
【建議年齡】10~15歲
【劇本大綱】

小伶、小俐姐妹兩人搭著公車到麻豆戲院看電影，卻因下錯車站來到一間歇業多時的電姬戲院，兩人因此發生爭執，而在過程中意外跌倒陷入昏迷來到不同的世界。在這裡遇到一名自稱龍音的神祕女子，姐妹兩人與龍音從原本的萍水相逢進而了解

兒童戲劇：改編‧實驗‧創作【台灣篇】

龍音的過往，更走入了台南麻豆的歷史。

【人物表】（依出場序排列）

✓ 小伶　小俐的姐姐，12歲，謹慎、責任心重

✓ 小俐　小伶的妹妹，10歲，喜愛問問題、追根究柢

✓ 公車司機

✓ 謎之聲／雲兒　龍音的隨從、雲朵的化身，身上的色彩會反映出自身的情緒

✓ 神祕女子／龍音　水掘頭龍穴的主人翁，生性溫柔仁慈

✓ 阿好嬸　阿土伯的鄰居，性格熱情、喜歡幫助他人並出主意、有個大嗓門

✓ 阿土伯　雖有自己的想法但耳根子軟容易受他人影響

✓ 阿添師　奉皇上密令到臺灣找尋龍穴並將其破壞的地理師

✓ 阿三　阿添師的徒弟，聒噪並老愛插嘴

✓ 工人們

劇本

第一場

＊舞台燈亮

＊場景：公車上

△車上廣播響起：下一站，一商前（國語）。下一站，一商前（台語）。

小伶：醒醒！欸，醒醒！你睡夠了沒？小俐（搖晃妹妹小俐）。

小俐：嗯？（夢中呻吟，又繼續睡）

△ 車上廣播響起：下一站，戲院前（國語）。下一站，戲院前
（台語）。小伶連忙按下車鈴。

小伶：吼，起來了啦！別睡了（拍打妹妹小俐）。

小俐：唉呦，妳又打我了，很痛耶！（揉揉惺忪的眼睛）。

小伶：我們快到了，你再不起來，我就不理你了喔！

小俐：（睜大眼）是喔，我醒來了啦！要準備下車了嗎？

小伶：對啦！快一點！（不耐狀）

△ 公車停，車門開啟，姐妹兩人刷卡下車。

小伶、小俐：謝謝司機叔叔。

司機叔叔：不客氣。

＊場景：電姬戲院前

△ 小俐若有所思的跟著姐姐下車，下車後，小伶因為眼前陌生
的景色而感到十分疑惑、不解。

小俐：姊，我剛剛在車上做了一個好奇怪的夢喔！（拉拉小伶
的衣角）

小伶：是喔，什麼夢啊？（東張西望看著周遭的景象，敷衍似
的與小俐對話）

小俐：我看到天空有著美麗的雲彩，雲裡頭有個很像蛇的東西
在游泳耶！（回憶貌）

小伶：是喔！

小俐：是啊，那雲彩真的很漂亮喔！

小伶：喔，我知道了，你能不能先別說話，我要查一下這裡到
底是哪裡？

小俐：（東張西望）哇！這間戲院看起來好舊喔！而且沒開吧？

小伶：奇怪，我們是要到麻豆戲院耶！我上次來的時候不是長

這樣啊！（自言自語貌，開始滑手機）

小俐：麻豆戲院？我們現在就在麻豆的「戲院前」，站牌上面也是這樣寫（指著公車站牌）。而且，妳看，這裡的確是家戲院喔！（指著電姬戲院）所以，我們已經到麻豆戲院啦！

小伶：（煩躁樣）我們是在麻豆沒錯，可是我們是要去麻豆戲院。

小俐：（思考狀）嗯？既然我們是在麻豆的話，這又是間戲院，那我們就是在麻豆戲院了啊！

小伶：妳很煩耶！我們是要去麻豆戲院，「麻豆戲院」是戲院的名字，不是這家電姬戲院。

小俐：唉呦，我知道了，你早點說啊！我還以為你說的是指麻豆的戲院呢！

小伶：對，妳好厲害、好棒棒，給妳拍拍手，行不行？（作勢拍手貌）

小俐：唉呦！妳這樣稱讚我，我會害羞的啦！（假裝害羞貌）

小伶：夠了沒？少噁心了，快走吧！（不耐煩）

△ 小伶強行拉起小俐的手往前走，小俐則抗拒。

小俐：妳不要拉我啦！會痛耶，是要走去哪？

△ 小伶依然強拉著小俐的手，還加重了拉扯的力道。

小伶：我們公車下錯站了，應該要在前兩站下車才對。妳快一點行不行？妳常常都這樣拖拖拉拉，我們會趕不上電影開演的時間。

△ 小俐更加拚命掙扎，要掙脫姐姐的掌控。

小俐：妳放開我！就算趕不上又不是我的問題，是妳自己說要坐到這一站的耶！（一手指著公車站牌）

△ 小伶生氣的甩開小俐的手，小俐腳步一時不穩，小伶往小俐

逼近。

小伶：你這樣說的意思是我的錯囉？

小俐：反正，反正不是我的錯就對了！

小伶：對，不是妳的錯！妳什麼錯都沒有，也什麼事都沒有
　　　做。妳只會一直問，一直問，問什麼時候要去看電影？
　　　要搭幾點的公車？搭到哪？麻豆有什麼好吃的嗎？妳
　　　說，妳除了問問題之外，妳做了什麼？

△ 面對生氣的姐姐，小俐害怕的往後退，但小伶依然不停向她
　　逼近。

小俐：我……，可是……，我想說……。

小伶：我想說？想說什麼？妳還想要說什麼？又想跟媽媽打小
　　　報告說我兇妳是不是？

△ 小俐持續往後退，這時不小心踩到小石頭，腳一滑便向後跌。

小俐：我……，啊！

小伶：小俐！

△ 小伶見狀，連忙衝上前想拉住妹妹，但卻也跟著跌倒在地。

＊ 舞台燈暗

第二場

＊ 場景：日治時期 1940 年 電姬戲院前

＊ 舞台燈亮

△ 人來人往的街道上，有攤販叫賣著商品，賣著涼水、豆花
　　等。小伶慢慢醒了過來，而小俐依然躺在地上。

小伶：好痛（摸著自己撞傷的地方）。

兒童戲劇：改編・實驗・創作【台灣篇】

△ 發現妹妹躺在地上時，小伶緊張的搖晃妹妹，試圖要喚醒
　她，但小俐一動也不動。

小伶：小俐，小俐，你醒醒，你沒事吧！

△ 突然從空中傳來說話的聲音。

謎之聲：放心啦！他沒事的。

小伶：（瞪大了眼睛，護著躺在地上的妹妹，東張西望想找出
　誰在說話）誰？誰？是誰在說話？

謎之聲：誰在說話？是我啊！

小伶：你是誰？你在哪裡？快出來！

謎之聲：我就在你旁邊啊！對了，現在的我，你是看不見的。

小伶：現……現在可是白天，你快出來，少在那邊裝神弄鬼的
　喔！我警告你。

謎之聲：嘿嘿嘿，現在白天又怎樣？就算是正中午我也不怕
　喔！（聲音朝兩人接近）

小伶：你……你不要過來，你快走開，你走開！（轉身趴在妹
　妹小俐身上）

神祕女子：小妹妹，你沒事吧？（輕輕拍著小伶）

△ 小伶驚嚇到整個人彈了起來，並戒備著看著眼前陌生的女子。

神祕女子：你還好吧，需要幫忙嗎？

小伶：我……有個奇怪的聲音（害怕的東張西望），現在聲音
　不見了。

神祕女子：是嗎？

小伶：嗯，現在沒有聽見了（鬆了口氣），啊！我妹妹！我妹
　妹她叫不醒（欲哭貌）。

神祕女子：放心，你妹妹他……（被打斷）。

謎之聲：哎呀，就跟你說你妹妹沒事的，緊張什麼？

一一

小伶：啊！有鬼，奇怪的聲音又出現了（緊張到抓著龍音的衣服不放）。

神祕女子：沒事的，那奇怪的聲音是……（手忙腳亂的安慰小伶，說話又被打斷）。

謎之聲：對，有鬼，我是鬼，我是鬼，我是鬼喔！（聲音忽遠忽近，忽大忽小）

小伶：不要啊！不要過來，不要過來（抱著龍音，大哭起來）。

神祕女子：夠了，雲兒！不要再嚇人了（對著空氣大喊）。沒事的，你別哭了，是雲兒不好，常常躲起來開別人的玩笑，他鬧著你玩的（不停安慰小伶）。

小伶：雲兒？他是誰？為什麼我看不見他在哪裡？我明明聽到他的聲音就在附近（驚恐貌）。

神祕女子：這……好，我請他出來，但他不會傷害你，你不要害怕。

小伶：不要不要，我會怕，你不要讓他出來！

雲兒：嘿！沒禮貌，是你自己看不見我的。

△ 憑空緩緩出現一縷縷白煙並慢慢凝聚成一團。

小伶：啊！（拉長音）鬼出現了！

雲兒：沒禮貌，沒禮貌！我剛剛是故意嚇你的，我才不是鬼呢！

△ 此時躺在地上的小俐醒了過來，坐起身來，摸摸撞疼的頭。看著姐姐緊抓著陌生女子及一團雲狀物。

小俐：哇！有棉花糖！看起來好好吃喔！

小伶：（猛然回頭看著妹妹，拉高音調）小俐，你醒囉？

雲兒：嘿！沒禮貌，沒禮貌！說誰是棉花糖啊？

小俐：哇！姐姐，你去哪裡買來的棉花糖啊？居然還會說話呢！

雲兒：什麼？我才不是什麼棉花糖，龍音，你也幫我說說話。

龍音：這，嗯？他不是鬼，也不是棉花糖，他叫雲兒。

雲兒：是呀，我可是有個好聽的名字，我叫雲兒。

小伶：（目瞪口呆）可是，真的好像棉花糖喔！

雲兒：我都說了我不是棉花糖！我有名字的！我叫雲兒，雲朵的雲，雲兒！

小俐：對呀，姐姐你也這麼覺得吧？而且是會說話的棉花糖，看起來好好吃喔！

△ 雲狀物由原本的白色逐漸轉變為粉紅色又趨近紅色，並上下跳動。

雲兒：沒禮貌，什麼看起來好好吃？我才不是棉花糖，我是雲兒。

小俐：而且還變成粉色的棉花糖呢！是草莓口味的嗎？

雲兒：不！我不是棉花糖，棉花糖怎麼可能會說話？而且我也不是草莓口味的！我才不是棉花糖，嗚嗚嗚……。

△ 雲兒又由紅轉灰至黑，開始下起雨來。

雲兒：（抽咽）我有名字，我是雲兒，才不是棉花糖，也不是什麼草莓口味的，妳們都欺負我，哇！（大哭）

龍音：好了，雲兒，別哭了，這有什麼好哭的呢？

雲兒：好，不哭就不哭，哼！棉花糖就棉花糖，就算我是棉花糖，我一口也不分給你們吃。

△ 雲兒恢復成白色的外貌並飄到龍音身邊，龍音協助兩人起身站好。

小伶：這位姐姐，真是謝謝你，我們沒事了。（語氣轉遲疑）姐姐，雲兒到底是什麼東西？你又是什麼人呢？

小俐：對啊，雲兒是你的寵物嗎？好特別喔！

龍音：我的名字是龍音，他則是雲兒，算是我的朋友並不是

寵物。

小俐：（語氣驚奇）姐姐！路上的行人穿得好奇怪，而且，而且剛剛看起來很老舊的電姬戲院，現在不僅看起來很新穎，而且正在營業當中呢！

雲兒：哈，那你們還不好好感謝我們，若不是我們，你們哪有辦法見識到電姬戲院的繁華景象。

小伶：（緊張的握住妹妹的手，對著龍音說）姐姐，這到底是怎麼回事？你們到底是什麼人？

△雲兒突然膨脹並向姐妹兩人逼近，壓低聲音說話。

雲兒：哈哈哈，你猜錯囉，我們根本不是人，我們是妖怪！是會吃人的妖……。

△龍音單手一揮，打散了雲兒，雲兒從一團雲狀物變成四散的輕煙。

龍音：別亂嚇人，我只不過相對於人類而言，活得久一些而已。

△小俐驚愕的看著飄散的白煙又緩緩凝聚成雲狀。

小俐：（語氣遲疑）所以？姐姐妳是妖怪？

雲兒：（小聲嘀咕）拜託，都幾歲了，還姐姐？叫阿婆還差不多呢！

△龍音正要舉起手，雲兒連忙躲到小伶、小俐後頭。

小伶：那龍音姐姐，這到底是怎麼回事？你應該不會傷害我們吧？

小俐：龍音姐姐，既然你不是妖怪？那你是鬼嗎？啊！你姓龍，難不成你是一條龍？

△雲兒開始抖動狂笑，顏色多變。

小俐：我……我說錯話了嗎？

雲兒：一條龍……我還三合院或同花順呢！（夾雜笑聲）

△ 龍音摸著額頭，面帶苦笑。

龍音：沒錯，我確實是龍，龍不僅是我的姓氏，也是我的種族。

雲兒：而且，龍是一種很仁慈、善良的動物，就算自己受到傷害也絕對不忍心去害別人，所以你們可以放心，不會害你們的。

△ 雲兒又恢復成原本的白色。

雲兒：龍音，他被麻豆這塊土地所養育長大，也可以說是這裡的守護神，只是以前發生一場意外，所以……。

△ 龍音打斷雲兒的話，帶著些許的生氣。

龍音：夠了，雲兒你太多嘴了。

小俐：怎麼了？龍音姐姐，以前發生過什麼事嗎？是不能讓我們知道的事嗎？

小伶：是啊！雲兒所說的一場意外，到底是什麼意外？

△ 龍音面有難色，語氣帶有猶豫。

龍音：這……。

雲兒：說啊！這又沒關係，反正歷史上也都有記載了。

龍音：唉，不是我不想告訴你們，而是我實在不想去回憶這件事。

＊舞台燈暗

第三場

＊舞台燈亮

＊場景：清朝乾隆時期的麻豆、阿土伯家、院子裡

△ 阿好嬸扯著嗓門進到阿土伯家的院內，而阿土伯正坐在榕樹下剝著花生殼。

阿好嬸：阿土欸！阿土欸！你到底決定好了沒？

阿土伯：小聲點，小聲點，我還沒耳聾，你不用那麼大聲。

阿好嬸：唉呀，你到底決定好了沒？你猶豫半天，到底是要賣還是不賣？

阿土伯：（沉默一會）那土地是祖先留下來要傳給後代子孫的，怎麼能賣呢？

阿好嬸：你這樣說也沒錯，不過，你只要把地賣一賣，就不怕沒錢幫阿土嬸請大夫看病了。

阿土伯：唉，不是怕沒錢請大夫，而是都已經看過不少大夫了，也都沒用啊！

阿好嬸：話是這麼說沒錯啦！啊！我知道了，有沒有可能是你家風水出了問題？

所以阿土嬸的病一直好不了？

阿土伯：拜託，生病就生病，也要跟風水扯上關係？

阿好嬸：沒啦！你怎麼可以這麼說，這風水會關係到我們和我們的下一代，這很重要的。我聽人說，城裡來了一個厲害的地理師，要不然請他來幫你看看？你覺得如何？

阿土伯：唉！你這個女人怎麼這樣？聽人說，聽人說！你是沒聽人說「算命嘴胡磊磊」（台語）？那地理師的嘴說出來的話是不能相信的！

△阿好嬸強拉起阿土伯帶著他往院子外走。

阿好嬸：走啦走啦！我來幫你打聽，你聽我的準沒錯，死馬總是要當活馬醫，你沒試過怎麼會知道有沒有用？

＊舞台燈漸暗，場景轉換，麻豆水崛頭

△阿好嬸為阿土伯介紹唐山來的地理師，而阿添師的弟子阿三隨侍在左右。

阿好嬸：（介紹阿添師）來，阿土我為你介紹，這位是從唐山

過海來，上知天文下知地理的阿添師。（介紹阿土伯）
這一位則是要請你看這塊地的地理的阿土伯。

阿三：欸？啊我勒？怎麼沒介紹我？

阿好嬸：（遲疑）噢，你是……。

阿三：哼，連我是誰你也不曉得，我可是從唐山過海而來，上知天文下知地理的阿……添師的徒弟阿三。

阿添師：（故意）咳咳咳。

阿三：（獻殷勤）師父，怎麼了？要水嗎？

阿添師：咳咳，你自我介紹完了沒？

阿三：介紹完了，介紹完了（諂媚的笑臉）。

△阿土伯小聲嘀咕，但還是被耳尖的阿三聽到。

阿土伯：上知天文下知地理？這麼屬害在唐山就好，過海跑來臺灣要做什麼？

阿三：嘿，這位鄉下俗，你是在那邊碎碎唸，是唸些什麼？我跟你說，我師父是很屬害的，就是因為屬害才會被派到這邊來看地理！

△阿添師貌似嚴肅的阻止阿三。

阿添師：阿三，別多話！

阿三：師父，這個鄉下俗竟然看不起師父你，這口氣我怎麼吞得下去，師父你可是皇……。

△阿添師打斷阿三的話，對阿土伯陪笑臉、道不是。

阿添師：阿三，閉嘴！

阿添師：（拱手作揖）阿土伯真是不好意思，我這個徒弟年紀還小，不太懂事，希望你大人有大量別跟小孩計較。

阿土伯：（別過頭）哼！

△阿好嬸打圓場。

阿好嬸：好了好了！阿土伯，我們不是來這跟小孩吵架的，我
們先辦正事吧！

△阿土伯神情軟化，但依舊沉默不語。

阿添師：阿好嬸，你說要請我看地理的土地就是在這裡嗎？

阿好嬸：是阿！就是這裡，你看，看看這裡的地理如何？

△阿三趕緊掏出羅盤，遞給阿添師。阿添師一面盯著羅盤，時
而驚奇，時而低頭沉思的這邊看看，那邊瞧瞧

阿添師（自言自語）：這……真是個好地方阿！

△阿好嬸在旁感到很心急，想知道結果究竟如何？而阿三因師父
的反應有別以往，也很心急的守在師父的身旁想知道結果。

阿添師：莫非……。

阿三（小聲）：師父！師父！莫非什麼？難不成……我們找到
了嗎？

阿好嬸：欸——，你們在那邊嘀嘀咕咕，是在說什麼？怎麼不
說大聲點給我們聽？

△阿土伯扯扯阿好嬸的衣服。

阿土伯：好了啦！沒看地理也沒關係，我們還是回去吧！

△阿土伯要轉身離開，卻讓阿添師叫住了。

阿添師：阿土伯請等一下，這塊地是你的嗎？

阿土伯：沒錯，有什麼事情嗎？

阿好嬸：阿添師，你看的結果如何？也說一下吧！

阿三：是啊！師父，你很少看那麼久，這裡是我們要找的那塊
地嗎？

△阿土伯皺起了眉頭。

阿土伯：你們是要找什麼？這地是我的！我是不會賣的！

△阿三知道自己又說錯話了，連忙向阿土伯澄清，賠不是。

阿三：沒啦！阿土伯你誤會了！我是在問師父這地理看得如何啦！

阿好嬸：嘿阿！師父阿！你到底看得如何？也說一下吧！

阿添師：阿土伯、阿好嬸，你們的這塊地真的是塊寶地！只要擁有這塊地，你的家人不但身體都很健康，你的後代保證個個大富大貴！

阿好嬸：真的嗎？不過……（看了阿土伯一眼）。

阿土伯：哼！你看，我早就跟你說過不管什麼算命師、地理師也好，那張嘴說出來的話是不能相信的。

阿好嬸：阿土伯，你別這樣，這唐山來厲害的地理師絕對不會有什麼問題的！這……這其中一定有什麼誤會。

阿好嬸：阿添師，如果這塊地真的像你說得那麼好，那為什麼阿土嬸生病那麼久，不管看過多少大夫、吃過多少藥，病情一直都沒有好轉？

阿添師：因為我話還沒說完，這塊寶地好是好，但，就差在一個地方。

阿好嬸：差在一個地方？是差在那裡？師父！你要把話說清楚，你這樣會急死人的。

△阿三比畫著往土裡插木棍的動作。

阿三：對阿！師父，插在一個地方？插竹竿嗎？你是要插在哪裡？你說清楚一點，我來準備。

阿添師：你是要準備什麼？我說的差在一個地方是指壞在一個地方，不是要你插竹竿。

阿三：喔──（拉長音），真是不好意思，我聽錯了啦！

阿添師：你們看，這塊地上有個湖。

阿好嬸：那個湖很漂亮啊！有什麼問題嗎？

阿添師：這問題可大了！這個湖泊代表著水淤積而不通，這若

是不解決，即使原本健健康康的人，也會被疾病纏身，身體早晚會出問題。到了這個時候，就算有再多的錢也救不了。

阿好嬸：（大聲）就是這樣啦！阿土伯！阿土嬸就是因為這樣，所以才會不管看多少大夫，吃多少藥都沒用！

阿土伯：阿好嬸，妳別聽他們胡言亂語，走啦，我們回去了！

△ 阿三伸手攔住他們，恐嚇兩人。

阿三：我跟你們說，我師父真的很厲害，你看，你家都有人長期臥病在床了，你還不信邪，到時候……輪到你的話，後悔可就來不及了！而且，嚴重一點的話，說不定……連鄰居也一起拖下水喔！

△ 阿好嬸很緊張的急扯著阿土伯的衣服。

阿好嬸：阿土伯，我還想活久一點啊！問看看師父到底要怎麼解決才好啊！

阿土伯：你這樣也相信？你這個女人，唉！我實在是說不過你啊！

△ 阿好嬸轉向阿添師不停向他請求該如何是好。

阿添師：嗯（拉長音），這問題也不是沒有解決的方法，只不過……。

阿好嬸：只不過？只不過什麼？阿添師，你快說！別再神神祕祕了。

阿添師：好吧！看在你我相逢就是有緣的份上，那我就幫你們一把吧！只不過，你們要照著我說的話去做才行。

阿好嬸：好好好！你說什麼，我們就做什麼，阿土伯你還不快點來謝謝師父。

阿土伯：（無奈狀）好啦，師父那就麻煩你了！

＊ 舞台燈暗

第四場

＊場景：麻豆水堀頭

＊舞台燈亮

△阿添師和徒弟阿三在湖邊談話，旁邊一群工人正忙著滾動大石頭及石車，場面吵雜混亂。

阿三：師父阿！這塊地到底怎麼了？我到現在還不曉得你發現什麼？

阿添師：阿三，你還記得我們為什麼千里迢迢過海來到這？

阿三：我當然知道啊！因為麻豆這塊土地以後有可能會出皇帝，所以我們奉著皇上的命令來這裡破壞麻豆的風水啊！

阿添師：嗯……。

△阿三瞪大眼睛看著師父，緊接著東張西望四處觀看。

阿三：師父，難不成……我們已經找到了？

阿添師：沒錯！（大笑）我們已經找到了，真的是踏破鐵鞋無覓處，得來全不費工夫。

阿三：師父，你怎麼可以說是得來不費工夫？我歷經千辛萬苦陪著你過海來到這裡，我都不知道我在船上到底吐了多少次了？

阿三：所以，這塊地，就是我們要找的龍穴？

阿添師：不能說是這塊地，而是我們眼前這個湖。

阿三：什麼？這個湖？（誇張的語氣及表情）

阿添師：沒錯，我剛剛確認過不少次，就是這裡沒錯！真沒想到，我們尋尋覓覓的龍穴居然是在湖底阿！

阿三：什麼？這個湖？（誇張的語氣及表情）

阿添師：沒錯，龍喉鳳穴天子氣，這個湖若是不處理，這裡早晚會出皇帝！

阿三：什麼？這個湖？（誇張的語氣及表情）

阿添師：……你是中邪是不是？是要「什麼？這個湖？」多少次？

△ 阿三尷尬的抓抓頭

阿三：沒啦！我只是很驚訝，不過師父剛剛不是跟阿土伯他們說這個湖的地理不好？

阿添師：你這個憨孩子（台語），如果不這麼說，他們會把這湖交給我們處理嗎？

阿三：不過，這樣對阿土伯他們好嗎？

阿添師：這也沒辦法，我們既然奉了皇上的命令，該辦的事情總是要辦，你自己想想看是皇上的命令重要，還是這些鄉下人重要？要是，讓皇上知道我們沒把這個龍穴破壞掉，你看看你這小命還保不保得住！

△ 阿三緊張的吞吞口水，摸摸自己的脖子。

阿三：師父，我的頭剛剛告訴我，它還是比較喜歡黏在我的脖子上啦！

△ 阿土伯、阿好嬸朝阿添師走了過來。

阿土伯：你要的大石頭和人手我都找來了，連榨甘蔗用的石車也搬來了，你用這些東西到底要做什麼？

阿添師：造橋。

阿好嬸：什麼？造橋？造橋就能解決剛剛說的問題？

阿添師：沒錯，就是造橋，橋，專門讓人互通有無，這裡的地勢低，我們就算清也沒辦法把這些淤積的水排乾，倒不如蓋

座橋，用橋代表性的把這些淤積的水氣排泄出去。

阿土伯：既然這樣，怎麼不乾脆挖條溝渠？

阿好嬸：阿土伯，人家師父都這麼說了，你要排水也很難排乾淨啊！

阿三：是阿，萬一一個不小心，湖水沒有排出去反而擴散開來，你等於把那些壞東西散到四周去，到時候影響到左鄰右舍，看你要怎麼辦？

阿土伯：唉，好吧！就照你們的意思去辦吧！

阿添師：好，等等你們吩咐那些工人，把全部的石車和石頭推入湖裡，一個也不能剩，全部都要推下去。

阿土伯：什麼？推入湖裡？為什麼？我們不是要造橋嗎？

阿添師：沒錯，只是這裡的土質鬆軟，地基不穩，所以我們要先填些石頭，讓地基穩一點。阿土伯，你也希望你老婆的身體可以快點好起來，對吧？既然如此，你就好好做，聽我指揮就好。

阿好嬸：好好好，沒問題，你放心吧！阿添師。我去吩咐那些工人手腳勤快些，阿土伯，我們快走吧！

△ 阿好嬸拉著阿土伯快步離去，並要求工人將石塊推入湖裡。

阿三：師父！那些石頭？我們造橋到底是為什麼？

阿添師：剛剛說過了，這是個龍喉，我們在龍喉上面造個橋就等於……。

阿三：等於什麼？

△ 阿添師瞪了阿三一眼。

阿添師：你這個孩子，跟你說過很多次了，你怎麼都改不了插嘴的壞毛病！

阿三：對不起啦！師父，我實在是忍不住很想知道啊！

阿添師：唉，我們在龍喉上造橋等於在這隻龍的喉嚨上劃了一刀。

阿三：劃了一刀？不就是穩死的？

阿添師：哼哼哼，就算沒死也去了半條命了吧！

阿三：這樣，那些石頭是要做甚麼用的？

阿添師：在造橋之前，我們要先用石頭鎮住他，免得被他跑了另起爐灶，這下我們就頭大了。

阿三：原來是這樣，我看那邊石頭準備了真不少，到底是有多少啊？

阿添師：全部要有108粒才可以，代表36天罡72地煞，唯有這樣才有辦法鎮住他。

△ 湖邊工人們在阿好嬸的指揮下，正奮力將石頭往湖裡推，阿土伯則顯得猶豫不決。

阿好嬸：那邊那邊，快！快把這些全部推下去。

阿土伯：阿好嬸，我的眼皮一直跳，心裡很不安總覺得這樣不好，我知道你是為阿土嬸好，不過我相信這一切都是天命，我們實在沒必要因為這樣在這個湖上蓋座橋。

阿好嬸：你說那什麼話？造橋也沒不好啊！以後閒來無事就可以到橋上走走，看看風景啊！

阿土伯：這，可是……。

阿好嬸：別這個那個了，要不然你去旁邊坐著休息，這裡我來指揮就好！

△ 阿土伯到一旁休息，而湖邊的工人們正忙著使力一一將巨石滾到湖裡。

工人1：小心小心，要推下去了！

工人2：好好好，來，123！

△ 工人陸續將石塊推下湖裡，伴隨著石塊落水的撲通聲，天氣也起了變化，烏雲逐漸密布、風也慢慢大了起來。

阿好嬸：真奇怪，剛剛天氣明明還好好的，怎麼說變就變？

阿三：師父！起風啊！這是不是不太對勁？

△ 阿添師觀看天氣的變化，表情逐漸凝重了起來，連忙指揮工人加緊工作進度。

阿添師：快！快一點！

△ 眾人受突然轉變的天氣及阿添師語帶緊張的催促聲不免也跟著緊張起來，加快速度的趕工，而阿土伯則因此更加覺得內心不安而回到的湖邊察看。雲更密，天色整個暗了下來，風也刮得更強勁。

工人1：怎麼會這樣？這天氣太詭異了吧！

工人2：嘿阿！我也覺得怪怪的？啊！（大叫）

△ 這時工人看到湖面出現了變化，原本被石塊弄混濁的湖水居然出現了一絲絲的血色，並逐漸擴大範圍。

阿添師：（心急）快！還差一些，再把這些推下去就好了！

△ 阿好嬸因工人的驚叫聲而到湖邊觀看，阿土伯也小跑步趕來一看究竟。

阿好嬸：天啊！到底是發生什麼事！

阿土伯：這……怎麼整個湖水都變紅了？怎麼會這樣？

△ 風越刮越強勁，幾乎快讓人站不住腳，阿土伯像是被驚醒似的，往阿添師的方向跑去。

阿三：師父！這到底是發生什麼事了？

阿添師：阿三，快！快！還剩下一個，再把這一個推下去就成功了！

阿三：好，來，12！

阿土伯：不，住手！你們別再推了，不要再推石頭下去了！快住手！

阿添師：已經來不及了，你閃一邊！別誤了我們的大事，這件事情萬一失敗了可要被斬頭的！

△ 阿添師伸手用力推了阿土伯一把，阿土伯跌倒在地且大喊了一聲。除了阿添師等三人，眾人皆因這不尋常的天氣變化和染紅的湖水而驚呆了，這時湖水開始翻騰，水花不斷拍打上岸，湖中央開始出現漩渦，範圍越來越大。

阿添師、阿三（使力推動大石頭）：快！123！123！下去了！

眾人：啊！（大聲喊叫）

△ 阿添師說完後，無力的癱坐在地上，無視周遭眾人的喧嘩聲。

阿添師：結果，還是被跑掉了，莫非這是天意嗎？

＊ 舞台燈暗

第五場

＊ 場景：日治時期 1940年 電姬戲院裡

＊ 舞台燈亮

△ 姐妹兩人與龍音一行人坐在電影院裡頭，小俐既心急又緊張的拉著龍音的衣袖。

小俐：然後呢？接下來呢？後來怎麼了？

龍音：接下來……。

雲兒：（插嘴）唉！你這小孩到底是笨還是聰明？只會問問題，到底有沒有動腦想想看啊？

小俐：（嘟著嘴）我……。

龍音：他只是個孩子，你何必那麼兇呢？

△ 雲兒激烈的上下跳動，顏色逐漸轉變為紅色，體積也逐漸變大。

雲兒：龍音，你就是這樣，以前如此，現在依然如此！那個臭地理師差點害死你，你現在還是一直護著人類。

△ 龍音略微尷尬的摸摸鼻子並試圖轉移話題，接著一行人起身準備離開戲院。

龍音：該看的過去也看了，我們該離開這裡了。

小伶：龍音姐姐，你還好嗎？

龍音：我……。

雲兒：（插嘴）還好嗎？當然是不好啊！拜託，不只是痛，而是快痛死了！你能想像那麼多顆大石頭砸在身上的感覺嗎？你……。

△ 雲兒還想繼續說下去，卻讓龍音給打斷了。

龍音：好了，都已經是過去的事情了，你別多說了。

龍音：你看，小伶，我現在不正是好端端的在這與你們說話嗎？我當然沒事啦！

△ 雲兒看龍音不願意讓他繼續講下去，便生氣的自言自語。

雲兒：哼！休息了好幾百年才逐漸好轉，還好意思說沒事？也不想想當初如果不是我硬逼著你離開，你才有辦法在這裡跟人聊天，要不然就等著被埋在那池子裡，也不曉得會埋到什麼時候？

△ 雲兒越想越氣憤，自言自語的音量越來越大聲，還不停的四處飄移、晃動。龍音無奈、姐妹兩人則是錯愕的看著雲兒，三人低聲交頭接耳。

雲兒：而且也不想想從頭到尾是誰一直陪在你身邊？是我，是我雲兒耶！我對你那麼死心蹋地，你還欺負我，還讓別

人幫我取棉花糖的綽號，還草莓口味的，我根本就不喜歡草莓。

小俐：（小聲）天啊！龍音姐姐，雲兒好會碎碎念喔！感覺跟我媽媽超像的，每次只要我媽媽講話卻沒人想理她時，她就會像雲兒這樣一邊講個不停，還會不停繞圈圈喔！

小伶：（小聲）小俐你自己還不是一樣，有時候根本沒人想理你，你也是在那邊自言自語、自問自答。

龍音：（笑）他只要生氣起來就會這樣，等一下就好了啦！不過也辛苦他了，陪了我那麼久的時間，除了我之外，沒有別人可以跟他說說話，也悶壞他了吧？

龍音：你們看看還想知道些什麼，就問雲兒吧！

小俐：（努了努嘴巴）可是他剛剛罵我耶！我不太敢問。

龍音：（掩嘴笑）他嘴巴雖然壞了一些，但其實很喜歡你問他問題喔！

小俐：（狐疑）是嗎？

龍音：當然，你不問？他就沒機會回答，就更沒機會說話啦！你試試看吧！

△雲兒還在不停飄移，絮絮叨叨的說著自己有多麼可憐。

小俐：（小小聲、怯怯的）雲兒，請問一下……。

△雲兒短暫停止移動，不一會兒又開始抱怨自己的處境。

小俐：（音量變大）雲兒，請問一下……。

△雲兒停止移動，且背對著其他三人。

雲兒：（自言自語）感覺好像有人在叫我，不過，哼！怎麼可能？大概是我聽錯了。

小俐：（扯開嗓門）雲兒，請問一下！

△龍音在一旁竊笑，雲兒轉向看著小俐。

雲兒：做什麼，做什麼？叫那麼大聲，你是以為我聽不見喔？哼！

小俐：雲兒，我想請問你一些問題，不知道可不可以？

雲兒：哼，你問題真的很多耶！怎麼那麼愛問啊？

龍音：那，小俐，你不要問他，有甚麼問題問我好了！

△雲兒遲疑了一下，欲言又止。

雲兒：什麼？我……。

△龍音對著小俐眨眨眼，打暗號。

小俐：可是，我比較想問雲兒耶！雲兒，我可以問你幾個問題嗎？

△雲兒鬆了一口氣。

雲兒：（雀躍）我雲兒很大方的、心胸很寬闊的，我大人不計小人過，你有什麼問題就快問吧！

小俐：我覺得很奇怪耶！那個地理師阿添師不是從唐山來嗎？

雲兒：嗯嗯，對啊！

小俐：我們社會課有教，唐山指的就是現在的中國，所以阿添師是特地大老遠從中國來，為了要破壞龍音姐姐所在的龍穴囉？

雲兒：嗯嗯，是啊！你的問題就這樣？

小伶：小俐，你直接問啦！你問問題常常都這樣繞圈子、拐彎抹角的。

小俐：好啦，我想問這裡跟唐山明明就離得那麼遠，可是為什麼那地理師會知道龍音姐姐的存在呢？

△雲兒看了龍音一眼，身上的顏色又緩緩起了變化漸趨灰黑色。

雲兒：我想，這多少和我有關吧！

龍音：龍這種生物，就如同書上所記載的「春分而登天，秋分

而潛淵」，我想應該就是在那一年的春天被發現的吧？

雲兒：嗯，在龍音昇天時，我也跟著一同被她創造出來，俗話說「雲從龍、風從虎」，龍音的身邊當然少不了我這個能幹的隨從囉！只是，大概是那時太開心了，你也知道我根本就藏不住喜怒哀樂，所以我們後來猜想可能是五彩斑斕的雲露了馬腳吧！不，龍音不是馬！是露出了龍腳！

△ 雲兒隨著話語的情緒變化，身上的顏色也時而改變。

龍音：雲兒，你可以說露出馬腳沒關係，可是你不要刻意拿我跟一匹馬做比較，好嗎？

小伶：這樣居然會被地理師發現，可見那景象一定十分壯觀華麗！

小俐：啊！姐姐，我今天就是夢到這個，我不是說了嗎？我看見有條蛇在空中游泳，你還不相信我說的話。

龍音：小俐，你說你有看見？

小俐：嗯！對啊，我夢到的。

雲兒：喔？原來你有夢到過，難怪你們有辦法到這裡來

小伶：小俐夢到你們跟我們到這裡來有什麼關係呢？

龍音：因為夢是通往其它世界最方便的路徑，只要來過一遍，下次再來就更加容易了。

小俐：那為什麼那一天，就是地理師推石頭下去的那一天，龍音姐姐不逃呢？

△ 雲兒開始變得激動。

雲兒：對啊！他真的很固執！他覺得這是天命，他要順天而行，不能逆天行道！所以一直撐到最後還遲遲不願意離開。

小俐：既然這樣，為什麼最後還是逃走了？

△ 雲兒生氣的瞪了小俐一眼，小俐縮了一下脖子。

雲兒：你這個壞小孩，你是希望你龍音姐姐死翹翹是不是？問

問題前，先動動腦好嗎？

龍音：（輕輕閉上眼）因為，我聽到了。我聽到他說：「快跑！」，那是用盡全身力氣、發自內心，希望我離開、活下去的聲音，這聲音讓我想到「是啊，我還有選擇的權利，就算我不反抗，但我還能逃走，而不是坐以待斃」。

龍音：（緩緩睜眼）所以，我拼上最後的力氣離開了，雖然受了傷，但我還是活了下來。

△ 沉默了一會。

小伶：你能活下來，真的是太好了！

龍音：我不知道究竟好不好？但我知道天空不再那麼藍，小溪不再清澈、魚蝦消失不見，萬物的聲音慢慢聽不清楚，大地開始悲鳴，而我卻活了下來，這樣真的好嗎？

△ 小俐鼓起勇氣大聲說，但語氣逐漸哽咽。

小俐：當然好，能活下，我們才有相見的機會啊！

△ 龍音靜靜的看著小俐，接著輕輕摟著她、摸摸她的頭，安慰她。

龍音：別哭了，我會活下去的，不管這片土地如何變化，只要有人把我記在心底，我就會永遠活下去，我會一直守著、看著你們，直到……我被遺忘的那一天。

小俐：（搖頭）不會的，我不會忘記你的，不會忘記的！

小伶：是啊，我也不會忘記的。

龍音：是嗎？可是，你們該離開了，在這裡待久了，對你們不是件好事。

小俐：可是，我們還能再見面嗎？

△ 此時颳起了一陣強風，將兩人吹得眼睛快睜不開來，在風中隱約聽見龍音的回答。

龍音：也許會。

△ 強風漸漸和緩並停止，而風中也不見小伶、小俐兩人的身影。

龍音：也許不會……。

＊ 舞台燈漸暗

＊ 舞台燈漸亮

＊ 現代，電姬戲院前，馬路上車輛來來往往

△ 姐妹兩人呆坐在地上，默默無語。

小俐：姐。

小伶：什麼事啊？

小俐：我剛剛……好像做了一個夢耶。

△ 小伶一臉奇妙的表情看著小俐。

小伶：我，我也是耶！我們真的是在做夢嗎？

小俐：唉呀，沒關係啦，反正人家說夢如人生，人生如夢嘛！

小伶：是戲如人生，人生如戲才對吧！

小俐：姐姐，你要學習大人不計小人過啊！或許，我們下次會
　　　再夢到今天的夢也說不定喔！

＊ 舞台燈漸暗

劇終

創作緣起

【編劇介紹】

　　從小就喜歡看書，認為一個好的故事可以讓讀者隨著文字進到書中的世界，在這個世界中隨著文字、跟著想像可以自在的遨遊，雖然自己現實的生活並不像書中世界如此豐富及多元，但因養了兩隻個性各異其趣的貓咪及在擔任自我戲稱要跟小孩比腦力的國小教師，也能開創出充滿趣味的每一天。

【發想】

　　自小就在麻豆這塊土地上生活，隨著年紀的增長卻越加發現對於這塊土地的過往更加陌生，因此藉由這次的劇本創作嘗試將麻豆的歷史帶入其中。在劇本裡頭除了介紹到水崛頭的龍穴寶地之外，還放入了「電姬戲院」，因為在臺南市裡麻豆戲院還算有一定的知名度，可是富含歷史意義及獨特建築風格的電姬戲院相較寂寂無名，雖然它並非此劇本中的要角，但還是想藉著這間戲院帶領大家走入麻豆歷史。

【參加故事劇場的動機與啟發】

「故事」二字向來對我就有很深的吸引力且因為工作的關係，也希望自己能成為一位讓聽眾能專注聆聽的說書人，因此當我從朋友－青佩那兒得知臺南大學故事劇場開課的消息，兩人商量後決定抱著犧牲假日的心情報名了此課程，當然也非常開心能夠錄取！

而數禮拜的課程內容十分豐富，更超乎我原先的預期，其中無論是讀劇、四格漫畫、肢體表演等不僅有趣更能與平時的教學相結合，像是請學生用肢體動作來表演職業時，他們必須對某職業有一定程度的了解，才會有絕佳的成果表現。當然其中收穫最大的莫過於自己本身，在課程結束前晞如老師安排了戲劇表演作為成果發表會，在小組成員的溝通討論後決定演出虎姑婆的改編版，更因為參與了虎姑婆的故事改編，讓我感受到編寫劇本的樂趣，把所有天馬行空的想像化為文字在紙張上跳躍著，於是「龍喉傳奇」就此誕生，或許這篇劇本還可以更加有趣、精彩，但現階段的我也已經盡力且滿足了，也或許未來的某一天靈光一閃會再繼續加以修改，甚至開啟麻豆歷史系列的劇本第二集也說不定呢！

【遺跡現址】

圖一　圖片說明：臺南市麻豆區水堀頭遺址
　　　　拍攝時間：2015.7.30　拍攝者：江敏菁

圖二　圖片說明：石車　拍攝時間：2015.7.30
　　　　拍攝者：江敏菁

【學生畫作】

圖三　繪者：臺南市安溪國小 五年甲班 林瑋庭、林書
　　　璿　畫作題目：龍喉傳奇

圖四　繪者：臺南市安溪國小 六年甲班 林宸安
　　　畫作題目：龍喉奇幻之旅

【作者簡介】

江敏菁

喜歡看書，認為好的故事能讓讀者隨著文字進入書中世界，跟著想像自在遨遊。目前為國小代理教師，還養了兩隻個性各異其趣的貓咪。認為小孩就像貓咪永遠都有玩不膩的小把戲，即使累但每天的生活都充滿趣味。

永康石馬記

作者：吳念棚

劇本大綱

【演出長度】90分鐘

【演出形式】舞台劇

【建議年齡】7~15歲

【劇本大綱】

　　守護鄭克臧陵墓的兩隻石馬失散了，孤獨的石馬爺爺十分想念另一隻石馬。阿河與阿山兩兄弟決定要幫助石馬爺爺找尋石馬的下落與失散的答案。他們一起穿越時空來到了明、清與臺灣日據時期，在這些陌生的地方與戰亂的年代，他們能夠如願與平安的獲得所有解答嗎？

　　鄭成功在臺灣的故事廣為傳頌，但其子孫的故事卻少為人知。本劇根據歷史史實與民間軼事改編，內容述及鄭成功孫子鄭克臧為人，與鄭克臧過世後守護其陵墓之石馬所發生的故事；同時涉及臺灣在明清時期所發生的重要歷史「林爽文事件」。在欣賞戲劇之時，也可以讓孩子了解在臺灣這塊土地上的故事。

【人物表】（依出場順序排列）

✓ 阿河（八歲）鹽巴商行的大兒子，特別愛追根究底與冒險，膽子很大

✓ 阿山（六歲）鹽巴商行的小兒子，喜歡跟著哥哥到處跑，但

卻常常製造麻煩，心性膽怯卻很善良

✓ 石馬爺爺　被收藏在鹽行天后宮裡的一尊石馬，心中一直想
　　　跟已經失散的石馬兄弟見面

✓ 阿郎　明末時期，永康鹽行地區窮苦人家的孩子

✓ 吳賀　阿郎父親

✓ 阿春　阿郎的大姐

✓ 阿秋　阿郎的二姐

✓ 鄰居數人

✓ 隨從一、二　鄭克臧跟隨

✓ 鄭克臧　鄭成公功之孫，鄭經之子

✓ 民兵們　林爽文跟隨

✓ 林爽文　臺灣天地會首腦

✓ 百姓一、二

✓ 官員

✓ 隨從　林爽文跟隨

✓ 鄭其仁　協助清廷對抗臺灣民兵者

✓ 民兵們　鄭其仁跟隨

✓ 莊大田　支持林爽文的東港地方勢力領導者

✓ 隨從們　莊大田跟隨

✓ 王民

✓ 張輝

✓ 石馬一　即石馬爺爺

✓ 石馬二　石馬爺爺失散的兄弟

✓ 考古學者一、二、三

✓ 工人一、二

✓ 里長伯

劇本

第一場　嬉遊鹽行天后宮

＊場景：天后宮（內置千里眼、順風耳及石馬各一尊）

＊音樂：響板、臺灣囝仔歌

△ 時節入秋，阿河與阿山兩兄弟趁著這舒服的好天氣跑到天后宮大玩特玩，邊玩邊大聲唸著熟悉的臺灣囝仔歌。

＊唸謠[1]：愛食清　愛食濁

　　　　　你是愛食清抑是愛食濁？

　　　　　愛食清，送你去媽祖宮，

　　　　　媽祖保庇你中貢生。

　　　　　愛食濁，送你去尋嫖婆，

　　　　　嫖婆帶你去chit迌。

阿河：對啊！阿山你去躲起來，我們玩捉迷藏。

阿山：不要啦！廟裡面有好多恐怖的東西，我才不要在這裡玩捉迷藏。

阿河：亂講，廟裡有媽祖娘娘在保祐大家，哪會恐怖？

阿山：但是，你看看那裡有一個舌頭好長的怪怪的東西，那裡也有一個眼睛大到都凸出來的嚇死人的怪物啦！

阿河：吼！那都是保護我們的神仙啦！怎麼這麼膽小啊你，真受不了，不跟你玩了啦。（阿河轉身往廟的另一頭走去）

---

[1]　有關媽祖娘娘的台灣唸謠。永康鹽行天后宮供奉媽祖娘娘，孩子們在此玩耍常朗誦此曲為樂。

阿山：哥哥走慢一點，不要不理我嘛。（緊跟在阿河後頭的阿山發現廟裡的一尊石馬，趕緊把哥哥叫住）哥，哥，你看，你看。

阿河：什麼啦！很吵耶你。

阿山：我看到一個可愛的東西。

阿河：你不是說廟裡的東西好可怕嗎？

阿山：這隻馬一點都不嚇人耶，但是好可憐喔，它少了一條腿。

阿河：真的耶，怎麼會少了一條腿呢？真奇怪。

△ 阿河看著這隻石馬阿山想起了「秀才騎馬弄弄來」這首童謠，便開始唱了起來。

＊ 唸謠[2]：秀才騎馬弄弄來

　　　　　秀才騎馬弄弄來，佇馬頂跮落來，

　　　　　跮一下真厲害！

　　　　　秀才秀才，騎馬弄弄來，

　　　　　佇馬頂跮落來，跮一下真厲害，

　　　　　嘴齒痛，糊下頦；目睭痛，糊目眉；腹肚痛，糊肚臍。

　　　　　嘿！真厲害。

△ 唸著唸著，兄弟倆便繞著石馬玩耍了起來。

阿河、阿山：呵！好好玩！

阿河：弟弟，如果石馬能動就好了。

阿山：不要啦，那樣石馬就又變恐怖了，哪有石頭做的馬會動的，我才不要它會動。它只要乖乖的在這裡就好。

阿河：嘿，我來騎看看，一定很好玩。

△ 阿河爬上了石馬，假裝騎著真正的馬一般，又是喊呀又是跳！

---

[2] 施福珍老師作品。小孩子天真活潑、俏皮、無憂無慮無心機，常喜歡用戲謔或誇張的言語來調侃自己或別人，以滿足生活的樂趣。

石馬爺爺：嗯（清喉嚨）。

阿山：哥，哥。

阿河：怎麼啦！別吵我，正開心的呢。

石馬爺爺：嗯——（更大聲的清喉嚨）。

阿山：哥哥（面露恐懼狀），你不要動，有沒有聽到「嗯」的
　　　聲音？

阿河：什麼（停止喊跳）？什麼聲音？我只有聽到你說話的聲
　　　音啊。

阿山：但是……但是，我真的有聽到怪怪的聲音啊。

阿河：你該不會自己嚇自己吧？真是服了你了。

石馬爺爺：嗯——（動了動脖子）嗯——。

阿河：弟啊，阿山啊（瞪大眼睛），你有沒有看到什麼？

阿山：哥……哥（雙腿發抖說話結巴），我……不……只……
　　　看……到……了……也……聽……到……了。

△ 阿河連滾帶爬的從石馬上掉下來，他跪坐在石馬前，雙腿已
　　經發軟無法起身，而阿山則趕緊跑到哥哥的身邊，緊緊抱住
　　哥哥不放。

阿河：弟弟別怕，弟弟別怕，哥會保護你的。

石馬爺爺：是哪來的野孩子（動動身體又動動腳）？爺爺我這
　　　老骨頭怎禁得起你又喊又跳的折磨啊！是要拆了我骨頭
　　　是嗎？

阿河：石……馬……爺……爺（結巴狀），對……對不……起。

石馬爺爺：原來就是你呀，小朋友。以後別再這樣折磨老人家
　　　了。（停頓）耶，怎麼不說話呀？也對，大概是嚇壞了。
　　　這樣吧，我們也算有緣，我先自我介紹一下吧。

△ 此時，受到驚嚇的兩兄弟漸漸回神，阿河扶著阿山站了起

來，帶著不安的心情聽著石馬爺爺說話。

石馬爺爺：我呢，算算今年也三百歲了。

阿河、阿山：什麼？（阿河與阿山瞪大了眼）

阿山：好老喔，我才五歲耶。

石馬爺爺：是呀（哀傷狀），時間真的過得太快了，我都孤單
　　　　過了這麼久了。

阿河：爺爺為什麼說孤單啊？難道你有其他的家人？

石馬爺爺：嗯！我有一個兄弟的，但是它已經不在我身邊，數
　　　　數都有80年了，我真怕永遠見不到它了。

阿河：那爺爺知道它現在在哪裡嗎？

石馬爺爺：唉，我孤孤單單的沒有朋友（搖頭狀），哪能探聽
　　　　到它的消息呀。

阿山：爺爺好可憐喔，我當你的朋友，我幫您找。

阿河：可是爺爺為什麼會跟兄弟分開呢？

石馬爺爺：這個故事說來話長，要是你們兄弟願意聽的話，爺
　　　　爺倒是可以帶你們穿越時空了解一下。

阿山：穿越時空！

阿河：哇（眼睛張大）！像多啦A夢的時空穿越機，超酷的。

石馬爺爺：想不想呢？

阿山：不要。**阿河**：要。（兩兄弟同時回答）

阿河：弟弟是膽小鬼，不要去就不要去。我最喜歡探險了，我
　　　　要去看看。

阿山：我才不是呢，我也要去。

石馬爺爺：那太好了，今晚我們就出發。

阿山：那我們也一起幫爺爺找兄弟。

阿河：可是爸爸媽媽會不會找不到我們呀？

石馬爺爺：放心，爺爺會在天亮前就讓你們平安到家的。

△ 當天夜裡，石馬爺爺趁著大家都睡著時來到阿河和阿山的房間，牠叫醒倆兄弟並指示要他們騎上馬背。

石馬爺爺：阿河、阿山，快醒醒呀。

阿山：不要吵我呀。

△ 在床上翻了個身繼續睡去。

阿河：是石馬爺爺嗎（揉揉眼睛）？

石馬爺爺：是啊，爺爺來帶你們去探險了。

阿山：要出發了嗎（頓時驚醒並起身）？

石馬爺爺：是啊！現在爺爺要教你們怎麼穿越時空了喔，注意聽爺爺現在說的一字一句，還要把他們記起來喔。開始了喔。

　　「ㄏㄡ（重音並拍手一聲）！后八哩后，后八拉后，后八哩巴拉后，后八逼后（說此段話時雙手舉在胸部兩側做左右節奏性搖晃動作）。

　　ㄏㄡ（重音並拍手一聲）」

阿河：石馬爺爺，這是穿越時空的魔法咒語，對吧？

石馬爺爺：真聰明喔。那你們記住了嗎？

阿山：后八八晡晡后……啊……太難了啦，爺爺！

石馬爺爺：哈哈，不會的啦，再跟著爺爺來一次，一定行！

石馬爺爺、阿河、阿山（齊聲齊動作狀）：「ㄏㄡ（重音並拍手一聲）！后八哩后，后八拉后，后八哩巴拉后，后八逼后（說此段話時雙手舉在胸部兩側做左右節奏性搖晃動作）。ㄏㄡ（重音並拍手一聲）」

△ 在咒語語畢時，舞台燈光閃爍起，石馬爺爺帶著兄弟倆穿越一陣炫彩，來到了一個寂靜的明朝鄉間。

第二場　勤政愛民鄭克臧

* 場景：舞台左側破屋是吳賀家，中央偏後側有一山丘，右前
  側有一顆樹
* 音樂：輕鬆樂曲、慢節奏樂曲
△ 石馬爺爺帶著阿河與阿山來到了一個貧困的鄉間，一行三人
　慢慢的在鄉間閒晃著，晃了約莫半個小時後，他們終於看到
　了一間房子，一行人在離房子不遠處的樹下停留下來休息。

阿河：哇！這房子也太破舊了吧？

阿山：咦？這會有人居住在裡面嗎？

阿河：應該不會有人住啦。你看看，他們家的門都破掉了。

阿山：那會不會是鬼屋呀？（阿山轉身跑回去抱住哥哥。）

石馬爺爺：你們兩兄弟太幸福了啦，這個地方大多數的老百姓
　　　　　都住這樣的房子的。我們現在是在距離你們生活的世界
　　　　　三百多年前的明朝時期呀！

阿山：三百多年前（狐疑表情）？

阿河：那這裡的人們不就都三百多歲了？

石馬爺爺：哈哈！你們忘了嗎？我們可是穿越時空來到這裡
　　　　　的，他們當然都不存在了啊。

△ 突然，阿山手指遠方說道。

阿山：你們看，有一個小朋友呢。

△ 房子裡走出了一位無精打采的孩子，他在門前坐了下來，靜
　靜的拿著手中的小樹根在地上的泥土畫弄著。他的父親跟著
　他後頭也走了出來。

吳賀：阿郎啊，爹出去工作了，你要乖乖待在家別到處亂跑啊！

△ 阿郎站了起來。

阿郎：好。爹的身體還好嗎？昨晚您咳得很厲害，我好害怕好擔心。

吳賀：別擔心，別擔心（咳了兩聲），爹現在不是好好的。

阿郎：嗯（低頭皺眉）。

吳賀：那爹去工作了，等一下姐姐們就會回來，你要照顧好妹妹呀！

阿郎：我會的。

△ 吳賀走後，阿郎轉身進了屋內。

阿河：阿郎的爸爸好像生病了，講話跟走路都沒有精神。

阿山：是啊！可是他怎麼可以把那麼小的阿郎跟妹妹留在家裡啊？不怕壞人嗎？壞人最喜歡欺負小孩子了。

石馬爺爺：阿郎的爸爸說姐姐們就快回來了，不會有事的。而且，在這兒也沒有那麼多壞人的。

阿河：不過姐姐們是去哪兒呀？

△ 阿山跳了起來並手指著不遠處的小山丘。

阿山：你們看，那邊有兩個大姐姐在撿東西。

阿河：對耶。應該是阿郎的姐姐們，我們過去看看她們在撿什麼。

△ 一行三人往山丘走去。

△ 姐姐們專心的在山丘上採著可供食用的野草，還抓了一些可以吃的昆蟲。順便也砍了一些柴準備拿去市集裡賣。

阿春：家裡的米已經快沒有了。爹每天辛苦賺的錢也不夠買足夠的食物給大家吃，所以我們要努力一點，看看能不能多賣一些柴，賺多一點錢。

阿秋：是啊！有了多的錢也可以幫爹買藥吃，爹昨天睡覺時咳得好嚴重啊！我真擔心他的身體。

△ 姐妹倆繼續低頭工作。

阿山：你們看，她們的竹籃裡有好多蟋蟀，抓那些要幹嘛呀？

石馬爺爺：那些是要烤來吃的呀，他們家太窮了，沒有錢買肉吃，只能抓些昆蟲補充營養啊。

阿河：那袋子裡的野草是怎麼一回事呢？

石馬爺爺：那是可以吃的咸豐草，葉子也可以泡茶喝，買不起食物的他們只能以這些果腹啊。

阿河：他們家的人看起來都無精打采的，一定是長期沒有營養的東西吃的關係。

△ 此時，遠處傳來一陣陣喊叫聲。鄰居一人朝著阿春與阿秋喊著。阿河一行三人連忙後退幾步。

鄰居：不好了！不好了！

阿春、阿秋：怎麼了？

鄰居：妳們的爹昏倒了，現在送回家裡了，還不快回去看看。

阿秋：姐姐，怎麼會這樣，怎麼會這樣？

阿春：走，我們快回家去。

△ 阿春抓著慌了的阿秋衝忙的往家裡方向跑。阿河一行人看著姐妹們趕回家的身影，直覺情況不妙。

石馬爺爺：走，我們快跟上，看看有沒有需要幫忙的地方（爺爺與阿河往前跟上）。

阿山：等等，我們幫她們把東西帶回去吧！

△ 阿河把柴扛上爺爺的背上固定住。阿河拿著野草，阿山拿著竹籃，三人急步的想追上姐妹的腳步。但一到離家門口不遠處，石馬爺爺便阻止兄弟再前進。

阿山：咦，怎麼這麼多人啊？還有馬車呢。

石馬爺爺：看來有大人物出現了，我們先在門口等等。

△ 這時吳家大廳地上正躺著吳賀昏死過去的身體，姐妹倆人跪
　　在父親的身邊哭泣，阿郎牽著不懂事的妹妹在大廳角落失神
　　的站著。而大廳旁的椅子上坐著一位氣質不凡的年輕官員，
　　正對著兩位隨從斥責著。

隨從一：大人，真的很抱歉（神情慌張），沒有留意到吳賀家
　　　　的狀況，請大人寬恕。

鄭克臧：現在怎麼說都來不及了，人都已經救不回來了。當初
　　　　要你們時時巡視村落內百姓們的生活，就是怕百姓辛
　　　　苦，吳賀家這麼可憐，你們竟然全然不知。

隨從二：報告大人，吳賀家實在是太過偏僻，我們才沒察覺啊！

鄭克臧：別再強辭奪理了。現在命令你們兩人立刻協助吳家處
　　　　理相關後事，所有的費用都由我來負責。

隨從二人：遵命。

△ 鄭克臧起身往姐妹走去。

鄭克臧：是阿春跟阿秋吧？

阿春阿秋：是的，大人（邊啜泣邊齊點頭）。

鄭克臧：妳們姐妹請節哀，我會幫助妳們處理一切事務的。接下
　　　　來的生活也不用擔心，我會讓人安排妳們兩工作賺錢，讓
　　　　你們好好扶養照顧弟妹。隨從們沒有能及時發現你們的困
　　　　境，這點讓我感到很抱歉（拍拍姐妹的肩膀）。

△ 阿河三人在門邊看見一切，都覺得鄭克臧真的是一位好人。

阿山：這位大人是位大好人，他們家終於能夠過好日子了。

阿河：是啊！希望他們可以不要再吃苦了。

阿山：可是他們變成孤兒了（不由自主的哭了起來），我想爸

爸媽媽了啦！石馬爺爺，我要回家（哭得更大聲了）。

石馬爺爺：阿山乖，你不是要幫爺爺找兄弟嗎？你忘了嗎？爺
爺也想念我的兄弟（流下兩滴淚）。

阿河：你們兩個不要哭了啦，這樣我們哪能趕得及天亮前回
家，哪能幫爺爺快點找到兄弟啊？

石馬爺爺：好的，我要振作（擦拭眼淚），讓我跟你們說我的
故事吧。其實啊，我的故事跟這個大人很有關係的。

阿河：真的嗎？我要聽，爺爺快說。

石馬爺爺：可是阿山還在哭，阿山要不要聽啊？

△ 爺爺和阿河望著阿山。

阿河：爺爺不要管他啦，他是愛哭鬼。

石馬爺爺：阿山真的不聽（看著阿山音量放大說著）。

阿山：人家要聽啦（哽咽的）。

石馬爺爺：其實鄭克臧大人活得並不長，而且我們現在站的這
塊偏僻的土地就是你們兄弟倆的家鄉「永康市鹽行」。

阿河：什麼？我家附近好熱鬧的，怎麼可能會這麼偏僻啊！

阿山：這裡沒有天后宮啊？沒有看到媽祖娘娘也沒有看到我家啊？

石馬爺爺：你們兩個想想，三百多年前一定不比現在熱鬧跟進
步的。不過，這裡真的有天后宮喔！

阿山：在哪裡？在哪裡？

石馬爺爺：在市集裡呀，這裡是市郊所以看不到天后宮啦。

阿河：哇！我們家旁邊的天后宮這麼老了呀。不過看到三百多
年前的永康還真奇特呢。那爺爺說鄭克臧大人與您有關
係，到底是怎麼一回事呢？

阿山：對啊，爺爺快說。

石馬爺爺：其實爺爺會出現是因為鄭克臧大人過世的關係。鄭

大人在十九歲時因為一場政治鬥爭而死亡，當時的人民感念他的恩澤紛紛稱呼鄭大人為「東寧賢主」。

阿河：為什麼好人這麼早就死了啊？

石馬爺爺：也因此，當時的老百姓就建造了兩匹石製的白馬保衛鄭大人的陵墓，並命名為白馬墓。而爺爺就是其中的一隻。

阿山：哇！石馬爺爺原來您的來頭這麼大，好酷喔！

石馬爺爺：哈哈，我也覺得很驕傲的。想當初，鄭大人常常因為放心不下老百姓，夜裡也會要求我們兄弟倆載著他到處巡視。

阿山：什麼！鄭大人不是死了嗎？怎麼還能跑出來啊，好可怕！

阿河：鄭大人是好人，應該是變神仙了啦（敲了一下阿山的頭），神仙會保護大家的，跟媽祖娘娘一樣。

阿山：喔。那為什麼現在永康沒有白馬墓啊？

石馬爺爺：是啊，事情又有了一些轉變啊。在鄭大人過世後，經過了十八年，清朝康熙皇帝就下令把鄭大人的陵墓遷回大陸了，也因此白馬墓就變成了一座空墓了。

阿河：難怪我從來沒有聽說過家裡附近有白馬墓。

石馬爺爺：來，爺爺帶你們去看看白馬墓吧。

阿河：哇，好耶。讓我來看看消失的白馬墓長怎樣？

△ 一行三人往市集走去，來到一座寧靜莊嚴的陵寢。

阿山：好漂亮的地方啊（東張西望）！哇！你們看，那邊有兩隻石馬耶（阿山邊說邊衝向石馬）

阿河：阿山，跑慢一點。

△ 阿山慘叫一聲並跌倒在一尊石馬前。

阿山：啊！咦？你長得好像石馬爺爺喔（自言自語）！

石馬爺爺：哈哈哈！很像吧。

阿河：阿山真笨，那就是爺爺啊。

阿山：可是這隻石馬的腳沒有斷掉耶。

石馬爺爺：是啊，爺爺在沒斷腳之前可是很帥的說。但是後來
　　　　　發生了一些事，爺爺就不帥了（低頭嘆息）。

阿河：爺爺不要難過啦。

石馬爺爺：好的，好的。兄弟們，來，上來爺爺的背上，我們
　　　　　再去另一個地方瞧瞧。不過，你們還記得魔法咒語嗎？

阿河、阿山：啊！全忘了。

石馬爺爺：怎麼又忘了呀，來來來，跟爺爺說一次。「ㄏㄡ（重
　　　　　音並拍手一聲）！后八哩后，后八拉后，后八哩巴拉后，
　　　　　后八逼后（說此段話時雙手舉在胸部兩側做左右節奏性搖
　　　　　晃動作）。ㄏㄡ（重音並拍手一聲）」記住沒？

阿河、阿山：記住了，爺爺。

石馬爺爺：那爺爺數到三就開始喔。一、二、三。「ㄏㄡ（重
　　　　　音並拍手一聲）！后八哩后，后八拉后，后八哩巴拉
　　　　　后，后八逼后（說此段話時雙手舉在胸部兩側做左右節
　　　　　奏性搖晃動作）。ㄏㄡ（重音並拍手一聲）」

石馬爺爺：咦！怎麼還在原地？？（阿河阿山東張西望的四處
　　　　　瞧）難道是聲音太小，法力不夠？阿河阿山你們兩個唸
　　　　　大聲一點吧。

阿山：爺爺，我們沒吃東西好像沒力了啦！

石馬爺爺：那該如何是好？嗯……，那要找人來幫忙才行（面
　　　　　向觀眾）。誰可以幫我們呢？可以幫我們的好心人啊！
　　　　　就請你們跟我們一起唸魔法咒語吧，幫助我們順利穿越
　　　　　時空去想去的地方吧！數到三就開始喔！一、二、三。
　　　　　（由觀眾一起加入順利完成咒語）

第三場　衝突臺灣

* 場景：舞台中央一大廳，設置一桌四椅；廳外右前側設置一
　　大石，右後側有一樹

* 音樂：詭異樂曲、快節奏樂曲

△ 石馬爺爺一行三人再次穿越一陣炫彩，並來到一秘密集會的
　廳所。廳裡戒備森嚴，民兵們正來來回回的巡視著。三人小
　心的尋覓著可以安全停留的地方。

阿山：哥哥，這裡好可怕，那些人手上都拿著刀子耶。

阿河：噓，小聲一點，被發現我們就完蛋了啦。

石馬爺爺：別怕別怕，爺爺會保護你們的，一定要緊跟在爺爺
　　　　　後頭，不要走丟了。

△ 突然，一隻黑貓從三人眼前跳躍而過，三人全都倒吸一大口
　氣，阿山差點驚叫出聲，幸好阿河緊急捂住阿山的嘴巴，才
　沒被眼前的民兵發現。三人輕手躡足的找到一處凹陷的乾水
　窪地，水窪地前剛好有塊大石子可做為遮蔽，而這個位置也
　可以輕易的瞧見廳裡集會的狀況並隱約聽得到談話的內容。

林爽文：今天又是什麼事情得鬧到我這兒來呀（清清喉嚨）？

百姓一：林老大，就說我張家村裡養的數十頭黃牛一夜之間竟
　　　　少了一大半，您得來處理處理，是哪個村哪個人做了這
　　　　檔見不得人的事啊！

林爽文：啥！敢在我眼皮子底下做這骯髒事，來人呀！

民兵一：在。

林爽文：立即帶幾個兄弟徹查去。

民兵一：是。

百姓二：林老大，最近我們村裡來了幾個外地人，我懷疑他們
在村裡開設起了賭場，還拐騙村裡一些遊手好閒的年輕
人當打手，把村裡搞得烏煙瘴氣的，這不處理，我擔心
他們坐大，到時候麻煩就大了。

林爽文：這事情聽來嚴重，讓我派人了解狀況，查證屬實絕對
不原諒這些壞傢伙。

△ 一行三人在乾水窪中觀看著廳裡的狀況，阿河與阿山頭腦裡
滿是疑惑。

阿河：這個林老大是誰啊？大家好像都聽他的話說，感覺很厲
害的樣子。

阿山：是啊！是啊！他是不是這裡的總統啊？

石馬爺爺：哈哈，不是啦，這個地方沒有總統啦，他是這裡的
有錢人，名字叫「林爽文」，大家都叫他林老大。因
為有錢又會幫百姓解決問題，所以大家都喜歡找他處
理事情。

阿河：那不就很像我們的里長伯伯。

阿山：對，就是里長伯啦！

△ 阿山的聲音過大，引起廳內人的注意

林爽文：外面是誰（對著外面喊聲）？

民兵二：來人啊（衝出廳外）！有閒雜人等，快抓人。

△ 阿河三人急忙離開水窪往陰暗處跑去。而此時背後突然傳來
一陣宏亮聲響。

官員：什麼閒雜人啊！是本官駕臨，還不來接駕。

△ 三人見狀停下腳步，就近找了棵樹遮蔽處蹲下往廳內瞧。

林爽文：唉呀！原來是官爺駕臨，有失遠迎真是失禮啊我。

官員：本官開玩笑的，別多禮，別多禮（環視廳內）。是說今日是什麼日子，貴府人真多呀，有什麼事需要在一起討論的呀？本官倒想知曉知曉。

林爽文：怎有什麼大事討論，不過是閒暇時間大家聚聚泡茶聊些家常小事罷了。大人多慮了。

官員：喔，是這麼回事的話也就罷了。

林爽文：當然呀。來人，怎不趕快幫官爺泡杯好茶。

△ 隨從隨即呈上好茶來到官爺桌前。

隨從：官爺請喝茶。

△ 官員喝了一口茶，放下杯子。

官員：林老弟，我就不跟你賣關子了。聽說張家庄東側那塊肥滋滋的土地，你最近動作頻頻呀？

林爽文：官爺的意思是？

官員：實不相瞞，我們朝廷也對這土地很有興趣，正打算徵收來蓋新官府。

△ 林爽文起身往官員方向走去。

林爽文：官爺啊，那地距離市集尚有一段距離，怎麼說也不適合蓋官府。您知道的，官府一定要貼近老百姓的生活圈，這樣才能知道老百姓的生活需要什麼幫助嘛。

官員：這個我當然清楚的，只是……只是……。

△ 在官爺支支吾吾之時，林爽文近身遞了包東西到官員的隨從手上，隨從隨即走到官員身邊，並在官員耳邊說了一些話，官員滿意的點了點頭。

官員：林老弟啊（笑逐顏開），官爺就欣賞你的聰明懂事。官府臨時有事要處理，我就先走了。各位繼續喝茶，繼續聊。告辭。

△ 阿河和阿山這下更糊塗了，到底林爽文拿了什麼東西給隨
　從？怎麼這個看起來像要找麻煩的人收了東西就走了。

阿山：奇怪，那包東西是什麼啊？怎麼就這樣走了，事情還沒
　　　完不是嗎？

阿河：一定有問題。是吧，爺爺。

石馬爺爺：唉（嘆了口氣），這兒是距離你們兩百多年前的清朝
　　　乾隆皇帝時期，這個時候清朝在臺灣的官員大多貪財又怕
　　　死。剛剛那個官員就是拿了錢就不找麻煩的例子啊。

阿山：所以那一包東西是錢囉？

阿河：沒錯。

阿山：壞人，壞人！

阿河：小聲一點啦，他們好像又在討論重要的事情了。

△ 廳裡的氣氛在官員走了後變得非常沉重。

百姓一：再這樣下去只會胃口愈養愈大啊，老大。

百姓二：是啊！這些官員愛錢又怕死，簡直是禍害。

百姓一：老大您一定要想辦法啊！

△ 林爽文在廳裡來回走著。

林爽文：嗯。是時候處理這些事了。

△ 此時，門外傳來類似炮擊聲響，眾人驚嚇逃竄。

阿山：啊！哥哥，發生什麼事了？

石馬爺爺：阿河，緊緊拉好阿山，別讓他跟丟。我想應該是有
　　　人來攻擊林爽文了。

阿河：（緊拉著阿山）爺爺，現在該怎麼辦？

△ 正說著，一隻箭正好落在阿河身前。

石馬爺爺、阿山：啊（尖叫）！阿河（哥）！

阿河：我沒事（呆住3秒）。

石馬爺爺：跟著我後頭跑。

△ 一行三人跟著眾人奔跑流竄，情勢十分危險。（眾人跑下觀眾席與觀眾近距離接觸）

△ 鏡頭聚焦已經躲到安全區域的林爽文與民兵二人。

林爽文：這恐怕是效忠清廷的鄭其仁部隊，看來戰爭是得提早開始了。

民兵一：老大，現在我們寡不敵眾，該如何是好？

林爽文：你們二人想辦法先逃出去，然後去通知昨天來家裡的莊大田，莊老爺帶了不少民兵來，應該可以幫上忙。

民兵二人：是，老大。

△ 鄭其仁從門外直搗入內，遍尋林爽文身影不到。於是對著數名環繞其身邊的民兵說著。

鄭其仁：乾隆皇帝看得起我鄭其仁，特地命令我來掃蕩這群私底下結黨叛亂的匪徒，我可不能讓他失望啊！各位，再給仔細的搜，我就不相信找不出林爽文這叛亂份子。

眾民兵：是！大人。

△ 眾人再次四處做找尋狀，並入觀察席，穿插觀眾群中。聚焦燈定點某搜索中民兵與身旁觀眾時，眾人停格，由該民兵與觀眾對話。

民兵：你知道林爽文在哪兒嗎？

觀眾（假設一）：不知道。（聚焦燈移動繼續尋找）

觀眾（假設二）：知道，他在「？」。（台上的林爽文跑出，眾人持續追逐）

△ 終究沒能追捕到林爽文，眾人消失於舞台。只留阿河一行三人。三人氣喘吁吁來到舞台前。

石馬爺爺：我這把老骨頭快散了我。

阿山：哇（臉色發白大哭了起來）！我要找爸爸媽媽，我要回家。哇……

阿河：阿山，你夠了喔，沒事了，爺爺就說會沒事啊。不過，爺爺，這裡太可怕了啦，我們可以快點離開嗎？

石馬爺爺：好好好，等爺爺恢復體力，我們馬上走。

阿河：爺爺，誰是莊大田呀？

△ 當阿河說道「莊大田」的名字時，莊大田和幾個隨從便出現在舞台另一方朝舞台中央行進，阿河三人隨即退至舞台一旁。

莊大田：怎麼好像聽到有人在叫我。

隨從一：老爺大概是聽錯了。

莊大田：什麼？你說我聽錯，啊，不管了，反正現在的我心情大好。

隨從二：難道是因為林老大的關係？

莊大田：哈！沒錯沒錯。你們還記得昨天咱們去拜訪他時，他那高傲的態度嗎？

隨從一：當然記得。他還一付想早早請我們走人的樣子。

隨從二：是啊。但哪知現在換他來求老爺了。

莊大田：哈哈哈！真是風水輪流轉啊，我就讓他多緊張點時間，咱們晚點出兵幫他吧。哈！

△ 莊大田一行三人退下，阿河三人回到舞台中央。

阿河：原來這位就是莊大田。看來大家都心懷鬼胎，好壞。

石馬爺爺：所以和平最重要，有戰爭的地方大家都會很辛苦。

阿山：我最討厭打打殺殺了，好可怕。

阿河：爺爺，那這次的戰爭結果會怎樣呢？

石馬爺爺：這次的戰爭持續一年四個月啊！鄭其仁被莊大田的部下暗殺；莊大田被清朝官員斬首；林爽文則被清廷處

以極刑至死。

阿河：真是太慘烈。

阿山：爺爺，那這些事情跟您有關嗎？

石馬爺爺：當然。你們不知道的，白馬墓在鄭克臧大人死後19
　　　　　年（1699）就變空墓了，因為清廷把鄭大人全家的墓都
　　　　　遷回去大陸了。

阿河：那爺爺跟您的兄弟呢？

石馬爺爺：我們就都繼續留在白馬墓啊，只是沒有了主人，有
　　　　　一種很奇怪的感覺。

阿山：恩，應該會很無聊，因為晚上不能跟大人出去巡視了。

石馬爺爺：是啊，不能出去幫忙老百姓真的很可惜。但是，令
　　　　　我們兄弟更不能接受的事是清廷竟然將白馬墓賜予鄭其
　　　　　仁，讓他死後葬在這裡。你們說我們兄弟怎能接受呢？
　　　　　所以我們的心情越來越糟，脾氣也越來越壞。

阿河：爺爺不要生氣了（拍拍馬背）。

石馬爺爺：哼！我們快走吧，我要離開這個傷心的地方。哼！

阿山：那數到三大家一起唸咒語吧！一、二、三。（觀眾也自
　　　　動加入唸咒語的行列）「ㄏㄡ（重音並拍手一聲）！后
　　　　八哩后，后八拉后，后八哩巴拉后，后八逼后（說此段
　　　　話時雙手舉在胸部兩側做左右節奏性搖晃動作）。ㄏㄡ
　　　　（重音並拍手一聲）」

△ 一行三人又穿越一陣炫彩，來到下一個目的地。

第四場 白馬損五穀

＊場景：稻田二片、白馬墓、禹帝宮、樹木

＊音樂：輕鬆樂曲、緊湊樂曲、馬蹄聲

△ 民國初年，在這個生活不算豐饒的時代，百姓們多數以農為生，但說也奇怪，在白馬墓所在的村莊裡，農民種的秧苗常常無故遭破壞，讓人百思不得其解。

△ 石馬爺爺帶著阿河二人來到了王民的田作邊，三人吹著涼風，舒服的漫步田邊。

阿河： 這邊應該沒有戰爭了吧？爺爺。

石馬爺爺： 看起來應該是個平靜的地方了。

阿山： 有蜻蜓（追過去），有蝴蝶（又追了過去）。

阿河： 看！那不是天后宮嗎？哇，太神奇了。爺爺，現在是哪個朝代呀？

石馬爺爺： 現在是民國初期了，距離你們生活的時期約一百年。

阿河： 難怪我有越來越熟悉的感覺。

阿山： 禹帝宮（指著西方）！哥，那是不是禹帝宮？

阿河： 哈，真的是禹帝宮耶。爺爺，我跟弟弟最常到禹帝宮前的廣場玩了。

石馬爺爺： 嗯，看來你們開始比爺爺屬害了喔！爺爺都不用介紹你們就知道哪兒是哪兒了，呵。

△ 三人呼吸著新鮮空氣，慢慢的向前行，直到看到一位農民才停住腳步。

王民： 奇怪（皺眉頭自言自語），最近是怎麼了，才種下的秧

苗隔天就會被破壞一半，是誰那麼缺德啊？

△ 張輝從遠處走向王民。

張輝：你在自言自語些什麼？

王民：張輝，你家的秧苗最近有沒有怪怪的？

張輝：吼！我都快煩惱死了，我插的秧苗總是隔天就被破壞，老是重新插一回， 再這樣下去，家裡恐怕沒飯吃了。

王民：我家的也好不到哪兒去，到底是誰在破壞秧苗，找我們麻煩呀？

張輝：看來不找出兇手不行。

王民：今晚我們來埋伏看看。

張輝：就這麼說定。那我先回田裡忙了。

王民：晚上見。

△ 聽了農民們的對話，阿河和阿山也跟著皺起了眉頭。石馬爺爺則面露不安狀。

阿山：唉呀！怎麼會有這麼奇怪的事情啊？

阿河：這一定要抓到兇手的。抓到後交給警察關起來，看他還敢不敢亂來。

阿山：是啊，是啊。沒有飯吃太難過了。

石馬爺爺：嗯（小聲回應）。

阿河：晚上我也要來幫忙。

阿山：我也要。

阿河：哇，阿山不怕壞人了。

阿山：當然，我現在是天不怕地不怕了（拍拍胸膛）。

石馬爺爺：嗯（虛弱回應），阿山好棒。

阿河、阿山：爺爺，你怎麼了？

阿山：餓了（疑惑狀）？

阿河：生病了？

石馬爺爺：沒有啦。只是累了。

阿山：那爺爺休息一下，晚上我們要為民除害，喔耶！

石馬爺爺：好（小聲）。

△ 場景轉換成白馬墓，兩隻石馬正伸著懶腰拉筋中。

石馬一：老弟，我們是不是太久沒活動筋骨了，怎麼才運動這
　　　　幾天就全身酸痛得不得了。

石馬二：老哥啊，別說你了，我也覺得骨頭都硬了，現在動一
　　　　下就疼得要命啊！

石馬一：看來是我們兩兄弟運動前沒有熱身的關係了，來，來
　　　　做個健身操吧！

石馬二：好哇！哥啊，我最近學了一招還不賴喔，跳完後不論
　　　　跑或跳肯定沒問題。

石馬一：這麼強？快教我，快教我。

石馬二：那開始囉！

△ 十二生肖歌[3]念謠以四拍子節奏帶入，並配合做操動作。

　　一鼠賊仔名　二牛駛黎兄　三虎爬山壁
　　四兔遊東京　五龍皇帝命　六蛇乎人驚

石馬二：老哥，一起來。

　　七馬走兵營

石馬一：「馬」（臺語），是說我們嗎？

石馬二：是呀！是呀！

　　八羊吃草嶺　九猴爬樹頭　十雞啼三聲
　　十一狗仔顧門庭　十二豬是菜刀命

---

[3]　臺灣傳統唸謠，以數序和十二生肖特色結合。

石馬一：哇塞，老弟，這暖身操超酷的，一定會造成轟動，傳頌下一代再下一代。

石馬二：哈！有可能喔。是說老哥，今晚要不要再去田裡玩啊？

石馬一：這還用說，每天守著這無趣的地方，我都快悶死了。以前鄭大人還會帶我們兄弟們出去到處晃晃，現在呢？都沒事可做了。

石馬二：是啊，說到這裡我就生氣，幹嘛把鄭大人送走啊，真討厭。那晚上我們兄弟倆再去玩個夠。

△ 場景來到夜裡的稻田。阿河三人來到田邊的樹下守候，而王民與張輝正蹲在田梗邊打盹。一陣馬蹄聲響起。

阿河：聽，有聲音。（阿山、爺爺探出頭張望）

阿山：好像是馬跑步的聲音。爺爺，是不是啊（阿山對著爺爺說）？

石馬爺爺：ㄟ，可能吧？

△ 鏡頭轉移至王民與張輝，兩人同時被聲響驚醒。兩隻石馬在右側張輝田中玩耍。

張輝、王民：是誰？

張輝：是我啦。你要嚇誰啊（推了王民一下）！

王民：噓，別說話，注意聽，是什麼聲音？（張輝與王民同時起身朝聲響處望去）

張輝：是馬蹄聲，不會有錯。但是咱們這兒只見黃牛從不見馬匹出沒呀？

王民：你看（指著右側田地），那是什麼？

張輝：兩匹馬？

王民：讓我好好收拾牠們，真是氣死我了。（拿著木棍往馬的方向衝去，張輝拿著鋤頭隨後跟上）

張輝：你們這兩隻沒人管教的野馬，沒良心沒良心，我都快被你們害慘了。（邊追邊唸不停）

△ 石馬一與石馬二正在田裡奔跑玩耍著，但警覺有人追來，馬上準備離開，但仍被緊緊追逐，一行在舞台上一陣追逐後，王民與張輝在石馬墓前跟丟兩隻石馬。

張輝：奇怪，明明有跟上那兩隻可惡的野馬，怎麼一轉眼就不見了？

王民：真是太怪了，前一秒才在我眼前的呀，難道是飛上天了？

△ 兩人東張西望並且在舞台兩側來回找尋。阿河三人來到舞台中央。

阿山：對呀，我才一轉眼，兩隻馬就不見了，太神奇了。

阿河：我想不透牠們去哪兒了？難道躲到地底下了？

阿山：不過，爺爺、哥哥，你們不覺得有一隻野馬長得跟爺爺超像的？

阿河：喂，阿山一說我也這麼覺得，有一隻野馬的頭上跟爺爺有一模一樣的的一撮白髮耶！

阿山：沒錯！跟爺爺一模一樣啦！

石馬爺爺：不要亂說啦（心虛的說），是碰巧……。

阿山：是嗎？

△ 阿河手指向白馬墓。

阿河：你們看。（石馬爺爺與阿山一起轉向白馬墓）

△ 在白馬墓前徘徊的張輝與王民發現了墓前的兩隻石馬。

王民：張輝，過來看看。

張輝：發現什麼了嗎？

王民：你看看這兩隻石馬，像不像剛剛在田裡的那兩隻野馬？

張輝：像是像，但是剛剛那兩隻是活生生的，這兩隻是石頭做

的啊！

王民：我才不管，反正我現在火氣特別大，一定要發洩發洩才行。

張輝：那你打算怎樣啊？

王民：嘿！嘿！我就覺得是這兩隻石馬搞的鬼，看我修理修理牠們。（說完王民即刻舉起長棍往石馬腿上敲去）

張輝：那也看看我的厲害吧。（張輝也拿起他的斧頭朝另一隻石馬的腿敲過去）

△ 石馬墓前的兩隻石馬瞬間各自沒了一條腿。張輝與王民也在動手後氣消的離開白馬墓。

阿山：啊！石馬的腿被打到斷了，好可憐呀！

阿河：不對呀，石馬爺爺，您說過您是守護白馬墓的……。

阿河、阿山：爺爺，您就是欺負農民的野馬……。

石馬爺爺：我知道我錯了嘛（非常羞愧狀）。

阿河：難怪自從來到這裡後爺爺都不怎麼說話了，爺爺一定是後悔做過這些壞事又怕我們發現後不理您，對不對？

石馬爺爺：嗯，我真的知道我錯了啦。

阿山：爺爺別傷心了（拍拍爺爺的背），我們會原諒您的，因為您誠實認錯了。

石馬爺爺：謝謝你們對我的寬恕，我不會再做傷害人的事了。

阿河：但是，後來是發生什麼事了？爺爺怎麼會和兄弟失散呢？

石馬爺爺：這我是真的不清楚了。自從一條腿被打斷之後，我們兄弟倆哪兒也去不了，體力也變差了，甚至最後也沒了神力了。

阿山：所以之後爺爺為什麼來天后宮也不清楚了？

石馬爺爺：是呀！完全沒有印象了。

阿河：那爺爺怎麼現在會恢復神力呀？

石馬爺爺：我也一直在思考這個問題，是因為我休息太久體力恢復，還是因為住在天后宮久了，受了媽祖娘娘的保佑？不知道是哪個原因呀。

阿山：那爺爺恢復神力就可以找兄弟了呀？有魔法就有辦法，哈。

石馬爺爺：喂（眼睛一亮），阿山倒是提醒了我，哈，有神力有魔法就一定有辦法，那我們去找我的好兄弟吧！數到三，一、二、三。「厂ㄡ（重音並拍手一聲）！后八哩后，后八拉后，后八哩巴拉后，后八逼后（說此段話時雙手舉在胸部兩側做左右節奏性搖晃動作）。厂ㄡ（重音並拍手一聲）」

第五場　再見光明續傳頌

* 場景：稻田一片、白馬墓、樓房、車子
* 音樂：鏈子敲打聲、輕快音樂
△ 舞臺閃爍燈光，一陣炫彩過後，一行三人來到了一片綠油油的稻田邊。

阿河：ㄟ！這裡還是鹽行啊！你看，那不是天后宮嗎？

石馬爺爺：是啊，不過時期不一樣了，現在又過了二十年後了。

阿山：難怪這兒的稻田長得特別好，不像之前我們見到的那些歪七扭八的。

阿河：是啊！一片金黃色，該是要收成了吧。

石馬爺爺：應該會有個好收成的。因為自從我們兄弟被打斷腿之後，我們倆再也不能到處亂跑了，這兒的稻田當然長得好啊（羞愧的說著）！

阿河：嗯，不過到底爺爺跟兄弟是怎麼失散的呀，好想趕快找到答案。

阿山：對了，白馬墓！爺爺、哥，我們就去白馬墓瞧瞧呀，或許可以找到答案。

阿河：哈，阿山真的長大又變聰明了。

石馬爺爺：嗯，看來你們開始比爺爺厲害了喔！我們就去白馬墓看看。

△ 三人慢慢朝白馬墓的方向前進。卻不知此時的白馬墓已經跟以前他們看到的不一樣了。

阿山：啊（驚訝狀）！這裡怎麼這麼破舊。這裡確定是白馬墓嗎？

阿河：不會錯的，我記得是在這裏呀！白馬墓前有棵樹，就是這棵啊（指著路旁的樹說著）。

阿山：是啊，是啊！我記得就是這裡。可是它完全看不出是一個墓啊！而且也沒有了石馬。

石馬爺爺：怎麼會這樣啊（小聲說著）？我們兩兄弟難道永遠都見不到了？嗚……，哇……。（石馬爺爺放聲大哭了起來）

阿河、阿山：爺爺怎麼哭了呀。

阿河：有魔法就有辦法，爺爺，魔法神力帶我們來到這裡一定是有原因的，它一定會告訴我們您的兄弟在哪兒的。阿山，你說對不對？

阿山：當然對呀，我現在充滿信心呢（拍拍胸膛）。

石馬爺爺：真的嗎？

阿河、阿山：對！

石馬爺爺：（精神來了回應）好，我要相信有魔法就有……就

有……（忘記狀，此時引導觀眾一起回答「辦法」兩字）。對對對，有魔法就有辦法。我要打起精神來找尋我的好兄弟，一定。

阿河：喂喂喂，你們看，那兒有一群人往這邊走來耶。

石馬爺爺：走，我們到樹下看他們要幹嘛。

△ 三人退到樹下，而那一群人在破舊的白馬墓前停步。

考古學者一：就是這裡了。我說的白馬墓遺址就是這裡。

考古學者二：這兒還真是被破壞的徹底，你不說誰會知道這裡有那麼一個白馬墓存在。

考古學者一：是啊！都靠住在這裡的老一輩，聽他們說故事說歷史，我才會知道的。

考古學者三：我說啊，我們這些研究歷史的人，還真比不上會說故事的老人家，光聽他們說地方的種種事情，都比我們苦讀那麼多書收穫更快更多。讀萬卷書也要起身行萬里路啊，哈。

考古學者一：今天希望我們能找到那隻消失的石馬。

考古學者二：沒錯。那我們就開始分頭找找吧。

△ 三人開始拿出手上的鏟子四處找尋與挖掘，一陣敲打聲過後，有人發現了東西。

考古學者三：你們快來看。我這兒發現了東西。（兩人衝向此處）

考古學者一：這像是馬尾巴的樣子。

考古學者二：這邊像是馬腿。

考古學者三：天啦！我們該不會真的找到石馬了吧？我太高興了啦！

考古學者一：快點，咱們快點挖，看看是否真是石馬吧！

△ 舞台再次傳來敲打聲，直到石馬一全身出土才停止。

考古學者二：太神奇了，太神奇了。長輩說的故事是真的，真的有石馬耶。

考古學者三：我們得趕快找個好地方安置這石馬，讓大家知道它的存在。

考古學者一：就放在赤崁樓吧，那兒離我們的研究室近，而且那邊還有很多文物要一起做歷史研究的。

考古學者二：對，放在赤崁樓是個好主意，就這麼決定吧！

△ 鏡頭移至阿河三人。站在樹下的阿河一行人終於知道第一隻石馬的下落了。不過，為什麼他們沒有找第二隻石馬，石馬二又為什麼會在天后宮呢？

石馬爺爺：兄弟呀（熱淚盈眶狀）！我終於找到你了，知道你有個好的地方住，我感到安心許多呀！感謝老天爺。

阿河：爺爺終於可以放心了（抱抱爺爺）。

阿山：不過，奇怪，他們怎麼不找石馬爺爺呀？

阿河：是啊，怎麼只找了一隻就不找了？

石馬爺爺：對呀（擦乾眼淚），怎麼不找我了呢？怎麼丟下我不理我啦！

阿河：會不會是他們根本不知道石馬有兩隻。

阿山：一定是這樣子的。

石馬爺爺：那我為什麼會在天后宮呢？誰來告訴我，誰來告訴我啊！

阿河、阿山：喂！爺爺，有魔法就有辦法！數到三，一、二、三。「ㄏㄡ（重音並拍手一聲）！后八哩后，后八拉后，后八哩巴拉后，后八逼后（說此段話時雙手舉在胸部兩側做左右節奏性搖晃動作）。ㄏㄡ（重音並拍手一聲）」

△ 舞台閃爍燈光，一陣炫彩後，一行三人又來到了荒廢的白馬墓前。

阿河：哈，我們又來到這兒了。

阿山：可是有車子耶！哈，真的有車子耶！（有一輛車子慢慢駛過白馬墓前）

石馬爺爺：看樣子我們應該是來到民國五十年的時候了。

阿河：你們看，那邊有好多水泥跟磚塊，是要蓋房子嗎？

石馬爺爺：看來沒錯，你們看，這兒的房子好多都是水泥磚塊樓房了。

阿山：啊，有挖土機來了，大家快躲。

△ 一台挖土機停在三人斜前方，同時出現兩個工人準備施工。三人退到樹下觀察工人們。

工人一：快，我們得趕在太陽下山前完成工作。

工人二：是啊！這裡的工程趕得很。老闆天天唸我們動作慢，再不加快速度，恐怕會沒了工作啊。

△ 話一說完兩人便開始挖掘地上的泥土，挖了一段時間後，似乎發現了特別的東西而停了下來。

工人一：喂，喂，你快來看看。

工人二：什麼事啊！（邊說邊走向工人一）

工人一：這好像是一隻動物耶？

工人二：是隻馬（左看右瞧），沒錯，是一隻馬。

工人一：這該不會是什麼重要的古物吧？

工人二：有可能，那該怎麼處理啊？

△ 里長伯正散步走過工地前，工人一指向里長伯。

工人一：喂，那不是里長伯嗎？問他就好了。

工人一、工人二：里長伯！里長伯！

里長伯：誰呀（轉向聲響處）？

工人一、工人二：：是我們啦！

△ 里長伯走向兩人。

里長伯：怎麼啦！什麼事找我熱心公益里長伯呀？

工人一：里長伯，您看看這東西（指向石馬）。

里長伯：這這這（往後跳了一下），哪來的斷腿馬啊？

工人二：我倆也不知道啊？就施工到一半挖到的。

里長伯：這該不會是什麼神奇寶貝吧？天啦，這絕對不能對牠
　　　　不禮貌。來來，你們兩位把石馬送到天后宮去，就放在
　　　　天后宮吧。

△ 石馬爺爺一行三人終於知道了答案。石馬兩兄弟失散的原因
　　與現在的去向。

阿山：原來爺爺是這樣來到天后宮的。

阿河：終於找到答案了。

石馬爺爺：唉！我終於可以安心了，不用再每天胡思亂想的。
　　　　　現在，讓我們回家吧！爺爺要跟著媽祖娘娘在鹽行守護
　　　　　大家，而你們兩兄弟也要好好當乖小孩，最重要的是要
　　　　　把屬於鹽行的故事讓大家知道呀！

阿河、阿山：是的，我們會聽爺爺的話的。

石馬爺爺：以後想爺爺的時候就來天后宮找我吧！現在我們一
　　　　　起回家吧！數到三，一、二、三。「ㄏㄡ（重音並拍手
　　　　　一聲）！后八哩后，后八拉后，后八哩巴拉后，后八遍
　　　　　后（說此段話時雙手舉在胸部兩側做左右節奏性搖晃動
　　　　　作）。ㄏㄡ（重音並拍手一聲）」

△ 舞台閃爍燈光，一陣炫彩後，一行三人回到各自的位置。寧
　　靜的早晨，微弱的陽光照向阿河與阿山熟睡的臉龐；另一

邊，爺爺矗立天后宮一隅的身影依舊。一切似乎回到原點，但三人的心中各自都擁有了不一樣但卻美好的變化，是關於石馬、關於永康鹽行及臺南這一片土地。

劇終

創作緣起

【編劇介紹】

　　目前為國小教師，大學及研究所主要修習輔導諮商與家庭教育。日常生活過得平凡，但絕不無趣，努力於平凡中創造屬於自己的無數小驚奇，豐富生命與滿足自我。

【發想】

　　一直以來，具有歷史味道的事與物就是能夠輕易抓住作者的心思。再加上身為古都臺南人，尤然為古城故事著迷，相信在這兒的每個小角落都有其獨特的背景故事。

　　根據史載臺南永康的「鹽行」是鄭成功登台最初地點，史料至今雖仍有爭議，但也激發作者探究其背景的好奇心。在有了這樣的想法後，便請教史學專長的同事許永河老師，他提及了鹽行白馬墓與鄭成功家族的故事，確實讓人大開眼界。

　　「白馬墓」原是鄭克臧的陵墓，而其墓前矗立的兩尊石馬便是作者創作的靈感根據。石馬的出現與異主而侍的遭遇，以及隨歲月消逝與重生的過程，所有故事片斷都讓作者有了非說給孩子們知道的想法。因此決定以戲劇創作的方式來呈現，結合史實與趣味軼事的兒童劇〈永康石馬記〉因應而生。在欣賞戲劇之時，也讓孩子們了解在臺灣這塊土地上的故事。

【參加故事劇場的動機與啟發】

宛儒是一位對表演藝術極度熱愛的朋友，因為她的帶領，作者因而有了欣賞兒童劇表演的機會，同時也參與了戲劇編排的工作，一齣好戲劇的生成是複雜與困難的，但最後結成的果實總是甜美。當孩子們心情隨著劇情起伏，完全融入時的瞬間，一定會對劇中的某個人、事或物，產生感動與學習的意念，兒童戲劇教育有著潛移默化的神奇力量，如果能藉由兒童戲劇來傳達正向力量給未來的國家主人翁，光是想像就讓人對它充滿學習鬥志與衝勁啊！

故事劇場課程紮實且緊湊，精華式教學很適合在職的學生，短時間的密集訓練，我相信所有學員都跟我一樣有了基本但確實的戲劇知識，是融合學術與實際的。而當課程結束之後，晞如老師也讓大家有機會進入到「劇本創作」的實務領域，我非戲劇本科系出身，著實深感壓力啊！在本劇創作的過程裡，很感謝晞如老師的專業指導與正面鼓勵，讓一個只會聽故事的人變成一位會說故事與寫故事的創作者。深信戲劇對社會影響力是猛烈的，我期待在為自己創造驚奇人生經驗時，也同時能為孩子們創造一場幸福與健康的心靈饗宴。

【學生回饋】

永康石馬記　讀後心得　林若奕　台南市三村國小六年五班

　　這個故事運用擬人法，使整篇文章看起來生動活潑，並且融入永康鹽行的文化及歷史，讓我在不知不覺中，從這篇有趣的文章裡，了解到永康鹽行的過去。

　　永康石馬記主要是敘述阿河和阿山幫石馬爺爺找兄弟的過程，他們穿越時空，認識了鄭克臧、林爽文等大人物。劇情還穿插了幾首臺灣唸謠在其中，增加了活潑的感覺。故事時而驚險，時而平靜，有時更令人感動不已，緊湊的劇情讓我的心上上下下，不斷促使我繼續看下去。

　　故事的結局，三位主角又回到平靜的現代，一切彷彿一場夢，夢裡，他們經歷了人間疾苦，體驗了戰亂時代，且領受了一場文化洗禮。

永康石馬記　讀後心得　韋欣　台南市三村國小六年五班

　　關於鹽行天后宮『石馬』的傳說，經由阿山和阿河在鹽行天后宮的嬉鬧和探索展開，除了有趣的故事情節外，也從中知道一些明末清初到日據時代臺灣與地方廟宇的歷史。

　　劇情在阿山、阿河和石馬爺爺的相遇下開始啟動，我最喜歡的故事部分是鄭克臧宅心仁厚對待百姓的態度，不但幫助窮苦的農家婦女找一份穩定的工作做，還時常巡視村民的生活，盡心照顧人民。這種心地善良的人讓我很欽佩，可惜鄭克臧大人很年輕就過世了，讓他的善行無法持續下去。

石馬爺爺回到過去是因為想知道他的兄弟為甚麼會跟自己走散，經過辛苦找尋後，發現石馬爺爺的兄弟原來是在赤崁樓。其實，兩隻石馬我都看過哦！只是不知道它們還有這麼一段有趣的故事，真是讓我覺得太驚訝。原來我的故鄉有這麼有意思的故事。石馬長得很可愛的，希望大家有時間一定要來臺南找它們喔！

【遺跡現址】

圖一　圖片說明：石馬一，目前保存於臺南市永康區鹽行天后宮。拍攝日期：2015.09.05 拍攝者：吳念栩

圖二　圖片說明：石馬二，目前保存於臺南市赤崁樓。拍攝日期：2015.09.05　拍攝者：吳念栩

【學生畫作】

圖三　繪者：臺南市三村國小六年五班 吳珮瑜
　　　畫作題目：永康石馬記

圖四　繪者：臺南市三村國小六年
　　　五班 林若奕　畫作題目：勤
政愛民鄭克臧

【作者簡介】

吳念棚

目前為國小教師，大學及研究所主要修習輔導諮商與家庭教育。日常生活過得平凡，但絕不無趣，努力於平凡中創造屬於自己的無數小驚奇，豐富生命與滿足自我。

五百羅漢交通平安

作者：李宛儒

劇本大綱

【演出長度】30~40分鐘

【演出形式】舞台劇

【建議年齡】4~12歲

【劇本大綱】

　　小時候的阿明是一位活潑、好動的孩子，也因此常常東跌西撞，這讓和他同住的阿嬤十分擔心。為了希望阿明能平平安安、健康長大，阿嬤在鄰居阿好嬸的介紹下，走了很遠很遠的路，到山上的廟裡求了一張平安符，希望平安符能帶給阿明幸運，事事都能逢凶化吉。

　　當阿嬤幫小孫子阿明繫上「**五百羅漢交通平安**」的平安符後，身邊就開始有五百位羅漢時時保護著阿明。阿明不管到哪裡去，總是戴著平安符，阿明一天一天地長大，出門在外所遇到的危險也與日俱增，當阿明差點掉下懸崖、坐飛機遇到亂流、大海嘯來襲時，**五百羅漢總**是用自己的生命保護他，直到有一天……。

【人物表】（依出場序排列）

✓ 阿嬤罔市　　75歲女性，和孫子阿明相依為命的老人家，十分
　　　　　　　疼愛阿明，也是一位虔誠的佛道教信徒

✓ 包子攤販　30歲男子，是一位熱心、會招呼客人的老闆

✓ 張半仙　45歲男子，是一位預言靈驗、有自信的算命師

✓ 賣糖葫蘆　30歲男子，具有童心、十分有小孩緣

✓ 賣南北貨商人　30歲男子，到處旅行、兜售南北貨，很留意
　　　　　　城鄉婦女的流行需求，也很會介紹自家商品

✓ 賣藥王祿阿仙　30歲男子，有三腳貓的功夫，靠賣一些祖傳
　　秘方為生，嘴巴非常會誇大商品功效

✓ 阿好孀　40歲三姑六婆型的中年婦人，十分熱心、好管閒事

✓ 5歲阿明（布偶）　由3位操偶人操演，表現出好動愛玩性格
　　　　　　的阿明

✓ 長大的阿明　長大後的阿明是一位懂事，不讓人操心的好孩子

✓ 五百羅漢（大師兄）／操作五百羅漢手偶　個性沉穩，是觀
　　　　　　音大士派來的使者，對於觀音大士所指派的各項
　　　　　　任務一向使命必達

✓ 五百羅漢（二師兄）／操作五百羅漢手偶　智勇多謀，是觀
　　　　　　音大士派來的使者，對於觀音大士所指派的各項
　　　　　　任務一向使命必達

✓ 觀音大士　是一位慈祥善良、使命救苦救難的神明

✓ 火神　強悍、激烈的舞者，喜愛光、火、熱的感覺

✓ 李春生阿公　是一位勤勞、疼愛孫女的農夫

劇本

第一場　千金難買早知道

＊投影布幕背景：古街道市集

＊音效：叫賣聲（賣包子、糖葫蘆、打拳賣藥聲、算命卜卦聲）

△左舞台有一包子攤販，中舞台有一賣狗皮膏藥的，右舞台有一算命卜卦仙，賣南北貨商人由左舞台出場，賣糖葫蘆從觀眾席出場。

包子攤販：賣包子呦！好吃的包子呦！有菜包、肉包、竹筍包、包包有料、包包好吃呦！客官兒快來買呦。

△賣南北貨商人從左舞台出場。

賣南北貨商人：來哦！來喔，城裡最流行的胭脂水粉喔！今天大家看得到、買得到是福氣！便宜賣，賣便宜！想要變美的姑娘到這裡。

△賣糖葫蘆的從觀眾席出場。

賣糖葫蘆的：糖葫蘆，好吃的葫蘆，一串30，兩串50，買五送一，有人要買嗎？

賣藥王祿仔仙：各位父老兄弟姊妹，小弟出來貴寶地，我們這祖傳三代的藥膏真的好用，是家庭必備良藥，（以下臺語）目睭痛，糊目眉；嘴齒痛，糊下骸；肚子痛，糊肚臍。今天看得到買得到，是大家的福氣，撞到、跌倒、看醫生一次得要兩百、三百、來用我這一塊狗皮藥膏，藥命除⋯⋯喔！不不不，是藥到病除啦！

△ 阿嬤罔市從左舞台出場走向賣藥攤。

阿嬤：哇！真的這有效喔？

賣藥王祿仔仙：是啊！這位大嬸有眼光，今天妳買到算賺到，來，告訴妳一塊狗皮藥膏多少錢？今天開市價，讓妳花費二十元，買一送五，保證妳用完還想再買。

阿嬤：（自言自語）這麼有效！我們家乖孫子阿明常常跌倒受傷，每天不是那裡傷，就是那裡腫的……老闆，我先買一片來試試，喔，你說買一送五的呦！

賣藥王祿仔仙：耶！大嬸有眼光，狗皮藥膏又給它包起來了！

阿好嬸：老闆，我也要買一送五……。

△ 罔市阿嬤巧遇鄰居阿好嬸。

阿嬤：耶！阿好嬸。

阿好嬸：罔市阿嬤，妳也來買喔，最近很久都沒看到妳出來逛哩！妳要買膏藥給誰用啊？

阿嬤：就是我那乖孫子阿明啊！每天蹦蹦跳跳，老是東邊撞，西邊跌的，常常受傷啦！這個……就是要買給阿明用的！他常常亂跑受傷，我每天都提心吊膽的……。

張半仙：天有不測風雲，人有旦夕禍福。千金難買早知道，萬事皆因沒想到，千金難買早知道，後悔沒有特效藥。我乃……張半仙，替人看相，直話直說，料事如神，號稱鐵口。隔壁大嬸面憂憂，想必心中有事愁。要不要來抽支籤，卜個卦，讓妳大事化小，小事化無啊？

阿好嬸：好啦！罔市阿嬤，聽說這個張半仙鐵口直斷，卜卦挺靈的，看妳這樣擔心阿明，妳就讓他算算，參考、參考……。

阿嬤：（猶豫了一下）好吧！就讓他算算無妨。

張半仙：來，請抽支籤……。

△ 阿嬤抽支籤，張半仙掐指一算。

張半仙：喔！妳們家中今年運勢低，要防範有人發生意外。

阿嬤：是喔？怎麼會！難怪阿明最近常受傷。

阿好嬸：半仙啊！那這事有沒有得解啊？

張半仙：（掐指一算）「嗯！這事也不是無解，要找到貴人，這貴人啊，在東南方……。

阿嬤：東南方？

阿好嬸：啊！對了，東南方山上有一間廟，聽說那裡供奉的觀音大士很靈驗的，罔市阿嬤，我看妳啊！找個時間到去山上求個平安符給阿明戴，讓阿明逢凶化吉啦！我們家的孩子我每人都求了一個，現在一個個都乖乖蹦蹦大哩！（台語發音）

阿嬤：嗯，阿好嬸，妳說得有道理，我明天就上山求一個平安符給阿明戴，謝謝妳喔，阿好嬸。

＊ 音樂：俏皮可愛轉場音樂，演員佈景、換道具

第二場　尋找愛的平安符

＊ 投影布幕背景：山上小徑

＊ 音樂：蟲鳴鳥叫自然音樂

△ 觀音大士坐在Q箱上（中後舞台）；五百羅漢（二師兄）雙手操作五百羅漢手偶站立於觀音大世後方，身上掛著「五百羅漢平安符（大）」。

△ 阿嬤（駝背狀）提著謝籃從左上舞台走向中舞台，做出爬山很累的樣子、擦擦汗。

阿嬤：昨天我聽隔壁的阿好嬸說山頂上有一尊觀音大士很靈驗哩！所以，我今天要上山跟菩薩求一個平安符給我的乖孫子阿明啦！（阿嬤搥搥背部）只是說，這間廟……怎麼這麼遠？走那麼久了都還沒到。

△ 阿嬤從中舞台繞一圈到中上舞台。

阿嬤：（邊走邊搥背說）哎呀！人老了，就不中用了啦！哎，才走一小段路，就這裡也痠，那裡也疼的，實在是人老不中用了啦！唉，到底還要走多久呢？

△ 阿嬤從中舞台走到左上舞台。

＊ 唸經木魚聲出（兜兜兜……噹）

阿嬤：啊！聽到這個聲音，應該是快要到了。

＊ 投影布幕背景：山上一座廟

△ 阿嬤從左上舞台走到中舞台菩薩面前。

阿嬤：啊，這裡真的有一間廟哩！

△ 阿嬤放下謝籃，跪在觀音大士面前。

阿嬤：（面對觀音大士說）觀音大士，信女罔市是從那裡的山頭（手指左上舞台）來的，我真的走了很遠很遠的路來到這裡，今天信女在你的面前要求一個平安符給我的乖孫子阿明，啊，說到這個阿明喔！我有帶他的照片來給菩薩看啦！（阿嬤拿出一張搞怪阿明的照片出來）來來來！（阿嬤拿著阿明的照片給菩薩看）菩薩！你看，我的阿明多麼可愛啊！祢看看！是不是很可愛呢？啊！你怎麼都不說話呢？是不是很可愛呢？（阿嬤愣了一下）啊！失禮失禮！神明本來就不會講話了。

△ 阿嬤回去跪回拜墊上。

阿嬤：觀音大士！求你賜給我一個平安符，讓我的乖孫子能平

安長大。

△觀音大士從甘露瓶灑出水。

觀音大士：五百羅漢交通平安！五百羅漢，聽令！

五百羅漢（大師兄）：（操作**五百羅漢**手偶張嘴說）是！

△大師兄走向右前舞台。

觀音大士：一百羅漢。

五百羅漢（大師兄）：（操作**五百羅漢**右邊手偶張嘴說）有！

觀音大士：兩百羅漢

五百羅漢（大師兄）：（往左走一步，操作**五百羅漢**左邊手偶
　　　張嘴說）有！

觀音大士：三百羅漢。

五百羅漢（大師兄）：（轉個身朝左邊一步，操作**五百羅漢**右
　　　邊手偶張嘴說）有！

觀音大士：四百羅漢。

五百羅漢（大師兄）：（轉個身朝左邊一步，操作**五百羅漢**左
　　　邊手偶張嘴說）有！

觀音大士：五百羅漢。

五百羅漢（大師兄）：（轉個身朝左邊一步，操作**五百羅漢**兩
　　　邊手偶張嘴說）有！

觀音大士：五百羅漢你們用心去保護那個罔市的孫子，阿明。
　　　讓他可以平平安安長大。

五百羅漢（大師兄）：是！

＊音樂：三角鐵清脆聲

△五百羅漢（大師兄）拿著「五百羅漢平安符（大）」繞舞台
　　半場後，將平安符放到阿嬤手上。

阿嬤：（接過平安符，驚喜狀）啊！這是一張符哩！上面好像

有寫一些字，但是，是什麼字啊？有人能告訴我嗎？
（向觀眾詢問）

觀眾：（阿嬤指著字讓觀眾念）五、百、羅、漢、交、通、
平、安。

阿嬤：（阿嬤指著字唸）五百羅漢交通平安！喔，原來是這樣
啊！這一張就是要保佑我孫子阿明的平安符啦！（阿嬤
走回觀音大士面前）真是感謝大士！謝謝大士！我要趕
緊把這張平安符帶回去給阿明帶在胸前。謝謝觀音大
士！謝謝觀音大士！

△ 阿嬤把平安符放入謝籃中，從左舞台離開。

＊ 音樂：俏皮可愛轉場音樂，演員佈景、換道具

第三場　帶來幸運的禮物

△ 中上舞台有一小桌子，桌上有幾輛玩具小車，中舞台有兩張兒
童藤椅，左舞台有小腳踏車，後放架上放置五百羅漢手偶。

＊ 音樂：俏皮可愛轉場音樂漸小聲

＊ 投影布幕背景：三合院內的榻榻米房間

△ 兩人操作阿明手偶。

阿明：耶，阿嬤去哪裡啦！怎麼那麼久都還沒回來啊？肚子好
餓喔！

阿嬤：阿明啊。

△ 阿嬤從左下舞台出場，走向右下舞台。

阿明：耶，好像是阿嬤的聲音呢！我快點去開門。

＊ 音效：開門聲

阿嬤：啊！我的乖孫子阿明（摸摸阿明的頭）。

阿明：阿嬤，你去哪裡啦？我等你好久喔！阿嬤，你買了什麼好吃得回來了（阿明跳了一下，想撥阿嬤謝籃看看有什麼好東西吃）。

阿嬤：來來來，你來椅子坐下，阿嬤跟你說……。

△ 祖孫兩人在藤椅坐下。

阿嬤：（顛頂狀），阿明先過來這裡坐下。

阿明：阿嬤，我等你等好久喔！

阿嬤：（邊說話邊拿出平安符（中））阿明，乖！阿嬤去……那邊的……山頭……觀音大士那裡，阿嬤求了一個平安符要給阿明喔！

阿明：平、安、符？那是什麼？可以吃嗎？（阿明將平安符拿起來咬一咬）。

阿嬤：哈，傻孫子，平安符不是拿來吃的啦！平安符是觀音大士派了五百個羅漢要來阿明身邊保佑阿明的。

阿明：什麼是平安符啊？

阿嬤：平安符就是可以保佑你平安快長大的幸運物啦。

阿明：平安長大喔！好啊！好啊！我要快點長大！我要快點長大！

阿嬤：好啊！那阿嬤現在就把這個平安符帶在你身上喔。阿明不管去哪裡，都要把這個平安符掛在身上喔。

阿明：好啊！我一定要快長大！

阿嬤：（摸摸阿明的頭）乖孫子，乖孫子，那阿明現在先乖乖在這裡玩，阿嬤去煮飯給你吃喔。

阿明：好啊！謝謝阿嬤。

△ 阿嬤從右舞台出場。

旁白： 從此以後，孫子阿明不管到哪裡去，身上都會戴著平安符。

＊**音樂：** 俏皮可愛轉場音樂漸大，漸小

△ 阿明在左舞台騎腳踏車。

＊投影布幕背景：三合院內的前院

阿明： （阿明爬上腳踏車）這一台腳踏車是我阿嬤買給我騎的，我才剛剛學會騎腳踏車而已（從中舞台騎右舞台）但是這樣騎好慢喔！我要騎快一點！快一點！屬害一點！（騎到中舞台）

阿嬤： （側幕）阿明，你在外面騎腳踏車要騎慢一點喔！

阿明： 我要騎快一點，這樣才很屬害！（差一點撞到桌腳）吼！嚇我一跳，差一點跌倒，耶，不好玩！我要去外面玩了！

阿明： （側幕）阿嬤——。

阿嬤： （側幕）喂——。

阿明： 我跟妳說，我要去外面玩喔！

阿嬤： （側幕）那你要小心一點喔！

阿明： 好！

阿嬤： （側幕）那你要注意自己的安全喔！

阿明： 好！

阿嬤： （側幕）那你那個平安符有沒有掛在身上啊？

阿明： 平安符喔？（阿明低頭看看平安符）有啦！

阿嬤： （側幕）好！那你可以出去玩了。

阿明： 阿嬤再見。

△ 阿明從左舞台離開。

＊**音樂：** 俏皮可愛轉場音樂，演員佈景、換道具

第四場　五百羅漢交通平安

旁白：時間漸漸地過去了，阿明五歲了，五歲的阿明是一個貪
　　　玩的孩子，這一天他獨自到山上去玩……。

△ 用3個Q箱蓋上綠色的布佈置成山崖的樣子，五百羅漢手偶置
　　於後方有輪子的曬衣架上，真人版大師兄、二師兄站於衣架
　　兩側。

＊ 音樂：俏皮可愛轉場音樂漸小聲

＊ 投影布幕背景：有懸崖的山上

阿明：（邊走邊唱）走！走！走走走！我自己小手拉小手，
　　　走！走！走走走！我要去郊遊。在家裡，一點也不好
　　　玩！還是要來外面，接觸大自然（深呼吸）這樣，空氣
　　　新鮮！我就快點長大。走！上山囉！

△ 阿明賣力地爬上Q箱做成的山崖。

大師兄：（側幕）阿明！你可要慢慢走，別跌倒啊！

二師兄：（側幕）阿明！你要注意喔！那裡很難走喔！

阿明：嘿咻！嘿咻！（賣力地爬山）嘿嘿！好高喔！我這一次
　　　一定要爬高高，這樣我就會很厲害，很快長大！耶？我
　　　的平安符呢？（阿明低頭找找）阿嬤說不管去哪裡都要
　　　戴著哩！喔，在這裡！

△ 阿明爬到山崖上往下探視。

阿明：（拍拍胸前作怕怕撞）喔，好高喔！我家像小火柴盒一
　　　樣哩！耶，那裡好像有一朵漂亮的花！如果我摘回去給
　　　阿嬤，阿嬤一定會好開心，說我好棒！

二師兄：（側幕）阿明！這樣很危險喔你！五百羅漢交通平安！

阿明：可是，好高喔！嘿，我、我、就快要摘到了。

二師兄：（在阿明身旁）阿明，不行危險啊！

阿明：我、我、就快要摘到了。

△（慢動作）阿明為了摘花從山崖上摔了下來，二師兄拿著手偶靠近阿明保護他，阿明摔落在手偶身上。（人物定格）

阿明：（站起來）耶，耶，阿明摸摸身體（抬頭），我從那麼高的山頂上摔下來，怎麼都沒事啊？但是覺得好像壓到什麼東西？阿嬤說這個平安符會保佑我，好像是真的耶！我怕怕、怕怕，我要趕快去回去跟阿嬤說，我要趕快回去叫阿嬤給我收驚……。

△布偶阿明從右舞台離開。

二師兄：（手偶說話）阿明，阿明，營養有夠好，從那麼高摔下來，壓到我的身體，我、我、我不行了！

大師兄：（側幕）五百、五百……。

旁白：在五百羅漢的保護下，阿明度過了這一次的難關，「五百」在這一次的危險當中犧牲了，接下來還有一百，兩百，三百，跟四百（引導觀眾說）。

△放三個當火車座椅，四百羅漢手偶置於後方有輪子的曬衣架上。

＊音樂：俏皮可愛轉場音樂漸小聲

＊投影布幕背景：機場內時刻表場景

△阿嬤提著行李箱，牽著手偶阿明從左舞台走到中下舞台。

阿嬤：阿明，來，跟著阿嬤走，要小心一點喔！

阿明：好。

阿明：阿嬤，不要啦！

阿嬤：好啦。

阿明：阿嬤，不要啦！

阿嬤：好啦。阿明，阿嬤跟你說，你已經12歲了，這一次你要自己坐飛機到紐約，找你的爸爸媽媽，紐約是很遠很遠的地方喔。

阿明：我知道啦！爸爸媽媽都住在那裡嘛！阿嬤，妳跟我一起去啦！

阿嬤：不行啦！阿嬤已經上了年紀、身體不好，不能坐飛機……阿嬤有交代航空公司的空中小姐好好的照顧你，你要乖，要聽話喔！

阿明：空中小姐有沒有漂亮啊？

阿嬤：（愣了一下）有啦！絕對比豬八戒漂亮啦！

△阿明和阿嬤互相拉扯。

阿明：阿嬤，跟我去，跟我去，跟我去啦！

阿嬤：但是，阿嬤的身體，挺不住，挺不住，挺不住啦！

＊音效：機場廣播聲

旁白：親愛的旅客，搭往美國紐約的AA343號班機將在10分鐘後起飛，請搭乘的旅客盡速前往1號門登機。

阿嬤：好啦！阿明，飛機快要起飛了，你要乖，要注意安全喔！計程車在外頭等阿嬤，阿嬤要先出去囉！你要乖喔！

△阿嬤匆匆地從左舞台跑出去。

阿明：阿嬤、阿嬤，好啦！阿嬤再見了，阿嬤也要好好照顧身體，保重喔！阿嬤，你要打電話給我喔……。阿嬤再見！臺灣再見！

＊音樂：飛機起飛聲

＊投影布幕背景：天空雲朵

阿明：我要去找爸爸媽媽了。

△ 阿明從右舞台出場。

＊音樂：俏皮可愛轉場音樂，演員佈景、換道具。

△ 大師兄、二師兄、和操偶者1拉著白色的布上面架著貼著阿明
　　圖樣的充氣飛

機從左舞台出場，移動到右舞台

阿明：哇！飛機上的雲朵好漂亮喔，房子像火柴盒一樣，人好
　　　像小螞蟻喔。

旁白：當飛機飛往紐約的途中，突然颳起了一陣亂流。

＊拉著白布和飛機的三人強烈地動作

阿明：怎麼了啦？好可怕喔！

大師兄：糟糕！阿明有危險了！

二師兄：讓我們趕快營救阿明。

大師兄、二師兄：五、百、羅、漢、交、通、平、安。

阿明：阿嬤，救命啊——！

△ 大師兄拿著羅漢布偶和飛機往下舞台衝，慢慢停止不動

△ 其他拉布的兩人將布緩和放下

大師兄：我——也——沒——氣——了——。

＊音樂：俏皮可愛轉場音樂，演員佈景、換道具。

旁白：在這次的亂流危險中，四百不幸地犧牲了，但是，沒有關
　　　係，我們還有還有一百，兩百，三百（引導觀眾說）。後
　　　來，阿明又會遭遇到什麼呢？讓我們繼續看下去。

＊舞台後方以藍色的布布置成海洋的情景

＊音樂：海浪、海鷗聲

＊投影布幕背景：海洋景色

△ 阿明坐在大張的紙船上搖晃著。

旁白：到了紐約的阿明過得十分快樂！跟著爸爸、媽媽四處地旅行，這一天，他們要搭著小船到小島玩。

阿明：Row, row, row your boat,

Gently down the stream.

Merrily, merrily, merrily, merrily,

Life is but a dream.

划，划，划小船，

緩緩順流下。

開心呀，開心呀，開心呀，開心吧，

人生不過一場夢。

阿明：哇！這一片海洋，好漂亮喔！

旁白：忽然！不知道怎麼了？一陣大海嘯席捲而來……。

＊音樂：海嘯聲

＊投影布幕背景：波濤洶湧的海景

阿明：哇！怎麼了，船搖得好厲害喔！好——想——吐——喔——。

大師兄、二師兄：五、百、羅、漢、交、通、平、安。

大師兄：快！把船舉高，保護阿明。

△一隻羅漢布偶掉了下去。

大師兄：三百、三百。

旁白：在三百羅漢的保護之下，所有的乘客都平安地到達目的地，但是三百的羅漢卻犧牲了。

＊音樂：俏皮可愛轉場音樂，舞台清空

＊背景：深夜的森林樹影

△大師兄坐在右舞台，二師兄坐在左舞台。

二師兄：大師兄，你看，這要怎麼辦呢？為了保護阿明，我們

的師兄弟，一個一個犧牲了，現在，只剩下我們兩個了，我們還能完成觀音大士交待的任務嗎？

大師兄：所以，我們應該要更堅強才行，我們要好好訓練自己的武功才行了。

二師兄：是！大師兄你說的對！我們要好好鍛鍊身體，練好武功，才能好好保護阿明。

大師兄：現在，天快亮了！我們要把握時間，趕快來練武功啊！

二師兄：事不宜遲，來吧！

△ 兩人在舞台上拿著長矛練武功。

＊ 音樂：武術音樂

＊ 投影布幕背景：三合院前院

＊ 音樂：俏皮可愛轉場音樂漸小聲

△ 三個Q箱併排在中舞台。

旁白：阿明十八歲的那一年，他考上了大學，所以這一天他獨自搭著火車往學校出發。

△ 阿明從左上舞台出場。

＊ 音效：手機鈴聲響。

△ 阿明接起手機。

阿明：阿嬤，我跟妳說喔，我現在已經到達火車站了。

＊ 投影布幕背景：火車站月台

阿明：喔！是第二月台喔……平安符我都有帶在車上啦！

△ 廣播音效：各位旅客，您好，五點零二分，經由花東線開往台北的4673次自強號請在2B月台候車。

阿明：我的火車快來了，我要趕快上車了，阿嬤，妳要保重喔！

＊ 投影布幕背景：自強號車廂內場景

△ 阿明坐在Q箱上演出坐火車晃動感。

＊音樂：快板緊張音樂（女武神的飛行／華格納）

旁白：但是在往學校的路途中，火車突然衝出軌道，引發了一
　　　場火災。

△阿明跌坐在地上；火神從左上舞台舞著彩帶出場。

＊音樂：火神之歌

　　波 波 波 波波　　波 波波 波波 我愛濃濃的煙 我愛熱熱的火

　　波 波波 波波　　波波波 波波 消滅　消滅　消滅一切

阿明：（咳嗽）哇！怎麼會翻車，啊！失火了，救命啊，救
　　　命啊！

△阿明昏倒在地上，二師兄出場救阿明到左下舞台。

二師兄：五、百、羅、漢、交、通、平、安；阿明，你不用怕，
　　　　我會救你安全地出去……阿明，這裡安全了，阿明，
　　　　我……。

△阿明和二師兄都倒臥了下來。

旁白：過了好一會兒，火勢漸漸小了，阿明慢慢恢復了意識，
　　　爬了起來。

阿明：噫！我怎麼會躺在這裡？這裡是哪裡？啊！對了，我要
　　　坐火車去學校，結果火車翻覆，失火了，我好像有看到
　　　五百羅漢出來救我哩！啊！一定是的，一定是我戴著這
　　　個阿嬤求來的平安符才沒事的。但是，我昏倒時感覺到
　　　五百羅漢好像為了保護著我，都……。

＊音樂：溫馨音樂

＊投影布幕背景：秀出五百羅漢圖像

大師兄：阿明。

阿明：啊！羅漢伯伯。

二師兄：阿明，你已經長大了，可以好好照顧你自己了，我們

的任務也已經達成了。

阿明：啊！羅漢伯伯……是啊！我已經長大了，我很謝謝阿嬤在我小時候，送給我這一個「**五百羅漢交通平安符**」，它總是帶給我幸運、幸福，還讓我現在能變成一個勇敢的人。

大師兄：啊！我們的阿明已經長大了，我們師兄弟很開心能陪你一起長大，從今以後，希望你也可以幫助別人，變成別人的「**五百羅漢**」喔！知道嗎？

阿明：嗯，我會的，謝謝羅漢伯伯十八年來的照顧，我會成為一個時時幫助別人的好人的……。

△ 阿明將「五百羅漢平安符（中）」掛回五百羅漢手偶身上。

△ 觀音大士出現在左上舞台。

觀音大士：嗯，五百羅漢不負我所託，總算完成你們的任務了。很好！很好！

＊ 音樂：溫馨音樂

＊ 投影布幕背景：山上一座廟

△ 觀音大士坐在Q箱上（中後舞台）；五百羅漢（二師兄）雙手操作五百羅漢手偶站立於觀音大士後方，身上掛著「五百羅漢平安符（大）」。

△ 一位阿公從左後舞台走到中舞台菩薩面前。

阿公：啊，這裡應該就是罔市阿嬤介紹的那間廟了，真的好遠喔！

阿公：（跪下）觀音大士，信男李春生是從那裡的山頭（手指左後舞台）來的，我真的走了很遠很遠的路來到這裡，今天信男在祢的面前要求一個平安符給我的乖孫女阿珠啦，阿珠三天兩頭常常感冒生病，聽說您很靈驗的！求

祢賜給我一個平安符，讓我的乖孫女能身體健康，平安長大。

△ 觀音大士從甘露瓶灑出水。

觀音大士：五百羅漢交通平安！五百羅漢，聽令！

五百羅漢（大師兄）：（操作五百羅漢手偶張嘴說）是！

△ 大師兄走向右前舞台。

觀音大士：一百羅漢。

五百羅漢（大師兄）：（操作五百羅漢右邊手偶張嘴說）有！

觀音大士：兩百羅漢。

五百羅漢（大師兄）：（往左走一步，操作五百羅漢左邊手偶張嘴說）有！

觀音大士：三百羅漢。

五百羅漢（大師兄）：（轉個身朝左邊一步，操作五百羅漢右邊手偶張嘴說）有！

觀音大士：四百羅漢。

五百羅漢（大師兄）：（轉個身朝左邊一步，操作五百羅漢左邊手偶張嘴說）有！

觀音大士：五百羅漢。

五百羅漢（大師兄）：（轉個身朝左邊一步，操作五百羅漢兩邊手偶張嘴說）有！

觀音大士：五百羅漢你們又要出任務了，這一次你們要去保護李春生的孫女，阿珠。讓她可以身體健康，平安長大。

五百羅漢（大師兄）：是！

＊音樂：三角鐵清脆聲

△ 五百羅漢（大師兄）拿著「五百羅漢平安符（大）」繞舞台半場後，將平安符放到阿公手上。

阿公：（接過平安符，驚喜狀）啊！這是一張符哩！上面好像
　　　有寫一些字，但是，是什麼字啊？有人能告訴我嗎？
　　　（阿公對著觀眾詢問）

觀眾：（阿公指著字讓觀眾念）五、百、羅、漢、交、通、平、安。

阿公：（阿嬤指著字念）五百羅漢交通平安！咦，原來是這樣
　　　啊！這一張就是要保佑我孫女阿珠的平安符啦！（阿公
　　　走回觀音大士面前）啊！真的是感謝觀音大士！謝謝觀
　　　音大士！我要趕緊把這張平安符帶回去給阿珠帶在胸
　　　前。謝謝大士！謝謝大士！

＊音樂：溫馨音樂起

劇終

創作緣起

【參考資料】

劉旭恭／圖文（2009）‧五百羅漢交通平安‧台北：天下雜誌。

民俗思想起~消失中的常民生活文化之賣雜細、噹鈴瑯

（http://163.23.253.211/93-94/93%A6~/21/trade/business_rouge.html）

民俗思想起～消失中的常民生活文化之打拳賣藥

（http://163.23.253.211/93-94/93%A6~/21/trade/business_sell_mediciation.html）

【編劇介紹】

　　李宛儒，曾從事13年的幼教工作，目前在臺南市擔任國小教師，並兼任活動組長一職。在學校，主要教授藝術與人文中表演藝術領域，對於生命教育、品德教育、劇場教學與創造力教學都有極大的投入及熱愛。

　　自從十幾年前大二階段受到屏東教育大學（原屏東師範學院）陳仁富教授的表演藝術薰陶，曾改編糖果屋成為幼幼劇場，並擔任蛋糕超人一角，當時獲得了屏東小朋友的熱烈迴響。而碩士畢業論文也以「一位幼稚園教師實施創造性戲劇教學之行動研究──以台語兒歌為媒介」為研究題目，重新改編台語兒歌西北雨的故事。擔任正式教職後，曾以罹癌同事之真人真事改編「來

自風中的愛」；曾指導學生及故事媽媽演出的作品有「說演蘋果樹」、「雪人與魚」、「歌劇魅影之愛恨情仇光影戲」、「三崁店的蛙蛙之歌」、「憫農詩」、「唐山過台灣（教師入戲示範教學）」、「十兄弟（報紙偶演出）」等。

102年及103年也曾參與國科會與「影響‧新劇場」之創造力教育「深耕推廣—游‧戲計畫」與「游戲計畫Ⅱ—藝起PLAY計畫」，帶領低年級及高年級同學進行校園創意戲劇活動。103年及104年亦配合臺南市政府藝術深耕教育計畫，帶領學生進行布袋戲、懸絲偶及報紙偶一系列的探索課程及演出。

【發想】

第一次聽到「五百羅漢交通平安」是在南瀛故事人協會執行長沈彩蓉老師培訓故事媽媽的場合，受訓完後，我立刻去買了繪本來看，後來才發現這是劉旭恭老師的作品，因為之前就讀過他的《好想吃榴槤》，總覺得他的作品很生動而充滿童趣，一直十分喜愛。

而《五百羅漢交通平安》這本書雖然是以交通安全的主軸出發，但整本書一直貫串在「愛」的主題中，雖然表面看來只是阿嬤幫小孫子求個平安符這樣平凡的事件，但五百羅漢所隱藏的意涵，卻包含了小孩子在成長歷程中，會遇到不同的人、事、物默默地付出與守候，直到孩子長大。孩子身邊重要家人的守候就不遑多論，其實成長的過程中亦包含了褓母、老師、警察、醫生、護士、導護媽媽……等的默默付出。就如同陳之藩文章「謝天」同樣的道理，太多人默默守護、太多人默默付

出、太多人需要感謝，所以，我們就感恩天地。反觀現代社會亂象事件頻傳，這對於身為一位教育工作者以及兩個媽的我，實在憂心忡忡，我們需要有更正向的力量為社會注入暖流，而《五百羅漢交通平安》的故事精神正符合我需要的題材。

自從擁有《五百羅漢交通平安》的書後，想將它延伸到戲劇領域的想法一直在心中蠢蠢欲動，適逢修了臺南大學陳晞如老師兩學分的故事劇場課程，當其他組別來自南來北的組員們還在討論要從何主題下手時，我向組員大力推薦《五百羅漢交通平安》的故事並獲得迴響。回想當時，只在短短幾天的籌備過程中，組員們快被我龜毛的個性搞瘋了，半夜兩三點還在街頭討論劇中平安符的製作，這時想想，實在有趣！所以，這齣戲與劇本能夠誕生，除了要對陳晞如老師大大感謝以外，還要感謝第二組組員鄭千玉、蔡幸儒、吳念栩及李麗娜同學。妳們好強喔！我太愛你們了！

【參加故事劇場的動機與啟發】

期待了好久，終於能空下時間並有機會來上臺南大學陳晞如老師的「故事劇場」課程。想當時，揪著好姊妹吳念栩與李麗娜一同來修課，對於當時忙碌於工作與照顧家庭而過著庸碌生活的我，獲得了很大的充電與喘息。

雖然只有短短兩個月緊湊而豐富的課程，到最後還需要產出型的成果，在修課的過程中的確有小小的壓力，但我卻樂此不疲，也因此結交到許多表演藝術領域的好姊妹，互相取暖、相知相惜；最感謝的是陳晞如老師進行豐富的教學內容，從認識兒童

戲劇、經典兒童戲劇欣賞、劇本賞析與創作、劇場實際活動的帶領與學員實作課程……到最後需要有一場正式的兒童戲劇成果發表會，這其中包含：劇本編創、演員排演、服裝道具及音效準備、還要製作節目單、拍攝定裝照、邀請觀眾……等。

我們從理論探討進行到實務創作，學員們都培養了良好的默契與情感，而本次發表的「五百羅漢交通平安」也是因為參加這個課程，以及晞如老師的推波助瀾下產出的，所以十分感謝晞如老師的鼓勵及指導，讓我生平有機會第一次將作品以書籍的方式進行發表。

未來，我仍會持續著對表演藝術的熱情，進行戲劇教學與創作，只期盼兩個小寶貝寶穎與品程快樂健康、平安長大，讓媽咪能有更多的時間可以投入戲劇編創的樂趣。

【作者簡介】

李宛儒

愛看戲、愛作戲，常帶著孩子們在劇場間穿梭。曾從事13年的幼教工作，目前擔任國小教師兼活動組長，教授表演藝術。喜歡將生活中小人物的故事以自己的感受記錄下來，希望藉由戲劇，創造更美好的生活與自己。

阿江歷險記

作者：林怡瑄

劇本大綱

【演出長度】50分鐘

【演出形式】舞台劇

【建議年齡】7~12歲

【劇本大綱】

　　阿江個性懶散不喜歡勞動，因為從小是家裡的小霸王，所以總是茶來伸手、飯來張口。升上國中之後，進入青少年時期，個性開始變得叛逆，時常與父母頂嘴，國一那年的生日拿到智慧型手機後，喜歡沉浸在網路的世界裡，整天掛在臉書上、手機不離身，也沉迷於網路遊戲，什麼事都不做，對讀書興趣缺缺，在學校更是個令老師頭痛的孩子。

　　暑假到了，阿江的爸爸覺得即將升上國三的阿江應該要好好收心，認真準備會考，決定暫時保管他的手機，並送他回鄉下阿公阿嬤家。阿江沒了網路、沒有線上遊戲，頓時失去了生活的重心，只好打籃球或是成天騎著腳踏車漫無目的趴趴走，有一天他來到了神秘的綠色隧道，為了宣洩他煩悶的心情，於是拿起樹枝亂打亂揮、又撿起地上的石頭丟來丟去，大鬧一番後，他無意間發現一個顏色鮮艷，看起來又可口多汁的小果實，調皮地嚐了一口，然後感到一陣睡意，於是就睡著

了，不知道過了多久，突然被一陣吵雜的聲音給驚醒，慢慢甦醒過來後，阿江被眼前的景象嚇了一跳，彷彿置身於另一個世界……。

【人物表】（依出場序排列）

- ✓ 媽媽　家庭主婦，每天要準備三餐、整理家務，照顧一家三口，卻樂在其中，是個溫柔但有點寵溺小孩的媽媽

- ✓ 爸爸　平時工作忙碌，與孩子相處時間不多，是個超級棒球迷

- ✓ 阿江　國中二年級的學生，原本是個乖巧聰明的孩子，但從國中開始沉溺於網路世界後，對其他的事都興趣缺缺，個性懶惰散漫，也變得叛逆不服從

- ✓ 六嬸婆　阿公、阿嬤的好鄰居，平時喜歡跟阿公、阿嬤在屋前樹下話家常

- ✓ 阿嬤　傳統的母親，善良、勤奮，疼愛孫子

- ✓ 阿公　傳統的父親，心直口快，大嗓門，大男人主義

- ✓ 周阿伯　個性爽朗，喜歡分享，是阿公、阿嬤的好朋友，與阿公、阿嬤交情好，經常一起分享好東西及食物，看著阿江從小到大的過程

- ✓ 蟹老爺　年紀最長的螃蟹，慈愛關懷，是螃蟹們尊敬的長老

- ✓ 蟹大姊　非常愛漂亮，每天都畫上美美的妝，穿著華麗的衣裳，打扮的花枝招展，舉手投足都小心翼翼，保持最好的形象

- ✓ 蟹小弟　年紀最小的螃蟹，個性率直坦白，總是神采奕奕

- ✓ 彈塗魚妹妹　蟹小弟的好朋友，個性爽朗直白，直言不諱

劇本

第一場　阿江的生活

* 中舞台燈漸亮
* 場景：家中飯廳
△ 媽媽正一邊哼歌、一邊愉快地準備晚餐，將晚餐一道一道端
　 上桌。

媽媽：啦啦啦……啦啦啦……（哼著輕快旋律）這是我們家江
　　　　江最愛的番茄炒蛋，　嗯……（語氣上揚）好香啊！還有
　　　　爸爸喜歡的洋蔥炒豬肉絲，歐伊西依（日語「好吃」的
　　　　發音），再來一道健康的燙青菜（淋上醬油），最後是
　　　　香噴噴的南瓜牛奶濃湯！Bravo！（微笑及手勢）

* 中舞台燈微暗
* 左舞台及右舞台燈漸亮
* 背景音效起（棒球比賽）
△ 爸爸正坐在客廳的沙發上，兩手拿著加油棒，目不轉睛、專
　 注地看著棒球賽。
△ 阿江正在房間，坐在電腦桌前，認真關注著臉書，手在鍵盤
　 跟滑鼠之間忙碌著。
* 中舞台燈亮
△ 媽媽繼續在餐廳裡忙碌著，把碗盤及筷子擺放在餐桌上。

媽媽：江江，吃飯囉。（望向阿江的房間）爸爸，吃飯囉。
　　　　（望向客廳）

媽媽：（走向客廳）爸爸，吃飯時間到了，該把電視關了，出來用餐啦。

爸爸：好、好、好，我再看一下下就過去，現在是關鍵時刻啊！

媽媽：（走向阿江的房間）江江，該吃飯囉！我今天準備了你最愛吃的番茄炒蛋，趕快出來吃飯！

爸爸：阿江還在房間嗎？（對著媽媽說）阿江——吃飯了！（望向阿江的房間）

△ 媽媽看爸爸走進飯廳，於是就拿起爸爸的飯碗，幫爸爸盛了一碗飯。

媽媽：爸爸（語氣上揚），我今天準備了你愛吃的洋蔥炒豬肉絲喔！（用筷子幫爸爸 夾了一口放在爸爸的飯碗裡）

爸爸：阿江，你還在房間裡面做甚麼？還不過來？（拉高嗓子，望向阿江的房間）

△ 阿江慢慢走進飯廳，準備用餐。

阿江：知道了啦！（心不甘情不願地回應）很吵耶，囉哩叭唆。（嘴巴念念有詞）

爸爸：你到底都在房間做甚麼，叫了好幾次都沒回應。（嚴肅的語氣）

阿江：用電腦啊，不然還能幹嘛？！（語氣不耐煩）

△ 媽媽看阿江坐下後，拿起阿江的飯碗，盛了一碗飯放到阿江面前。

媽媽：江江，來，這是你最愛吃的番茄炒蛋喔！（幫阿江夾了一口放到飯碗）

爸爸：阿江都已經要升國三了，應該要學習獨立，你不要甚麼事情都幫他弄得好 好的（一邊吃飯，一邊對著媽媽說），你就是這樣，阿江都讓你給寵壞了，到現在家事

都不做，連房間都要你幫他整理。唉，孩子大了要懂得放手，不然怎麼學得會承擔責任呢！（語重心長）

△ 阿江不以為意，三人繼續用餐，沉默了一會兒。

爸爸：（對阿江說）下禮拜不是期末考嗎？考完試就開始放暑假了吧？

阿江：嗯。

媽媽：期末考要認真準備喔，記得把書帶回家，晚上才能利用時間複習功課。（看著阿江，用關愛的眼神對他說，又忍不住幫他夾了菜）

阿江：嗯——嗯。

△ 阿江一邊吃飯，一邊拿出口袋裡的手機放在桌上，開始滑了起來。

爸爸：老師上次打電話到家裡，說你在學校上課都不專心，精神不濟。

阿江：我哪有（有點激動），老師都亂說，我只是趴在桌上休息一下下，他就說我在睡覺。

媽媽：（對著阿江）體力不好，這幾天媽媽幫你燉個雞湯，補一補身體。

爸爸：還說沒有，吃飯也在滑手機，手機收起來！

阿江：奇怪耶，我剛拿出來，用一下也不行？你自己還不是每天都在看棒球賽！

爸爸：你現在是怎樣？長大翅膀硬了，對你老爸講話用這種口氣？

阿江：（不耐煩地嘴巴念念有詞）我講的都是實話啊。

媽媽：（急忙緩和一下緊張的氣氛）好了、好了，爸爸跟江江你們別吵了，來嚐嚐我今天熬煮的南瓜牛奶濃湯，很讚喔！

△ 媽媽拿起爸爸跟阿江的湯碗，幫忙盛了兩碗湯。

媽媽：爸爸，有什麼事情好好跟江江說，不要生氣嘛！（一手放在爸爸的手臂上）

爸爸：現在都要升國三了，也不會主動讀書，總是要人家提醒，看明年五月份的會考要怎麼辦。我看啊，暑假你就去你阿公、阿嬤家住好了。

阿江：隨便啊，反正我又沒差。

爸爸：不只這樣，而且手機要暫時給我保管，我看你已經3C中毒了。

阿江：什麼──為什麼！（質疑）我不要！

＊中舞台燈漸暗

△三人定格，背景節奏響起。

＊中上舞台燈漸亮

△阿江走到中上舞台，帶起鴨舌帽，開始唱rap。

＊音樂（rap）：這是 什麼世界 大人說的 永遠都對

　　　　　　　只是 玩玩手機 上上臉書

　　　　　　　就 叫你關機 趕快去讀書

　　　　　　　對你 限制東 限制西

　　　　　　　大人小孩 標準不一

　　　　　　　自己在客廳沙發看球賽

　　　　　　　不准小孩 玩電腦 殺時間

　　　　　　　我的世界怎麼這麼 黑暗

　　　　　　　不讀書的小孩就是 壞蛋

　　　　　　　將來有一天 我會證明

　　　　　　　你們大人未必比 較行

第二場　阿公、阿嬤家

＊中舞台燈漸亮

＊場景：阿公、阿嬤家

△ 阿公、阿嬤家是在一間廟的旁邊，家的前面有一棵大榕樹，附近的老人家們中午吃飽飯後習慣睡個午覺，然後在下午拿著家裡的小板凳，坐在榕樹下，泡茶乘涼，悠閒地聊天話家常……。

△ 這天下午，阿公、阿嬤和六嬸婆在榕樹下泡茶聊天，茶几上放著一些小茶點。

六嬸婆：聽說你們家江仔回來啦？怎麼都沒看到人？（左右張望）

阿　嬤：對啊、對啊，前幾天放暑假了，他老爸、老媽把他送回來這邊過暑假；這會兒跑出去打籃球啦，不然整天在家喊著無聊死了。

六嬸婆：你們兒子、媳婦真是有心啊，把孫子送回來陪你們兩個老人家。

阿　公：就是因為江仔太愛玩了，整天坐在電腦前面，不然就整天玩手機，他老爸快被他氣死了，就把他送到這邊，不能玩電腦啦，手機也被沒收了，所以每天從早到晚就喊無聊。

六嬸婆：喔，現在的小孩子都這樣啦，有電腦跟手機就好了，坐在電腦前面，一天就這樣過去了，什麼正事都沒做；我家孫子也是這樣，講都講不聽。

△ 阿江剛打完球，滿身大汗，手上拿著籃球走過來。

阿江：阿公、阿嬤，我回來了。六嬸婆。（隨意地打了招呼）

阿嬤：來來來，江仔，這杯茶給你。看你滿身大汗，趕緊進屋裡去把汗擦乾，免得待會兒感冒著涼了！

阿江：不用這麼麻煩啦，坐在這邊吹吹風，等一下自然就乾了！

△ 阿江從旁邊拉了一張可以靠背的椅子坐了下來，往後靠在椅背上閉起眼睛休息。

阿公：（對阿嬤說）你不用管他這麼多啦，萬一如果他真的感冒了，痛苦的也是他自己，這麼大了還不會照顧自己的身體，也是要自己負責啦。

阿江：不會啦、不會啦！哈——啾——，哈——啾——。（說完後連續打了兩個大噴嚏）

阿嬤：你看、你看，馬上說，馬上中，還不趕快進去換件衣服。

阿江：喔，好啦、好啦。

△ 阿江說完後起身往屋裡走去。

△ 這時周阿伯騎著機車經過，在旁邊停了下來。

周阿伯：大家好！吃飽了沒？（中氣十足）

阿公：周仔，來、來、來，一起來喝杯茶。（開心愉快狀）

周阿伯：你們都正巧在這邊，我前幾天跟老人會一起去旅遊，買了一包茶葉，聽說是有得獎的喔，很好喝（加強語氣），所以特地拿來給你們喝喝看。（順手遞出掛在機車手把上的茶葉）

△ 阿嬤連忙道謝並順手接過茶葉。

阿嬤：謝謝啦！周仔你真是客氣，常常拿東西過來給我們！

周阿伯：這小東西而已啦，沒什麼、沒什麼，你們不嫌棄啦。

阿公：我的茶葉剛好泡完，正好你就拿了一包新的茶葉過來，

我們兩個真是「心有靈犀一點通」喔！

△ 阿公說完後，大家一起開懷大笑。

周阿伯：啊──，對啦（突然想到），我老婆叫我帶幾尾虱目魚
　　　　要給你們，差點給他忘記了，（從機車前座的掛鉤上拿下
　　　　一袋魚，交給阿嬤），好險有想到，要不然這下子如果又
　　　　把魚帶回家去，就要被我們家那口子給唸到臭頭了。

阿嬤：（接過用塑膠袋裝著的一袋魚）謝謝啦！你們家的魚很
　　　好吃。

△ 這時阿江換好衣服從屋裡走出來，走到躺椅上坐了下來。

周阿伯：喔──，江仔你回來台南喔，好久沒看到你了呢，長
　　　　這麼高了啊，而且變得更加帥氣囉。

阿江：周阿伯。（跟周阿伯隨興地打了聲招呼）

△ 阿江跟周阿伯打完招呼後，順手拿起茶桌上的茶杯，啜了一
　　口，然後發現阿嬤手上提著兩尾魚。

阿江：阿嬤，你怎麼提著一袋魚？（狐疑地看著阿嬤）

阿嬤：這是你周阿伯特地拿來的啊。（看了魚一眼，再看向
　　　阿江）

阿江：喔──喔，那──這是什麼魚啊？（看向周阿伯）

周阿伯：這個啊，就是台南最有名的魚，叫做虱目魚。說到這個
　　　　虱目魚啊，我可是巷子內的人喔！（台語）今天算你運氣
　　　　好，遇到我這個專家，我就來跟你說說虱目魚的故事吧！

△ 舞台上全部的人都定格。

＊ 中舞台燈漸暗，中下舞台燈漸亮

△ 周阿伯往前走到中下舞台，說起虱目魚的故事。

周阿伯：關於「虱目魚」的由來啊，傳說是這樣子的，當年鄭
　　　　成功趕走大批的荷蘭軍隊之後，台南安平當地的居民為

他舉辦慶功宴，來慶祝收復臺灣。鄭成功吃到這種好吃的魚，就指著魚問道：「什麼魚？」（台語）當地居民會錯意，以為鄭成功為此魚賜名為「虱目魚」，這個名字就因此留傳下來了。

△ 水流音效及輕快節奏起。

＊ 音樂起：虱目魚啊 游啊 游啊 愉快的游啊

　　　　　　享受溫暖的海水 自由自在 無比快樂

　　　　　　青苔海草和藻類 美味豐富 任意選擇

　　　　　　銀白色小圓鱗是最具特色的衣服

　　　　　　深深交叉的尾鰭變身華麗燕尾服

　　　　　　我們是游泳健將 爆發力強 泳速特快

　　　　　　溫暖海水任暢遊 幸福愉快 自由自在

　　　　　　虱目魚啊 游啊 游啊 愉快的游啊

＊ 中下舞台燈漸暗

第三場　阿江濕地奇遇

＊ 舞台燈漸亮

＊ 場景：四草濕地

△ 左舞台有一棵樹，樹的旁邊停了一輛腳踏車，中舞台是一大片濕地，濕地上有許多螃蟹跟彈塗魚，右舞台有幾棵較矮的植物。

△ 阿江在家裡待了好幾天，只能到附近的籃球場打球，覺得真是無聊至極，他每天懷念著家裡的電腦和被沒收的手機，心

中滿是鬱悶，快要按耐不住了，於是決定要騎著腳踏車去到處逛逛、吹吹風、散散心。

△ 阿江坐在腳踏車上，把腳踏車停在樹的旁邊，面向觀眾，右手扶在樹幹上。

阿江：後！每天待在這種鬼地方，沒有網路、也沒有電腦跟手機，真是有、夠、無、聊！（抱怨無奈狀）

△ 阿江把腳踏車停好，走到中舞台。

△ 阿江覺得心煩意亂，於是看看附近沒有人，隨手摘折樹枝、樹葉，還抓起地面上的螃蟹跟彈塗魚隨意捉弄，自得其樂，直到他發現一顆長的很奇特的植物……。

阿江：嘿咻！（折下一段樹枝）哈！呦！嘿！（拿著樹枝朝樹上亂打亂揮）

阿江：咦？這裡有螃蟹耶，來抓螃蟹好了！哈哈！嘻嘻，真好玩！（自得其樂）

△ 阿江玩弄完螃蟹之後，把螃蟹放下，接著看到旁邊的彈塗魚，覺得好奇，於是拿著樹枝撥弄。

阿江：這是什麼東西啊？長得真是奇怪！嘻嘻嘻。（自得其樂狀）

△ 阿江玩膩了，於是站了起來，往左舞台走去，看到一顆長相奇特的植物，於是把鼻子湊過去聞了一聞，甚至動手摘下一顆果實，在自己身上擦乾淨之後，直接品嚐起來了。

阿江：咦！這是什麼啊？嗯——聞起來真香甜。嘿咻！（摘下果實狀）我來嚐嚐看好不好吃。

阿江：嗯——酸酸甜甜的，真是好吃。（滿足愉快狀）再吃一個。（又摘了一顆）好吃、好吃！（然後接二連三又摘了幾顆往嘴裡塞）

△ 阿江又摘了幾顆，把上衣拉起充當置物籃，然後走到旁邊的

樹蔭底下乘涼。

阿江：（一屁股坐下）啊！吃得真高興！（打呵欠）哈——。

△ 接著阿江就打起了瞌睡，然後坐在樹下睡著了。

＊ 舞台燈漸暗

＊ 中舞台燈漸亮

＊ 背景音效起

＊ 場景：四草濕地（放大版）

△ 蟹老爺、蟹大姊、蟹小弟依序從右舞台入場。

蟹老爺：唉呦喂呀！（痛苦的樣子）誰家的小孩呀，不懂得敬
老尊賢，還捉弄我，快把我這身老骨頭弄散了。（拄著
拐杖，一跛一跛地慢慢行走）

蟹大姊：唉呦喂呀！（急躁、緊張的樣子）誰家的小孩呀，不懂
得憐香惜玉，還捉弄我，弄得我花容失色，一點氣質都沒
了，待會兒看我怎麼修理你。（連忙拿起粉撲補妝）

蟹小弟：唉呦喂呀！（氣憤的樣子）是誰那麼可惡阿，欺負弱
小。（嘟嘴，雙臂交叉在胸前，從鼻子吐出大氣）

蟹老爺、蟹大姊、蟹小弟：（齊聲）唉呦喂呀！（走到中舞台）

△ 這時蟹老爺、蟹大姊、蟹小弟圍在阿江的旁邊狠狠地盯著
阿江。

阿江：（從迷濛中漸漸醒了過來）是誰在講話阿，吵死人了。

阿江：（睜大眼睛，被眼前的景象嚇了一跳）哇！啊！你
們……你們……你們是什麼東西阿？（彈跳了起來，後
退一大步）

蟹小弟：我們不是東西！不、不、不，你才不是東西呢！（嘟
嘴、雙臂交叉於胸前，生氣的樣子）

蟹大姊：唉呦，你忘記了嗎？就是你害得我花容失色，妝都掉

光了，氣質也沒了！（繼續拿著粉撲，這邊擦擦，那邊補補）

阿江：你們到底在說什麼？我聽得霧煞煞。（搔搔頭髮、狐疑的樣子）

蟹老爺：你剛剛在濕地拿著樹枝捉弄螃蟹，你忘了嗎？我們就是那三隻螃蟹，我是蟹老爺、這位是蟹大姊、他是蟹小弟。就是你害得我全身骨頭都快散了！咳、咳……咳、咳！（拄著拐杖，義正嚴詞地說）

彈塗魚妹妹：唉呦喂呀！（痛苦想哭的樣子）還有我啊！人家只是想做個日光浴，不知道哪邊跑出一個撲攏共（台語），把我的日光浴全都毀了。嗚、嗚……。（難過地啜泣）

阿江：好嘛好嘛！跟你們道歉就是了嘛！幹嘛這麼大驚小怪啊！（翻白眼，一副　無所謂的模樣）

阿江：對！不！起！

蟹小弟：哪有這麼容易，道個歉就沒事了嗎？（大聲氣憤狀）而且你那個道歉，一點誠意都沒有！

蟹大姊：對啊！我花了好——長時間做的精心打扮，都被你毀了！（手指阿江，生氣跺腳）

彈塗魚妹妹：你這個大壞蛋，當然要好好地懲罰你阿！

蟹大姊、蟹小弟：（齊聲，用力點頭）對啊、對啊！

△ 蟹大姊、蟹小弟、彈塗魚妹妹舉起手作勢要打阿江，這時蟹老爺說話了。

蟹老爺：住手！（將拐杖用力往地上一敲）用暴力解決問題是不對的，這樣的話，你們的行為跟他又有什麼不同呢?!

△ 蟹大姊、蟹小弟、彈塗魚妹妹互相對看，覺得自己做錯事，

然後都慚愧地低　下頭。

蟹大姊、蟹小弟、彈塗魚妹妹：對不起。（小聲認錯，低下頭來）

蟹老爺：嗯……（沉思狀）這樣吧！讓他跟我們生活一段時間，先從互相認識開始，才能學習尊重對方。那麼，這個重責大任就交給你們三個囉！你們要負責照顧好他的生活起居，帶著他學習！

蟹大姊、蟹小弟、彈塗魚妹妹：（訝異地抬起頭，望向蟹老爺）什麼?!（不可思議）

△ 蟹大姊、蟹小弟、彈塗魚妹妹無法接受，於是七嘴八舌地議論著蟹老爺的決定。

蟹大姊：哪有這種道理啊？應該要好好懲罰他呀！

蟹小弟：我一點都不想跟他一起生活呢！

彈塗魚妹妹：我才不要呢！他是壞蛋啊……應該要接受制裁！

蟹老爺：咳、咳！好了，就這樣決定了！

△ 蟹大姊、蟹小弟、彈塗魚妹妹頓時安靜，只好接受蟹老爺的決定。

蟹大姊、蟹小弟、彈塗魚妹妹：好吧。（心不甘情不願的樣子）

＊音樂起：濕地是我們的地盤　孕育的生命無數
　　　　　　土質鬆軟是我最愛　腐爛食物最豐富
　　　　　　螃蟹彈塗魚一家親　人類偏偏來作怪
　　　　　　心情不好就任破壞　隨隨便便沒人愛
　　　　　　恃強欺弱以大欺小　徒有力氣不正派
　　　　　　生命不該區分比較　互相尊重相關愛
　　　　　　一起努力彼此互助　爭執摩擦共忍耐
　　　　　　福爾摩沙美麗之島　永續發展傳下代

＊中舞台燈漸暗

第四場　轉捩點

＊ 背景音效起：鳥叫聲、風聲、海浪拍打的聲音

＊ 中舞台燈漸亮

△ 蟹老爺、蟹大姊、蟹小弟、彈塗魚妹妹分別從右上、右下、左上、左下舞台往中舞台走去。新的一天開始，大家互相問好、打招呼，然後開始一天忙碌的行程。

△ 蟹老爺伸伸懶腰，雙手上下擺動，邊做運動，邊跟大家問好。

△ 蟹小弟伸伸懶腰，扭扭身體，很有精神地對大家問好。

△ 彈塗魚妹妹揉揉眼睛，打了個大哈欠，伸個懶腰跟大家問好。

蟹老爺：大家早安。

蟹大姊：大家早安。（拿著粉撲，邊化妝邊問好）

蟹小弟：大家早安啊。

彈塗魚妹妹：大家早安。

△ 蟹大姊發現阿江還沒出現，於是探頭探腦地尋找著阿江的蹤影。

蟹大姊：咦？（猛地抬頭）對了，那小子呢？該不會還在睡吧？

蟹小弟：我看啊，八成是還在睡大頭覺吧。

彈塗魚妹妹：不會吧，太陽公公早就出來了耶。

＊ 右上舞台燈漸亮

△ 這時候突然聽到阿江大聲打呼的聲音，大家突然安靜下來，往聲音的方向望過去；阿江正睡得香甜，好像還做了個好夢，嘴上掛著微笑。

蟹大姊：（朝向阿江）喂，小子，該起床了喔。

△ 阿江動動嘴唇，轉了個身，伴隨著鼾聲繼續睡。於是蟹小弟
　　與彈塗魚妹妹走到阿江身旁，一起大喊。

蟹小弟、彈塗魚妹妹：起——床——了——！

阿江：（被驚醒，起身坐直）怎麼了、怎麼了，發生什麼事
　　情了？

彈塗魚妹妹：太陽公公都照屁股了，你還在睡覺，趕快起來吧。

蟹小弟：對啊對啊，趕快起來，我們要準備工作了。

阿江：（揉揉眼睛）工作？現在才幾點啊？工作什麼？

蟹大姊：你這個懶惰的小鬼，大家都在等著你呢，還不快起來。

△ 蟹小弟跟彈塗魚妹妹走了過去，拉了阿江一把。

阿江：（站起來）好啦好啦，我起來就是了。（雙手張開，打
　　了個大——哈欠）

＊ 體操音樂起

△ 蟹老爺、蟹大姊、蟹小弟、彈塗魚妹妹就定位開始跟著節拍
　　做體操，阿江則在旁邊有一拍、沒一拍地跟著做。

蟹老爺、蟹大姊、蟹小弟、彈塗魚妹妹：一二三四五六七八、
　　二二三四五六七八……。

＊ 體操音樂結束

△ 大家一起做完早操之後，變得更加有精神了。

蟹老爺：好了，我們今天的重點工作是─整理居家環境。那
　　麼……大家先把工具上手，三十秒後在這裡集合，解散！

△ 於是蟹大姊、蟹小弟、彈塗魚妹妹分別從左下、左上、右
　　下、右上舞台離開，只留下阿江一個人站在中舞台，環顧四
　　周、不知所措。

＊ 舞台燈漸暗，三十秒後漸漸亮起。

△ 這時候大家已經拿好工具，有人拿掃帚、有人拿畚箕、有人

拿竹籃子，換上工作服裝，在中舞台集合。

蟹老爺：大家都準備好了吧。

蟹大姊、蟹小弟、彈塗魚妹妹：好了。（神采奕奕狀）

△ 蟹老爺看阿江頭低低的、兩手空空，於是拿了一個竹編的籃子給他，並對他露出慈祥關愛的眼神；阿江抬起頭看著蟹老爺，心懷感激地接過他手上的竹籃子。

蟹老爺：阿江，來，這個給你，等一下你就跟在大家的旁邊一起幫忙吧。

阿江：嗯，謝謝。（小聲回答）

＊ 音樂起：嘿咻嘿咻嘿咻咻 嘿咻嘿咻嘿咻咻
　　　　　隨手撿起鋁箔包 還有這個塑膠袋
　　　　　菸蒂以及寶特瓶 撿了一袋又一袋
　　　　　嘿咻嘿咻嘿咻咻 嘿咻嘿咻嘿咻咻
　　　　　驕傲自大的人類 為了便利的生活
　　　　　浪費有限的資源 留下滿堆的垃圾
　　　　　嘿咻嘿咻嘿咻咻 嘿咻嘿咻嘿咻咻
　　　　　濕地保存著生命 更能儲水和防洪
　　　　　地球是寶貴的家 需要共同來保護
　　　　　嘿咻嘿咻嘿咻咻 嘿咻嘿咻嘿咻咻

＊ 舞台燈漸暗

＊ 三十秒後舞台燈漸亮

△ 這時候阿江的竹籃子早已裝了滿滿的垃圾，拖著跟在大家的身後。

阿江：（疲憊不勘）嘿咻、嘿咻，好重喔，你們等等我啊！

蟹老爺、蟹大姊、蟹小弟、彈塗魚妹妹：嘿咻、嘿咻。

阿江：喂，等一下啊！我不行了！（體力不支，聲音微弱，砰

的一聲坐在地上）

△ 蟹老爺聽到阿江的呼喊，突然停下腳步，害的後面的蟹大
　　姊、蟹小弟、彈塗魚妹妹來不急煞車，差一點就撞了上去。

蟹老爺：等等，我們休息一下好了。（轉身看到阿江坐在地
　　　　　上，臉色發白、嘴巴龜裂，很痛苦的樣子）

△ 蟹大姊、蟹小弟、彈塗魚妹妹一起轉身看向阿江的位置。

阿江：我好渴啊，肚子好餓啊，我走不下去了。（聲音微弱沒
　　　　精神）

△ 蟹老爺、蟹大姊、蟹小弟、彈塗魚妹妹一起走到阿江的身旁。

△ 蟹大姊、蟹小弟、彈塗魚妹妹看到阿江變成這樣，同情心油
　　然而生，連忙去幫他準備吃的喝的。

蟹大姊：他看起來好可憐喔，我去弄點水給他好了。

蟹小弟：對啊、對啊，我去找些人類可以吃的東西給他吧。

彈塗魚妹妹：我看你一定是中暑了，我來幫你扇扇風吧。

△ 蟹老爺走到阿江的身旁，在阿江的旁邊坐了下來。

蟹老爺：你好好休息一下吧！天氣這麼熱，你又沒喝水，也沒
　　　　　吃東西，想必體力一定無法負荷。等他們回來，你吃點
　　　　　東西、喝點水後，就會好多了。

△ 這時候蟹大姊跟蟹小弟帶著水跟食物回來了。

蟹大姊：來、來、來，水來了、水來了，這是我特地去收集來
　　　　　的乾淨的淡水，你趕快喝吧！（邊說，邊拿給阿江喝）

蟹小弟：（氣喘吁吁）我回來了，幫你找了些海菜跟可以吃的
　　　　　果子，你快吃吧，補充一點體力！

阿江：（急忙邊喝水、邊吃東西）好好吃喔、好好吃喔。

△ 阿江經過一番狼吞虎嚥後，吃東西的速度開始慢了下來，看
　　著大家。

阿江：我對你們這麼壞，你們還對我這麼好。

蟹小弟：（搔頭害羞狀）這沒什麼啦，大家本來就應該要互相幫忙啊！

蟹大姊：是啊、是啊，只是舉手之勞。

彈塗魚妹妹：對啊、對啊，幫助別人是一件快樂的事喔。

阿江：嗯、嗯，謝謝你們！

蟹老爺、蟹大姊、蟹小弟、彈塗魚妹妹：（大家相視而笑）哈哈……哈哈。

△ 就在大家正在休息的時候，突然一聲巨響，接著又一聲巨響……。

＊音效：碰！碰！碰！

△ 原來是因為附近的小孩對著這片溼地，一下子丟鞭炮，一下子射沖天炮，又把吃完東西的垃圾跟飲料罐亂丟；蟹老爺、蟹大姊、蟹小弟、彈塗魚妹妹被嚇得驚慌失措、尖叫聲四起，到處竄逃。

蟹老爺：大家趕快找個安全的地方躲起來！

蟹大姊、蟹小弟、彈塗魚妹妹：啊！（恐懼、害怕地尖叫，雙手抱頭或摀住耳朵）

△ 蟹老爺、蟹大姊、蟹小弟、彈塗魚妹妹因為熟悉自己的生活環境，很快就找到適合躲藏的地方了；但是阿江好像被嚇呆了，蹲在原地雙手緊抱著頭，怕害地發抖著，無法動彈，但那群小孩還是繼續丟著鞭炮、射著沖天炮。

＊音效：碰！碰！碰！

△ 突然有個飲料罐飛過來，眼看就要砸中蹲在那邊動彈不得的阿江……。

蟹老爺：（大喊）阿江，快逃啊！阿江，快逃啊！

△ 蟹老爺看到阿江一動也不動，於是衝出去用力地把他推開，阿江往前滾了兩圈，因此躲開了這個天外飛來的橫禍。蟹老爺則是為了救阿江，自己被砸得頭破血流，受了重傷。

蟹老爺：啊！啊！（倒在地上痛苦哀嚎）

△ 這時候阿江終於回過神來，看到蟹老爺為了救他，被砸到躺在地上，痛苦地哀嚎著，於是趕緊把蟹老爺拉到可以躲藏的地方。

＊ 音效：碰！碰！碰！

＊ 舞台上煙霧迷漫

△ 經過一番折騰之後，那些小孩終於離開了，這片溼地終於恢復安寧；蟹大姊、蟹小弟、彈塗魚妹妹，慢慢地從躲藏的地方現身。

蟹大姊：呼……終於結束了這場惡夢，大家都還好嗎？

蟹小弟：剛剛真是太可怕了，還好我動作快，馬上找到一個適合躲藏的地方。

彈塗魚妹妹：快嚇死我了，到底是發生了什麼事啊？（驚魂未定的樣子）

△ 安全地結束這場震撼教育後，蟹大姊發現蟹老爺跟阿江都不見了，於是緊張地四處尋找著。

蟹大姊：咦？蟹老爺跟阿江呢？（東張西望）

蟹小弟：對啊，怎麼沒看到他們？（東張西望）

彈塗魚妹妹：他們是躲哪兒去了啊？（東張西望）

蟹大姊：（高喊）蟹老爺——，阿江——，你們在哪裡啊？快出來啊！

蟹小弟：（高喊）蟹老爺——，阿江——，別鬧了，快出來吧！

彈塗魚妹妹：（高喊）蟹老爺——，阿江——，已經結束了，

不需要再躲了！

△ 突然，蟹小弟聽到哭泣的聲音。

蟹小弟：噓，你們聽！

＊ 中舞台燈漸暗

＊ 音效：感傷的音樂

＊ 中舞台燈漸亮

△ 阿江及蟹老爺在舞台中間，蟹老爺躺在地上，阿江則無助地
　坐在蟹老爺的身旁，傷心地哭泣著。

阿江：嗚嗚──嗚嗚，蟹老爺，嗚嗚──。（哭泣啜泣）

△ 蟹大姊、蟹小弟、彈塗魚妹妹走到蟹老爺的身旁。

蟹大姊：（搖動蟹老爺的身體）蟹老爺，你怎麼了啊？醒醒
　啊！醒醒啊！嗚嗚──。

蟹小弟：蟹老爺，你醒過來啊！我一定會乖乖的，不再惹你生
　氣了，你快醒過來啊！嗚嗚──。

彈塗魚妹妹：蟹老爺，你不要離開我們啊，蟹老爺，嗚嗚
　──。

阿江：對不起，我錯了，我知道錯了，我以前不應該這樣對待
　你們的，對不起，蟹老爺，我以後會好好愛護周遭的一
　切，用心努力維護我們生存的地球，你醒醒啊，嗚嗚
　──，蟹老爺，你醒醒啊，嗚嗚──。

△ 阿江哭得好傷心、好難過，哭了好久、好久……。

＊ 中舞台燈漸暗

＊ 左舞台燈漸亮

△ 阿江哭的眼睛睜不開，淚光中模模糊糊地看見阿嬤擔心的臉。

阿嬤：江仔、江仔。

阿江：蟹老爺……。（半夢半醒狀）

阿嬤：江仔、江仔，你在說什麼？我是阿嬤啦。（狐疑狀）

阿江：嗯——，（睜開眼睛看到阿嬤）阿嬤，你怎麼在這邊？

阿江：（環顧四週，自言自語）蟹老爺呢？蟹大姊、蟹小弟跟彈塗魚妹妹呢？難道我是在作夢嗎？

阿嬤：江仔，你怎麼在這邊睡覺啊？阿嬤找你找了好久。

阿江：阿嬤，你剛剛來的時候沒有看到別人嗎？

阿嬤：什麼別人？就只有你一個人在這邊啊。

阿江：喔——是喔。

阿嬤：好啦，天色也暗了，我們趕緊回家吧！

阿江：好啦，阿嬤，我們一起回家去吧。

＊左舞台燈漸暗

＊中舞台燈漸亮

＊場景：阿公、阿嬤家

△阿江回到家後，趕緊把身上的髒衣服換掉，突然發現換下來的衣褲上沾滿了污泥，還有一些血漬，於是發現自己所經歷的一切都是真實的。

阿江：（看著自己身上的衣褲）咦！這是什麼？這不是剛才蟹老爺倒在我身上的時候沾到的血漬嗎？原來這一切都是真的……。

△阿江看著窗外的天空，彷彿蟹老爺就在遠方看著他。

阿江：（望著天空說）蟹老爺，謝謝你為了救我，犧牲了自己的性命；經歷過這些事情之後，我知道自己的無知造成多大的傷害，從今以後，我一定會誠心改過，我會更加懂得尊重和珍惜周遭的人、事、物，並且積極愛護環境、保護這個地球！

＊中舞台燈漸暗

＊ 閉幕

劇終

創作緣起

【編劇介紹】

　　林怡瑄，現任中學數學科教師，喜歡學習，喜歡探究及了解不一樣的生命故事，認為人生就是不斷發現與經驗累積的歷程；對於不同的文化、領域或新鮮的事物充滿好奇，樂於參與或體驗、進修及成長，在自己的生命上增添多元豐富的色彩。

【發想】

　　臺南，我的故鄉，這片養育、滋潤我的土地，充滿著迷人的歷史文化及難以取代、最溫暖的人情味；聊起臺南，她的故事應該三天三夜也講不完，想分享的東西太多，只好從中取捨；令人感嘆的是，這片美麗的土地，必須要有更多人了解，並懂得欣賞與保護，於是想藉由劇中的主角—阿江的生活，充滿著3C產品與網路，卻忘了那份最珍貴面對面的情感交流，希望大家能夠意識到社會上人與人之間的疏離感，並有所體悟及改變；阿江回到臺南鄉下之後，過著樸實簡單的生活，回歸單純的自己，是否能更加關注身邊的一切，和與這片土地之間隱形卻真切的情感；第三場及第四場，劇中的主角遭遇一段非常特別的經歷，無意中進入了不一樣的世界，透過不同的生活型態，更加了解人類對環境的傷害，更因為人類的一些行為，害

他失去了重要的朋友，於是主角的生命開始轉變，懂得與人相處、互相尊重，更能用行動去愛護地球─我們唯一的家。

　　創作的歷程是辛苦的，非常感謝晞如老師耐心、細心的指導與鼓勵，總是花時間幫我們調整並給出非常專業的建議；創作小組的好友─至淨，陪我一起扛著筆電，在圖書館、咖啡廳、速食店，渡過無數個白天及夜晚，由於她的天生戲劇魂，讓我增添了許多有趣的想法及故事情節；還有學校同事─珮菁，願意花一個晚上的時間，陪我跑一趟大眾廟，訪問台江文化的高手─吳茂成老師，以及怡菁，給我許多建議及鼓勵；還有創作歷程中陪伴我，給我許多珍貴想法的朋友們，特別是我的高中死黨，鳳君和姍妮，一直以來都在我身邊，謝謝你們無私的協助，才讓我完成這個創作！

【參加故事劇場的動機與啟發】

　　當初在台南大學的進修網頁上看到─師資培育精緻特色發展計畫「專長增能課程─故事劇場」的研習時，第一個吸引我的是「故事」這兩個字，我相信大部分的人都是喜歡聽故事的人，當然我也不例外！至於「劇場」的話呢，根據以前的經驗，我的認知是：一種表演的形式；不管是什麼，我對於新鮮事物總是充滿好奇，於是不用考慮太多，馬上報名！

　　也是因為這個決定，才讓我有機會接觸兒童劇場，老師安排了豐富、精緻又多元的課程，透過分組閱讀並報告《兒童戲劇─寫作、改編、導演及表演手冊》─這本書是由陳晞如老師翻譯自" Theatre for Children—A Guide to Writing, Adopting,

Directing and Acting" — David Wood & Janet Grant，讓我們了解什麼是兒童劇場，亦學習從兒童心理學的角度探究兒童戲劇的必備條件，並更加深入了解原創劇本寫作的技巧……；除了靜態，同時也安排了動態課程，將每一分秒的時間都發揮的淋漓盡致，包含了聲音的練習、語調比賽、雙關語的使用，國語讀劇、台語讀劇、朗讀台灣童謠與詩劇，利用九宮格的情緒聯想完成故事線的結構，老鼠及小雞手偶的製作，了解舞台配置的不同呈現方式、四格漫畫的表演，彩色布條配合音樂的創意揮灑演出……等，並透過肢體伸展使得身體更加放鬆、更能融入表演中。

　　整個研習課程的最後安排了一個成果展—必須要呈現一個完整的舞台劇；老師讓我們分組自行創作編劇、角色設定與分配、道具製作及排演，一直到最後的正式演出，這過程雖然辛苦，而且必須花費非常多的時間，但真正參與其中，才能夠知道並了解，所學如何應用在真實的劇場，這個非常難得的體驗學習，讓我們獲益匪淺。劇場是迷人的，有種特殊的吸引力，走吧！一起來場戲劇饗宴！

【學生回饋】

台南市崇明國小六年15班 葉芷穎

　　這個故事內容豐富有趣，描寫了很多人類的壞習慣，對我們生活的環境造成危害。主角阿江是一個好吃懶做的中學生，整天宅在家中打電動。直到爸爸把她送回鄉下阿公阿嬤家，他遇到蟹老爺、蟹大姊、蟹小弟和彈塗魚妹妹後，在旅程中發現人類都亂丟垃圾，破壞環境，害得許多生物都生活在垃圾裡。後來，蟹老爺幫疲累的阿江擋下人類隨處丟的寶特瓶後，卻喪命了。阿江第一次覺得該珍惜自己擁有的，也明白自己平常不以為意的舉動居然傷害了我們生活的環境，殘害了那麼多生物。我覺得我們也要多關愛大自然，不要再傷害她了。

台南市瀛海中學 國三2班 楊采榕

　　劇本生動的對白，配上同學們豐富的表情，在爆笑之後更情不自禁地沉浸入這整個故事的奇幻發展。第一次換了角度，隨著阿江一同感受小生物們的想法，警惕自己以後也不要亂丟垃圾，更要懂得為他人著想！

　　可愛的角色，經過大家親身經歷，詮釋過，變得更加鮮明了。而我的角色是旁白，卻仍然使我收穫良多，對於讀劇也更加了解及喜愛。總歸一句話，今天的表演，真棒！

台南市瀛海中學 國三2班

陳彥齊（飾演阿江）

　　我覺得這個話劇很好，可以讓人表現出最真實的自我。

黃雅慈（飾演蟹大姊）

　　很開心參與戲劇的演出，劇情的部分也很喜歡，不失效果又有關環境保育永

續發展。

吳冠輝（飾演阿嬤）

　　讀劇，十分好玩，意義非凡。

謝秉燁（飾演蟹老爺）

　　整齣戲好玩、有趣、不枯燥，意義非凡。

黃冠瑋（飾演周阿伯）

　　我覺得這戲劇很好玩，也可以練膽量。

金佳賢（飾演彈塗魚妹妹）

　　我才不要呢！他是壞蛋啊……應該要接受制裁。

張維婷（飾演媽媽）

　　劇中的媽媽和現實的媽媽差很多，可愛又可親的模範媽媽，I Love her ^__^ 整齣劇短小卻可愛，育教於樂，非常清新。

葉美好（飾演六嬸婆）

　　真有趣（台語），Rap，動感，讚！

【讀劇照片】

圖一　拍攝者：林怡瑄 拍攝日期：2015.7.31
　　　拍攝地點：台南市瀛海中學國三2班
　　　人物由左到右：陳彥齊、陳旻彥

圖二　拍攝者：林怡瑄 拍攝日期：2015.7.31
　　　拍攝地點：台南市瀛海中學國三2班
　　　人物由左到右：陳彥齊、謝秉燁、吳冠輝、葉美好、楊采榕

【作者簡介】

林怡瑄

現任中學數學教師，喜歡學習、探究及了解不一樣的生命故事，認為人生就是不斷發現與經驗累積的歷程。對於不同文化、領域或新鮮事物充滿好奇。樂於參與或體驗、進修及成長，在生命上增添多元豐富的色彩。

二王廟傳奇

作者：林珮如

劇本大綱

【演出長度】40分鐘

【演出形式】舞台劇

【建議年齡】11~15歲

【劇本大綱】

　　志宏和珮珮是居住在眷村生活的父女，在遇到一次小偷事件時，兩人聊到了附近的二王廟歷史。二王廟是位於臺南永康祭祀鄭經的一間廟宇，在爸爸敘說二王廟的300年的歷史時：提及到了二王廟在鄭氏王朝時期鄭經墜馬地址的初建因緣；清領時期為逃避朝廷的猜疑只好另設主神的過程；以及日治皇民化時期的無奈廢廟；光復後大地震的廟垮，二王廟移址重建的總總歷史。其中亦加入了民間傳說在內，更增添了二王廟的神祕色彩。

【人物表】（依出場順序排列）

✓ 珮珮　國小6年級學生，樂心活潑，愛聽爸爸說故事

✓ 志宏　珮珮爸爸，50歲上下的男子，對歷史熟悉，說起故事時繪聲繪影，像是說書人一般

✓ 王奶奶　60幾歲老婦人

✓ 村民數名

一三二

✓ 小偷（約17、8歲瘦小男子）

✓ 村民一、二、三、四

✓ 王志遠　反應機敏，為村民解決問題，度過難關

✓ 村民甲、乙、丙、丁、戊、己

✓ 村民A、B、C、D、E、F

劇本

第一場　二王神威保鄉民

* 場景：珮珮家頂樓，眷村
* 時間：民國七十一年某天晚上
* （歌曲）竹籬笆大家庭

　　　　你家我家恰似成一家，

　　　　對面隔壁彼此沒距離，

　　　　前門後門不鎖沒關係，

　　　　自制自律從不分省籍，

　　　　熱情溫暖路過說聲嗨

　　　　拿雙筷子、加雙碗筷、吃喝在一起，

　　　　千里相逢自是有緣人，

　　　　共度難關共同創奇蹟。

△ 音樂聲響著楚留香[1]的主題曲漸漸結束的聲音。

---

[1]　《楚留香》1982年4月18日20:00在中視開播之後，創下百分之七十幾的高收視率；每當週末晚上一到，計程車司機不載客，夜市小販不擺攤，全待在家裡看戲，連犯罪率都大為降低；當時僅能以「萬人空巷」形容，《楚留香》主題曲更是傳誦台灣大街小巷，人人朗朗上口。

△ 珮珮和爸爸志宏在舞台左側一間屋子頂樓乘涼聊天，突然王奶奶的哭喊聲劃破了寧靜的舞台。

王奶奶：小偷啊，快來人啊，小偷啊！

△ 兩人低頭一看，只見一人從王奶奶家衝了出來，往舞台左下出口逃走。許多鄰居也都從舞台兩側各個出口衝了出來，大家都還搞不清楚哪裡有小偷，正在四處張望。

△ 這時在頂樓的珮珮突然間大喊了起來。

珮珮：3巷、3巷。

△ 眾人一聽到聲音，像是大海中的燈塔般，尋到了方向，全向舞台左下出口包圍了過去，小偷也同時聽到了聲音，從左中出口進入舞台中間，神情驚慌。

△ 小偷無計可施之下，便往舞台右下出口跑了出去。

珮珮：跑到鄧博鞍家後面的巷子了。

△ 村民一聽就一起往舞台右側第一扇出口追了出去。

△ 小偷聽不懂暗號，開始慌亂，見前後無路，便直接往舞台右側第二扇出口衝了出去。

珮珮：衝去林民翰家了。

△ 過了一會，只見大家揪著一個小個子的男孩子一起從舞台右側第二扇出口走了出來。大家在舞台中間窸窸窣窣的討論了一下，就一起抓著小偷往舞台右側第一扇出口走了出去。

＊ 場中燈光暗，只留下舞台左側父女兩頭上的光柱

珮珮：那個小偷會不會是去王奶奶家偷看楚留香啊，結果哥還沒唱完就被王奶奶逮到了。

志宏：你太迷楚留香了，小心你待會站在別人家看電視，就忘了回來。

珮珮：（學楚留香搓搓鼻子）可惜我不會彈指神功，不然一下

子就抓到小偷了。

志宏：還好你只是跟楚留香學搓鼻子不是學輕功，不然從樓頂
　　　一跳下去，就慘了！

珮珮：我哪會那麼無聊啊！

志宏：上次有個小學生，不是要學科學小飛俠，結果從他們家
　　　屋頂跳下。

珮珮：結果哩？

志宏：還好才一樓，結果就摔了個屁股開花！

珮珮：我不會啦！我知道電視裡演的都是假的。小朋友也都知
　　　道，對不對？（對著舞台下的小朋友說）

△ 觀眾回應。

珮珮：爸爸，他們會把小偷抓去哪啊？

志宏：他們應該是送去網察街上的派出所，那裏是離我們眷村
　　　最近的派出所。

珮珮：原來是那裡。

志宏：其實在我們眷村，家家戶戶前後門沒上鎖，是再正常不
　　　過了。有一次我忘了關鐵門就去睡了，到了早上起來，
　　　嚇了一跳，還好沒事。

珮珮：你還以為遭小偷了吧！

志宏：（點點頭）你們小孩子不是常常很自然的從別人家前後門
　　　穿過去。你從南南家經過的時候，會覺得不好意思嗎？

珮珮：那是因為玩躲摸摸的時候，要躲起來或是要找人，只好
　　　從別人家穿來穿去比較快。大娘有次看到我還直喊：
　　　「珮珮，來吃飯囉！」我一直跟她比噓，她都看不懂，
　　　還站起來幫我盛飯，害我當場就被燕燕抓到了。

△ 兩人大笑。

志宏：我常常看小平來我們家對著鏡子說話。是在跟魔鏡說話嗎？

珮珮：不是啦，他是說：「珮珮，你們家的鏡子真好，把我照得好帥，害我的臉都帥疼了」。我問他：「那真是辛苦你了，要上藥嗎？」小平說：「臉嗎？」我就說：「是頭。」

志宏：你好……。（志宏忍俊不住，壓抑笑意）

△珮珮見爸爸在憋笑，決定繼續發功逗爸爸笑出來。

珮珮：我的缺點就是太誠實了！

△志宏忍不住，噴笑了出來。

珮珮：鄧博齡也是，每次來我們家玩的時候，都會靠過來看我功課哪裡寫錯。他字寫得比我的醜，居然還來糾正我的字。

珮珮：他有時候還問我明天考甚麼，要考考我。

志宏：你們大家一起長大的，他們都把你當妹妹看。人家好歹是一中的，看不習慣你每天這樣晃來晃去。

△志宏見珮珮低頭不語，知道自己掃興了，便話鋒一轉。

志宏：以前大娘每次要修理她們家兒子時，都一路從我們家後門殺出前門去，我們吃飯剛好吃到一半，他們倆就上演起母子追殺的絕活，這時候，大家得快把碗端起來，免得被他們一掃倒，就沒剩半口飯了。有一次你姊被撞的拖鞋飛了起來，正好掉到湯裡，害大家被噴得全身都是，那碗湯也「泡湯」了。

△兩人大笑。

珮珮：這個小偷算是選錯村子了。難怪，我從來沒看過警察來我們村子裡巡邏或是查戶口，這裡應該治安太好了吧！

志宏：要是在古代，這個人早就被送去二王廟審問，直接動用私刑了。現在到處都有派出所，有甚麼事情都可以通知警察處理就好了。

珮珮：以前不是有官府嗎？

志宏：以前的官府遠，老百姓也都沒上官府報官過。所以大家實際上連官府在哪裡，也搞不太清楚。你要報個官，還不知道要走幾天才能遇到官府呢。

珮珮：那跟二王廟有甚麼關係？

志宏：有段時間治安不好、盜賊橫行，許多盜賊都會四處殺人放火，有些囂張的盜匪甚至在作案前，還會先派人前往村庄，預告庄民何時會登門搶劫。許多膽小的庄民都會先逃走，而那些沒逃走的庄民也會飽受心理的折磨，嚇得「皮皮趖」。

珮珮：（忍不住打了個寒顫）天啊，好恐怖喔！

志宏：二王廟那時還座落在現在的二王崙上，廟四周都是好幾個人才抱的起來的大榕樹，那時候要進入網寮村甲內社時，都只能從二王廟旁邊的一條小路，也就是現在的永二街，才進的了村子。有一天，甲內社的人也收到了盜賊的預告，預告三天後將進入甲內社洗劫，甲內社人不知道該如何求助官府，情急下只有去向二王爺稟告，祈求二王爺的庇佑，結果終於到了盜賊預告的那一天……。

＊音樂下

＊歌曲：榕樹之歌

　　　　離開，壞東西，離開我的家。
　　　　離開，壞東西，離開我的家。
　　　　我用我的青春和歲月，守護著我的家；
　　　　我用我的真摯和淚水，守護著我最愛的它。
　　　　離開，壞東西，離開我的家。

離開，壞東西，離開我的家。

＊音樂轉小

志宏：這些盜賊到了二王崙後，卻遍尋不到進甲內社的小路，原來是二王爺為了保護甲內社的信徒，所以讓週圍的榕樹的樹枝向下彎曲，擋住進甲內社的小路，也將甲內社團團包圍。那些盜賊找不到進村子的路，只好摸摸鼻子回去他們的賊巢，甲內社的居民也因此得以保全他們的生命財產。

＊音樂停

珮珮：哇，二王那麼厲害？那二王是指拜哪兩個王呢？

志宏：喔，其實二王是指鄭經。

珮珮：鄭經？是鄭成功的兒子嗎？

志宏：是啊。大家都尊稱鄭成功為大王，鄭經則為二王。鄭經那時候乘三藩之亂北伐西征，甚至都收復了七府之地，但是三藩亂世一平定，七府再度失去，鄭經沮喪的退回了臺灣。

珮珮：退回臺灣了？

志宏：那時候軍師陳永華也過世了，鄭經開始變得無心於國事。

珮珮：那怎麼辦？

志宏：還好那時候有監國鄭克臧幫忙處理國事，鄭克臧是陳永華的女婿，所以國事處理得跟他岳父一樣井井有條，公私分明，鄭經便將國家大事全都交給了鄭克臧處理。

珮珮：鄭克臧也是鄭經兒子嗎？

志宏：是啊！跟鄭克爽是兄弟。鄭經變得意志消沉，無心於國事。有一天他從北園別館往東邊去打獵，北園別館也就是現在的開山寺，往東邊也就是我們這裡的方向，結

果，在柴頭港溪東的小山崙，也就是現在的二王崙，從馬上摔了下來，隔沒幾天，就在北園別館過世了。唉，享年才四十歲。

＊燈光全暗

第二場　中興未遂魂魄憾

＊場景：村莊某一處空地

＊時間：康熙四十一年（1702年）

（歌曲）

兩代忠臣仕一朝，

遙望故國山河碎，

中興未遂成殘夢，

魂飛魄已散，

故里何時回？

△村民議論紛紛狀。

村民一：（害怕狀）我昨天黃昏回來的時候也有看到，那個身影很像二王，就站在二王墜馬的那個地方，我一害怕就拖著鋤頭，死命的爬了回來。

村民二：對吧！我那天跟你們說，你們還不信，還笑我喝醉了。早上我是不喝酒的。我那天趁著天還沒亮，就挑著兩籮筐的菜，要去菜市場搶個好位置，沒想到一出門就看到二王站在路邊對我微笑點頭，我嚇得差點尿出來，用衝的衝去了菜市場，居然還給我搶到了一個好位置，那天的菜一下就賣光了。這應該是二王爺保佑（雙手往

空中做拜拜的動作）吧！

△ 村民一起往空中拜一拜。

村民三：有一天我天黑的時候才趕回來，居然遇到有人拿刀子
　　　　對著我晃，叫我把身上的錢全部拿出來，我還在想是要
　　　　跟他拚了，還是交出來好，那個強盜突然對著我背後大
　　　　叫，嚇得連滾帶爬的爬走了。

村民一：那不是跟我一樣？

村民四：原來你是那個強盜？

村民一：那不是我啦！我是說跟我一樣連滾帶爬。

村民四：不是屁滾尿流喔？

△ 眾人大笑。

村民三：哎呀，不要打斷我，結過我因為害怕，連看都不敢回
　　　　頭看，就直接往前面跑，但是跑了幾步，腳卻不聽使
　　　　喚，整個人趴在地上。

村民二：拜拜嗎？

村民三：腳軟啦！

△ 眾人大笑。

村民三：我趴在地上一直抖，但是後面也沒有任何動靜，我實
　　　　在忍不住，就決定回頭偷瞄一眼，結果你們猜我看到了
　　　　甚麼？

眾　人：二王？

村民三：對，二王穿著獵裝，背對著我，獨自站在樹下，看著
　　　　月亮，（模仿二王的動作，手背在背後，看著遠方），
　　　　好像在想甚麼事情，背影看起來好孤單、好淒涼喔。

△ 村民一走到村民三的身旁，拍拍村民三的肩膀，做安慰狀。

村民一：你沒過去拍拍他的肩膀，安慰他一下？

村民三：對啦，他晚上會來跟你說（翻白眼，裝鬼的聲音）謝——謝——你——。

村民一：我才不要哩！

△ 村民一，村民三打鬧在一起。

村民四：可是二王爺的魂魄為什麼會在我們這裡出現？他不是回去北園別館才斷氣的？

村民三：人在遭遇到突然的意外時，這一魂一魄就會被嚇得從身體裡彈出來，停留在原地。所以大家不是都會在出事地點招魂，就是這個道理。

村民一：我是不知道有這種說法，只是大家都會這麼做，這算是我們臺灣的習俗吧。

村民四：二王他們家人，怎麼沒有來出事地點招魂啊？

村民一：對啦！那個大王夫人，董夫人是日本人，應該不太懂得臺灣的習俗吧！

村民二：就算知道，皇室可能不好意思來做吧，大概會怕老百姓笑他們太迷信了。

村民三：就算有來，我們也不認得，他們皇親國戚的，也不會自己本人來，這種事大都交給底下人處理吧。

村民四：底下的人拿了錢，有沒有做，他們也不知道吧。

村民一：唉，大王和二王一生盡忠報國，還為了我們臺灣建設了那麼多，為百姓做了那麼多的事，如今除了客死異鄉，居然還魂魄飄零，真的是太可憐了！

村民二：但是我們只是老百姓，又能幫他做些甚麼？

村民三：不如我們大家有錢出錢，有力出力，幫二王蓋間小祠堂，請人刻一尊二王的神像，好讓他的魂魄有個歸屬吧！

村民一：他晚上真的會去（翻白眼，裝鬼的聲音）謝——謝

——你——。

眾人笑：好啊！好啊！我們就快點幫二王蓋間小祠堂吧！

第三場　民變滋生二王危

△ 場景：二王廟廟埕，廟門位設中舞台至左中舞台出口處，以
　　喻廟的延伸和廣大。村民坐在中舞台靠右中舞台出口處，以
　　喻人多。

＊ 時間：乾隆五十二年

△ 村民聚集在廟埕討論。

村民甲：王志遠，你今天把大家聚集在這裡有甚麼重要的事情
　　要宣布啊？

王志遠：當初十六庄社的合作建廟，這幾十年來，承蒙各位鄉
　　里的支持，咱們二王廟是越來越興旺，香火也越來越鼎
　　盛了。

△ 村民紛紛微笑，點頭回應。

王志遠：但是不知道大家都還記不記得前不久的林爽文事件[2]呢？

村民乙：對啊，那個好恐怖喔！一下子從彰化打去竹塹城[3]，一
　　下又打到諸羅[4]。

村民丙：結果還有人跟著從鳳山起兵，我們臺灣府[5]被包在中
　　間，真的好恐怖喔！

村民丁：清朝還一直從唐山派兵來支援，全臺灣都亂成一團。

兒童戲劇：改編・實驗・創作【台灣篇】

2　林爽文事件是台灣清領時期的民變，由天地會台灣領袖林爽文發動。
3　現今新竹。
4　現今嘉義。
5　現今臺南。

村民戊：最後兩方的兵馬，居然對峙在我們府城，我還想我這次一定完蛋了。

村民己：前後一共戰了一年多吧，終於結束了，否則現在還不知道會變成甚麼樣子呢！

村民甲：不知道怎麼打的，本來是林爽文打清兵，最後變成臺灣人打臺灣人，難怪會輸。

村民乙：每次一有亂事，最倒楣的還不都是我們老百姓。打戰的時候，根本沒辦法種田，打完了戰，物價又一直漲、一直漲，這日子到底還要不要讓人活下去啊！

村民丙：像是那個林平侯[6]老爺家本來就是賣米、賣鹽的。一打完戰，米價一直漲，他們也就跟著發財了。

村民丁：唉呦，不要扯那麼遠。王志遠，林爽文是天地會的，那跟我們二王廟又有甚麼關係嗎？

王志遠：要知道，這林爽文算是反清，所以我們現在可也是被朝廷盯——上了。（做盯上的動作）

村民戊：我們又沒有反清，為什麼我們會被朝廷盯——上？（做盯上的動作）

王志遠：各位鄉親，我們這間廟拜的是誰？

眾人：二王！

王志遠：要知道，（眼神四處看了一下，招大家靠近點，聲音壓低）咱們二王可是終其一生都打著反清復明的旗號啊！

△ 村民眼神驚恐游離，大家開始站起來四散低聲議論紛紛，氣氛格外詭異，有一種山雨欲來風滿樓的緊張氣氛。

村民己：糟了！怎麼辦？我們要不要快點逃走啊？

---

[6] 林爽文事件後，臺灣物價暴漲，經營米業、鹽業的林平侯因而致富，也是今天的林本源家族始祖。

村民甲：十六庄一起逃嗎？那還不引起注意，人家真以為我們在造反。

村民乙：還是我們去跟官府解釋，說我們沒有反清。

村民丙：這不是此地無銀三百兩嗎？大老爺順便把你抓起來不就結案立功了嗎？

村民丁：要不要改廟名嗎？改甚麼好呢？

村民戊：這樣對不起二王吧？二王一直保佑著我們，結果大難臨頭，居然不認二王了？

王志遠：各位鄉親，各位鄉親。（打斷大家討論，大家一起看著王志遠）

△ 王志遠走入人群。

王志遠：各位不要煩惱，小弟有個提議，不知道行不行，希望大家給點意見，討論討論。這次來臺灣討伐林爽文的總督，目前常駐在哪？

眾人：關帝廳。（圍靠王志遠，異口同聲）

王志遠：是的，總督就駐紮在關帝廳。這件事卻給了小弟一個靈感，關老爺是排行在桃園三結義裡的老二，所以人人稱關老爺又稱關二爺、關二哥，對吧？

眾人：對。（眼裡燃起希望）

△ 王志遠漸漸往舞台前走，走完台上演員範圍，台上演員圍著王志遠跟著往前走。

王志遠：不如我們就增設關聖帝君為主神，以祈求能平安度過這次的事件。若是有外人問起二王廟拜的是誰，我們就說是拜關二爺、關二哥，這樣或許會讓朝廷不再盯——著我們。（拉長音，做盯上的動作）大家說好不好？

眾人：（舉手歡呼）好好好，這個好，這個主意好，就這麼做吧！

第四場　多災多難二王廟

＊場景：二王廟廟埕

＊時間：日據末（約1936年9月）

＊幕啟

△村民在廟埕下棋、聊天、拜拜。

＊背景音樂：望春風台語版[7]

　　獨夜無伴守燈下，清風對面吹；

　　十七八歲未出嫁，搪著少年家；

　　果然標緻面肉白，啥家人子弟？

　　想欲問伊驚歹勢，心內彈琵琶；

△一村民驚慌的衝了過來。

村民A：不好了，不好了，大事發生了！

△大家全部圍了過來。

村民A：總督府有最新的公告了，日本大人規定我們以後只能講
　　　　日語。

村民B：只能講日語，那不會講的怎麼辦？

村民C：看到大人就講日語，看到我就可以說台語。

村民A：大人規定我們以後只能穿和服。

村民D：蝦米？只能穿日本人的衣服喔！那還要改衣服嗎？這怎
　　　　麼改啊？

---

[7] 1933年，二十四歲的李臨秋將〈望春風〉的歌詞交給二十七歲的鄧雨賢
譜曲，兩個二十幾歲的青年，首度合作就造成轟動，並在傳唱一甲子
後，儼然成為代表台灣這片土地的民族歌謠。（資料來源：鄧雨賢─和
台灣土地談同調http://old.taiwan123.com.tw/musicface/musicface.htm）

村民E：那只好外面穿和服，裡面穿自己的。

村民C：大人應該不會檢查我們穿甚麼內褲吧？

村民E：誰管你內褲穿甚麼？

△ 眾人笑了起來。

村民A：先別開心，大人還規定我們只能住日本房子。

村民E：日本房子？那現在的房子呢？

村民F：這個更麻煩，是要我們拆房子，還是改裝啊？

村民A：最可怕的是，大人說以後只能拜日本的神明。要我們放棄我們臺灣自己所有的民間信仰，大人說，以後不能再來拜二王廟了。

＊背景音樂：望春風日語版《大地は招く（大地在召喚）》[8]

眾人：（瞠目結舌，笑不出來）這…這…這該怎麼辦啊？

△ 眾人吃驚之餘，一起回頭望向二王廟。大家雙手合十，面對著二王廟拜拜，口裡喃喃自語，一村民一時悲從中來，難過地啜泣了起來，眾人皆受感染，哭聲此起彼落，大家難過的跪下痛哭。

＊燈光暗

志宏：唉！受到日本皇民化政策[9]的影響，從此以後，廟就廢了！

珮珮：廢了？二王廟就這樣沒了？

志宏：二王廟還在，只是沒人敢拜，從此就荒廢了。你要知道覆巢之下無完卵啊，國家沒了，祖先也都快保不住了，哪還能顧得了其他啊。

---

[8] 1937年日本在臺推行「皇民化運動」，有多首作品被強制改為「時局歌曲」。如：「望春風」被改為「大地在召喚」，「雨夜花」被改為「名譽的軍夫」，「月夜愁」被改為「軍夫之妻」。（資料來源：四月望雨鄧雨賢數位博物館http://www.tyccc.gov.tw/dys/）

[9] 1937年中日戰爭爆發後，日本為利用臺灣人力和資源，推行皇民化運動。

珮珮：民間信仰也包括拜祖先嗎？

志宏：日本人除了禁止民間信仰，還要臺灣人都改成日本姓氏。

珮珮：改成日本姓？

志宏：不只臺灣人，連那時候的原住民，也被他們強迫全部改成漢姓漢名。

珮珮：難怪原住民現在希望改回原住民的姓名，原來那時候是強迫改的。

志宏：大家才覺得像是祖先也保不住了，大家哪裡還有餘力去保護神明呢？

珮珮：那臺灣光復以後，不就又可以拜了？

志宏：本來是希望這樣，臺灣一光復時，大家都開心的跟家裡的祖先稟告這個天大的好消息。誰知道隔沒多久，發生了一場大地震，二王廟居然全震垮了。

珮珮：什麼？那我們現在看到的二王廟呢？

志宏：那是民國38年的時候，大家決定在現在的甲內[10]重新建造一座新的二王廟。

珮珮：二王廟這樣一共多少年了？

志宏：假如從康熙四十一年舊廟蓋好算起來，二王廟到今天也有三百年的歷史了。仍夠從一間小祀堂繁榮到現今這種盛況，這也真的是難能可貴了！

珮珮：二王廟也真的算得上是多災多難了。

志宏：所有的歷史古蹟身上，都一定刻滿著它們所有經歷過的故事，那個就叫做「歷史」，這也是所有的古蹟最珍

---

[10] 民國三十八年李案子等倡修遷建於甲內（即現址），四十三年完工，為四垂亭式建築。此後尚有五十七年、七十七年二次整修，直至今日。（資料來源：台南市永康區二王廟沿革簡介http://goo.gl/RmmtGF）

貴，最值得我們繼續保護下去的地方。

珮珮：這都是歷代的前輩們，費盡心血保護下來的。

志宏：是啊！你們今天才看的到那麼多的古蹟。

珮珮：那我真的要跟你說（翻白眼，裝鬼的聲音）謝──謝
　　　──你──。

△ 志宏假裝嚇一跳，笑著摸摸珮珮的頭，父女相視而笑。

劇終

創作緣起

【編劇介紹】

　　林珮如，在身兼母親（三個孩子）、教育工作者（國小代課老師）、藝術工作者（兒童戲劇編劇＋演員），長期浸漬在與兒童相處的工作當中，不知不覺想更深刻的為兒童做更多專業的服務，於是於民國103年前往台南大學戲劇創作與應用學系報考研究所。在這個專業的殿堂內，吸收到了各種有關戲劇創作與應用的專業知識，畢身最大的志願，是想為兒童戲劇貢獻一己心力。心中最大的想法，給孩子一個健全的人生，除了塑造孩子健康強壯的身體與人格外，孩子的環境也是最重要的。立志把所有的孩子都當作是自己的孩子一般愛護。因此，一直在國小與學生長期相處，亦參與社區志工劇團，為孩子們演出。當憂慮所學不足，所帶給孩子的教學專業知識有限之時，遂下定決心報考臺南大學戲劇創作與應用研究所，希望將自己對孩子的心意，能夠提升至專業階段。

【發想】

　　在台南大學戲劇研究所就讀期間，經由王婉容老師的指導，奠定了自創故事的歷史基礎。老師教導我們先從自己帶來的物件述說故事。接著回家去搜尋有關自己家鄉的故事。我因

為出生自永康的眷村，於是就住家附近的網察尋找到了有關二王廟的故事。老師接續教導我們如何繪製家鄉地圖，而且述說家鄉故事。經過了一步步的引導，我對自己家鄉的歷史故事，開始有了初步的尋根基礎。

【作者簡介】

林珮如

身兼母親、教育及藝術工作者。長期在與兒童相處的工作中，最大的志願是為兒童戲劇貢獻，因此參與社區志工劇團，為孩子們演出。報考臺南大學戲劇創作與應用研究所，希望將自己對孩子的心意，提升至專業。

吹牛的好鼻師（國語版）

作者：陳青佩

劇本大綱

改編自孫叔叔說臺灣故事的「好鼻師」

【演出長度】40~50分鐘

【演出形式】舞台劇

【建議年齡】10~12歲

【劇本大綱】

　　林大鼻是個幽默風趣的小伙子，愛開玩笑，外號就叫大鼻子。一次因喝醉酒走夜路，卻迷糊走錯路，意外在泥塘裡見到一頭大豬。隔天發現是村裡阿旺嫂走失的豬。大鼻子計上心頭，吹噓自己擁有好鼻師的法寶，能找到任何東西，果然順利找回大豬，大鼻子是天上好鼻師轉世的傳言不脛而走。

　　大鼻子憑著機智和運氣，順利解決陸續找上門的請求，嘗到名聲與實際的好處後，得意洋洋，在友人勸說後，一度有心收手，卻在名聲傳遍縣城後迎來縣官的尋找官印之請，這次未能事先投機取巧的情況下，大鼻子是否能再次憑著機智解決難題呢？還是會因謊言即將被戳破而受懲罰？如何重回腳踏實地的生活及擺脫好鼻師的法寶盛名是他最終必須面對的難題。

【人物表】

✓ 林大鼻　本姓林，鼻如大斗，有一副天生的好頭腦，人緣不
　　　　錯，大家都以

外號-大鼻子來稱呼他

✓ 林進財　大鼻子的好友，結婚在即，常勸大鼻子快娶個老婆
　　　　好安心過日子

✓ 阿旺嫂　村裡的潑辣大嬸，是操持家務的一把好手，養出的
　　　　豬個大膘肥

✓ 阿旺叔　種田的大叔，膽小窩囊

✓ 大豬　阿旺嫂為了酬神特別精心飼養的，愛到處亂逛

✓ 村人甲　同住村中的串場人物，愛湊熱鬧

✓ 村人乙　同住村中的串場人物，愛講八卦

✓ 賣油老王　靠著賣油家業頗豐的老闆，怕老婆

✓ 春花　賣油老王的老婆，跟老公一起打拼事業，把丈夫管得
　　　　死死的

✓ 阿土伯　做家具的木匠

✓ 縣官　縣城的新任父母官，想為百姓做出一番新氣象

✓ 師爺　縣衙裡的老油條，煩透了新縣官這個愣頭青，想逼走
　　　　新任縣官

✓ 官差張橫　矮胖身材，因賭博輸錢被師爺抓住把柄

✓ 官差李豎　高瘦身材，性格懦弱，常被同僚耍得團團轉

劇本

第一場　巧遇大豬

△ 場景：背景音樂是酬神會的鞭炮聲及飲酒划拳聲，人物由舞台右側登場，背景為三合院門外。

＊ 人物：大鼻子、林進財、大豬

＊ 鞭炮聲及飲宴聲響起，舞台燈亮

△ 大鼻子和林進財自舞台右側往舞台中央移動，大鼻子因醉酒走得搖搖晃晃，林進財把照路的燈籠交給他。

林進財：你也太誇張，光喝酒就能飽嗎？（扶著大鼻子令他站直），這樣你是能不能自己好好走回家啊？

大鼻子：難得兄弟今天高興啊！免錢的酒喝起來就是特別爽（哈哈大笑），而且我也沒醉，你看我家只要從這裡直直走就到了。（晃了下頭往茅廁歪過去）

林進財：（把往茅廁走的大鼻子拉回來）欸－！那是糞坑！我看你乾脆留下來睡一晚，不然我怕明天要去糞坑才能挖你出來，走走，進去屋裡啦！

大鼻子：（甩開友人的手）唉唷！婆婆媽媽的幹什麼！就說了我沒醉，再說這條路我閉著眼睛也能走回去，別囉嗦啦，燈籠拿來！（向林進財伸手）

林進財：跟你一個醉鬼實在不能講道理，唔！燈籠拿去（將燈籠交給大鼻子），要不是今天實在走不開身，應該把你送回家的。燈籠拿好，千萬記得直直走啊！

大鼻子：安啦安啦，我還等著跟兄弟們一起來吃你的喜酒，一點小事哪難得倒我大鼻子。（把手中燈籠晃了晃，一腳深一腳淺的出發回家）

＊划拳聲漸小，燈光漸暗

△ 林進財由舞台左側下，撤下三合院背景，大鼻子由舞台右側往中央晃一圈，走在鄉間小路上，蛙鳴鳥聲漸起。

大鼻子：（大聲唱著沒人聽得懂的歌）哈哈！今天真正高興！難得酒好，菜也好，要是天天都有神明做醮就好，到時不但有熱鬧可湊，酒和肉也能盡情吃到飽，人生至樂也不過如此嘛！嘿－（繼續哼歌）

△ 在舞台中央停下，左顧右盼。

大鼻子：嗯？之前這裡就有這粒大石頭嗎？草也一下就長這麼高啦？下午過來的時候明明才到腳踝，現在怎麼就過腰了？啊！我知道！一定是下午下的那陣西北雨催生的，真是厲害，但是我更厲害，看我一腳就跨過去！

△ 大鼻子一腳踩空，滑進旁邊的泥塘裡，燈籠熄滅。

大鼻子：唉唷威啊－我怎麼這麼倒楣。這裡又是哪裡啊？這不是要上山的那條叉路嗎？我怎麼會跑這邊來？（扶著腰爬起來，往四周瞧了瞧）看來是在前頭拐彎的地方就走錯了，這下子好了，搞得一身爛泥巴，燈籠也丟了，好險大晚上的沒人看到，還不算很丟臉……

△ 從後面傳來草叢被撥動的窸窣聲，大鼻子嚇了一跳，猛的轉頭查探。

大鼻子：誰！出來！

△ 又從側面傳來咀嚼聲。

大鼻子：嗚！這什麼地方三更半夜的還有吃東西的聲音？不會

是遇到髒東西吧？難道一條小命真的要交代在這裡了？我還沒娶老婆啊！有了，聽說山裡的魔神子會用聲音迷惑人，我待會兒摀著耳朵往山下跑就對了，對對對！就這麼辦！

△ 大鼻子突然從背後被撞了一下，又跌進泥塘。

大鼻子：哎唷！

大豬：共……共共！噴噴噴噗——共共共！（豬叫聲）

大鼻子：呼！原來是一隻豬啊！害我大鼻子差點就被嚇死，你是從哪裡跑出來的？大晚上的在山上亂轉是會嚇死人的你知不知道？

大豬：（專心的吃）共~噗噗噗噗噴噴噴噴噴。（豬的咀嚼聲）

大鼻子：爛泥巴也吃這麼開心……豬的胃口就是好哇！可憐我今天穿來的新衣服這下全報銷了，早知道就不走夜路，你個就知道吃的大肥豬！去去去，沒空跟你胡鬧，趁天還沒亮，趕快摸黑回家，要是被人看到我一身爛泥巴，不被人笑死才怪。（抓抓頭把腳從泥塘拔出，抖抖衣服走了）

＊ 演員從舞台右側下，燈暗

第二場　還嫂大豬

＊ 舞台中央燈亮，舞台右側為大鼻子的臥室，放置床鋪，舞台中央是村中街道

＊ 人物：大鼻子、阿旺嫂、阿旺叔、村人甲、村人乙

＊ 演員由舞台右側進場，舞台右側燈亮

△ 大鼻子正整理好衣服準備睡覺。

大鼻子：唉，都天亮了，呼呀－（打呵欠）好累……好險明天
　　　　沒什麼工作，可以睡到自然醒，不過山上怎麼會有頭豬
　　　　呢……？

＊ 舞臺中央燈亮

△ 大鼻子躺到床上。

阿旺嫂：是哪個殺千刀的臭小子？居然把我的豬給偷走了啊！

阿旺叔：你小聲點啦！不過是一隻豬……。

阿旺嫂：什麼只是一隻豬！你整天只知道在家裝老爺，賺沒兩
　　　　毛錢，要不是我省吃儉用，這個家早就連糙米都沒得
　　　　吃，更加不要說養豬養雞了。

阿旺叔：好好好，你勤儉持家誰不知，不要再這麼大聲，當心
　　　　給左鄰右舍看笑話……。

村人甲：是發生什麼事了？遠遠就聽見阿旺嫂大呼小叫！

村人乙：唉呀！阿旺嫂你家的豬寮怎會是空的？之前養的那隻
　　　　肥滋滋的大豬呢？

阿旺嫂：（拍著大腿哭嚎）今早就發現不見了，是誰這麼沒良
　　　　心的會偷我的豬啊？好不容易養這麼大，下個月就能在
　　　　酬神會上大出風頭了，這下什麼都完了……嗚──！

阿旺叔：（揮揮手）讓大家見笑了，也不是什麼大事……

阿旺嫂：放你個屁！每天辛苦割菜餵豬的不是你，說這種風涼
　　　　話是想氣死我嗎？也不想想我這麼辛苦，還不是為了這
　　　　個家！只要豬能在酬神會上得第一，接下來一年神明都
　　　　會保佑，還有人會請我去教怎麼養豬，一舉兩得的好
　　　　事，這下全化為烏有了……到底是哪個可惡的人啊！

村人甲：大嫂你也別著急，既然是今早才不見的，小偷應該也

走不遠，咱們村子就這麼小一點，一點風吹草動都會立刻被發現的。

村人乙：對對對，不過你家那頭豬我看過，都上百斤的大傢伙了，要抱走沒有工具和人多可不成，（繞著豬寮打量）可是這地上也沒留什麼痕跡啊？不會是門沒關好，豬自己跑走的吧？

阿旺嫂：怎麼可能呢？每晚關門前我一定會檢查的，養這麼久了也沒讓豬溜出來過，啊！除非……（斜眼瞪阿旺叔）

△阿旺叔心虛的左顧右盼，就是不敢看阿旺嫂，兩人繞一圈對峙。

阿旺叔：好啦好啦！都是我不對啦！老婆你別生氣，昨晚半夜我就想拉肚子，想說去田裡順便施肥，總是肥水不落外人田嘛，哪知回來時門沒插好，豬一撞就開了，這也是一時的無心之過，我……。

△阿旺嫂氣得拍阿旺叔的背。

阿旺嫂：好你個臭阿旺！今日若是我不問，你是打算要裝一輩子啞吧嗎？我怎麼這麼命苦啊！別人出嫁是做夫人，我嫁人卻是做丫鬟，你是還能不能有點出息？

△阿旺嫂坐地大哭，眾人勸解。

＊舞台中央聲音漸小至靜聲，演員僅餘動作不出聲，換舞台右側出聲

大鼻子：阿旺嫂的嗓門還是這麼大，是還讓不讓人睡覺了？（把頭埋進枕頭，又猛然抬頭）欸－上百斤的大豬？該不會是昨晚遇到的那隻大胖豬吧？真的這麼剛好？噗嘻嘻！這下有好戲看了！

△大鼻子跳下床在角落翻東西。

大鼻子：我記得是放在這裡的……，啊！有了！（拿出缺角的

鼻煙壺擦了擦）接下來就該我表演了，我這也算是日行

一善嘛！哈哈哈！

△ 大鼻子跨過門檻往舞臺中央走，床架道具撤下。

大鼻子：咳咳！阿旺嫂，事情經過我在一旁都聽到了，你不要

再傷心，我有方法可以幫忙，相信很快就可以找到不見

的豬。（拿出鼻煙壺嗅了嗅）

村人甲：唉唷，大鼻子，才幾日沒見，你何時多了尋物的能力？

村人乙：阿旺嫂別再難過了，你這個大鼻子，現在可不是開玩

笑的時候，若不是真的有能力幫忙，就不要在這時裝神

弄鬼了。

大鼻子：嗯？我都還沒說是什麼辦法，就說我裝神弄鬼？我真的

自有妙計，看到這支鼻煙壺嗎？可別瞧不起它，前些日子

我做了個夢，夢裡有個老神仙，長什麼樣子已經不記得，

只記得有個紅色的大鼻子，笑咪咪的說與我有緣，特別來

賜我法寶，說是只要吸一吸再配合我這粒鼻子聞一聞，什

麼東西都可以聞出來。本來我也以為只是隨便夢到的，沒

想到醒來真的在枕頭邊摸到這個鼻煙壺！害我嚇到好幾晚

睡不著，若不是今日看阿旺嫂這麼傷心，我也不會請這個

法寶出動。（搖搖頭做痛心疾首貌）

阿旺叔：紅色的鼻子？該不會是好鼻師吧？如果真的是好鼻

師，那可是聞東西、找東西相當厲害的神仙啊！大鼻

子！你這次一定要幫幫阿叔和阿嫂！

村人甲：稍等一下，叔啊！大鼻子我們從小看到大，以前也不

曾聽說他有這種能力，倒是他愛玩又愛開玩笑大家都知

道，可別被他給騙了！

村人乙：就是說啊，這個孩子工作做得還行，但就是沒定性又愛

玩，一把年紀了還娶不到老婆，難道豬是被他藏起來？

大鼻子：（拂袖生氣）哼！好心被雷劈，既然大家不相信，我也
　　　不必再多說了，你們自己慢慢找吧。（作勢轉頭就走）

△ 阿旺嫂從地上爬起，拉住大鼻子。

阿旺嫂：你先別走！阿嫂我願意相信你！為了這隻豬我是日也做、
　　　夜也做，沒找回來我絕對不甘願，什麼方法我都願意試！你
　　　若是可以幫阿嫂找到豬，阿嫂就請你吃一頓好料的！

大鼻子：還是阿嫂你有魄力！找豬這件事就包在我身上，現在
　　　馬上就開始。

△ 帶領眾人繞著舞台從右側到左側。

大鼻子：嗯……，不是這裡！

△ 又帶領眾人繞著舞台從左側到右側。

大鼻子：（誇張的左嗅右聞）氣味還是有點淡呢，繼續走！

△ 最後帶領眾人從右側回到舞台中央。

眾人：（大口喘氣）是到了沒有啊？

大鼻子：（用鼻煙壺點點虛空）根據法寶的指引和我聞到的氣
　　　味，阿旺嫂你家的豬就在前面沒錯！

村人甲：（還在喘）是……有沒有……這麼神啊？不是一直帶
　　　著大家繞圈子嗎？我說你裝神弄鬼也該……（被阿旺嫂
　　　的驚呼打斷）

阿旺嫂：（往前兩步後大叫）啊－！是豬啊！是我的豬啊！
　　　（衝向大豬緊緊抱住）你是跑去哪裡啦？害我煩惱得半
　　　死！嗚－！

阿旺叔：（把手搭在阿旺嫂肩上）老婆，太好了，我終於不會
　　　被你罵到臭頭了！哈－！

大豬：共－！共共共！（豬拼命搖頭掙扎聲）

阿旺叔：你看豬這麼高興，老婆，實在太好囉，哈哈哈！

村人乙：（瞪大眼）真……真的找到了！還真是神仙顯靈啊！

△大鼻子趾高氣昂的走到舞台正中央。

眾人唱：大鼻子－真神奇－一粒鼻子真稀奇！

　　　　夢中相遇賜法寶－醒來才知仙人到。

　　　　大豬無蹤何處尋？法寶在手展神通啊－展－神－通－。

＊舞台燈暗，演員從舞台左側下

第三場　戲藏繡鞋

＊舞台中央燈亮，舞台布景為村中街道

＊人物：大鼻子、林進財、賣油老王、春花、村人數名

＊演員由舞台右側進場

△大鼻子志得意滿走在路上，兩旁村民不時對他微笑或拱手
　致意。

村人1：（對大鼻子鞠躬）好鼻師，早啊！。

大鼻子：（拱手回禮）早上好。

村人2：（跟同伴咬耳朵）就是他，就是他！就是好鼻師用神
　　　　仙的法寶找到阿旺嫂的豬。

村人3：這麼厲害！（伸長脖子東張西望）我也來看看……

大鼻子：（微笑點頭）你好，你好。

＊村民演員慢慢從舞台左側離開

△大鼻子繼續前進。

大鼻子：哈哈哈，這下子我可是出名了，好寶貝，真是辛苦你
　　　　啦（搓摩鼻煙壺）！哈哈哈哈哈……

△ 大鼻子被不明物體狠狠砸中腦袋，往前險險撲倒。

大鼻子：（往前跌兩步）唉啊！（扶住腦袋）是什麼人這麼大膽暗算我好鼻師！（猛的回頭，發現地上一隻繡鞋，撿起仔細端詳）這什麼東西？青天白日的怎麼會從天上掉下一隻鞋？真是見鬼了！而且要掉也不掉一雙，掉個一隻！賣也賣不掉，吃又不能吃，實在有夠衰！打壞我的好心情，哼。

△ 大鼻子高舉繡鞋正要往路旁一扔，卻聽到旁邊屋子二樓傳來說話聲。

春花：（兩手插腰）臭老王！叫你曬個東西怎麼那麼久阿？我看你是皮在癢！

老王：（點頭哈腰）老婆耶，這不是好了嗎？這些嫁妝可都是你的寶貝，不仔細點怎麼行？

春花：哼，算你識相，我這些嫁妝每年可都要好好的翻出來曬一曬，（用手搭在眉毛上）唉，這日頭可真毒啊，這裡就交給你了，曬完就小心收進來。

老王：是！老婆，這裡就包在我身上，保管是曬得又快又好，你先進屋去，免得這白泡泡的皮膚給曬壞了。

大鼻子：（收回偷聽的耳朵）原來是賣油的老王阿！果然跟傳言的一樣怕老婆，要換作是我，一定要讓老婆對我服服貼貼，哼哼哼……（搖頭晃腦的偷笑）嗯？曬嫁妝？（舉起手上的繡鞋看了看）不會這麼剛好吧？好你個老王，曬個嫁妝還能讓鞋砸我！嘿嘿嘿，今天就讓你這個妻管嚴知道好鼻師可不是好惹的。

△ 大鼻子把繡鞋藏進路旁大樹背後的樹洞裡，再敲響老王的門。
△ 老王聽到敲門聲，原本不想理會，大鼻子敲得更響。

老王：唉啊，今天店休不做生意，明日再來吧！（往門外揮手）

大鼻子：王叔！是我好鼻師（對門內提高聲音），我可是特地上門來幫你的，還不開門？

老王：（眼睛一亮）好鼻師？老婆，聽說這個大鼻子不知道哪裡得到的法寶，前幾天才幫阿旺找到豬，現在村內大家都說他是好鼻師轉世呢！

春花：（翻白眼）真的還假的啊？就憑大鼻子那個人？平常就沒一個正經工作，到現在還是個單身漢，別是故意裝神弄鬼來騙人的吧？

老王：怎麼會呢？也沒聽說他跟阿旺他家騙錢啊！大家都說真的很神奇，等等我去開門，看看到底是找咱們什麼事情？

春花：（不耐煩的揮揮手）神仙還能滿大街都是啊！那我也能是瑤池金母轉世了。去吧，要是來跟你借錢的就早點打發他走。

△老王下樓，開門迎大鼻子進屋。

老王：大鼻子，真是稀客，今天怎麼突然來找我？

大鼻子：唉－當然是來幫忙王叔你啊！一大清早我的法寶就告訴我今天你會有一劫（掏出鼻煙壺湊在嘴旁吸一口），認識這麼多年了，總不能見死不救。

老王：（大驚）我有劫數！這是怎麼回事啊？大鼻子你可別嚇我。

大鼻子：詳細的情形我也不是很了解，只知道是對你來說很重要的東西，要是沒找到你就大難臨頭了。（搖搖頭）

老王：重要的東西？今天店休，也不可能是丟了錢啊，能不能講得清楚一點……。

春花：（慘叫一聲）啊－！你這個死老王！（衝出來用手打老王）

兒童戲劇：改編・實驗・創作【台灣篇】

一六二

老王：（躲著春花的拳頭）唉唷！老婆，是怎樣啦？你總得讓我知道我做錯什麼啊？

△ 老王被春花追打，大鼻子站在一旁偷笑。

春花：（憤憤的住手）你也知道你做錯事情啦，說！我嫁妝裡面那雙繡鞋是被你曬到哪裡去，怎麼會只剩一隻？

老王：怎麼可能！為了曬你最喜歡的那雙鞋，我還特別把鞋夾在竹竿上，怎麼可能不見啦？

春花：不然鞋怎會剩一隻？還能自己長腳跑了不成？連這麼簡單的事你都能搞砸……（繼續追打老王）

大鼻子：（擋在老王面前）春花嬸你別激動，聽我說啦！我今日就是為了化解這件劫數才來的。

老王：（躲在大鼻子背後）原來這就是你講的劫數，大鼻子你一定要救我啊！

春花：哼！是不是你老王的劫數我春花是不知道，但是這雙我阿母傳給我的繡鞋要是找不回來，那今天就是你的死期！

老王：（渾身發抖，拉住大鼻子的手臂）這下真的慘了啊！大鼻子，只要你能幫我過這關，我一定好好答謝你。

大鼻子：王叔，咱們什麼交情？講報答就太見外囉，不過聽說最近縣城新開的福記酒樓的油雞不錯……

老王：別說是一頓酒菜，山珍海味也讓你吃個飽，快救我。
（又閃過春花踢來一腳）

大鼻子：唉，既然王叔這麼誠心，我現在就開始。

△ 大鼻子深吸一口鼻煙壺，再用大鼻子四處嗅聞，繞了屋內一圈。

大鼻子：嗯－不是這裡，看起來要走更遠一點。

△ 又領著眾人往門外走，繞著草叢又走一圈，老王和春花緊跟

在後。

大鼻子：（比手畫腳）天靈靈，地靈靈，好鼻師快來助我力，
　　　　法寶神兵齊顯靈啊……喝！

老王：怎麼了，怎麼了？

大鼻子：哈哈，王叔，請你往路邊這棵榕樹的樹洞往下探，東
　　　　西就在裡面。

春花：（把老王擠開）我自己來，唉啊！真的是我的繡鞋啊。

老王：（開心的想抱春花）老婆，實在太好囉。

春花：（把老王撥開）大鼻子，啊不是，是好鼻師，實在太感
　　　　謝你囉！今天一定要讓我們好好答謝你，真的是神仙的
　　　　法術啊！

老王：實在是救苦救難的神仙法寶！（深深一鞠躬）認識你這
　　　　麼久，今日才知道你深藏不露，報答是絕對要的！

大鼻子：（得意的擺擺手）尋物對我來說不過小事一樁，實在
　　　　不用這麼客氣，不過……既然你們這麼誠心邀請，我也
　　　　不好拒絕囉。（燦笑）

老王：福記酒樓的油雞沒事先預定是吃不到的，我這就馬上去
　　　　訂，只是……不知道好鼻師能不能再幫一個忙？

大鼻子：說來聽聽。

老王：是這樣的，咱們庄裡住在大山腳那個做家具的阿土伯你
　　　　知道吧？從以前就很照顧我們夫妻，這幾天為了他師傅
　　　　留給他的鐵槌不見了，煩惱到吃不下也睡不著，我今日
　　　　特別店休就是等忙完要去探望他的。

大鼻子：（緊張的眼神游移）這個嘛……，我這法寶是要靠緣
　　　　份的……。

春花：拜託啦，阿土伯很可憐的，從小就被他師傅當兒子收

留，連吃飯傢伙都傳給他了，好鼻師你這麼厲害，找一
把鐵鏈一定沒問題的。

大鼻子：（抓抓頭）呃……不是我不想幫，是……是那個……
　　　　是這樣的，我這個法寶一天就只能發動一次，最快也要
　　　　等明日啊！

老王：不要緊不要緊，只要好鼻師肯出手相助就好，那我現在
　　　就去酒樓訂雞，順便去找阿土伯說這個好消息。（與春
　　　花相看一笑）

△ 老王與春花牽手下場。

＊ 舞台燈暗，演員從舞台左側下

＊ 中場休息

第四場　有心悔過

＊ 舞台中央燈亮，舞台布景是大鼻子的家

＊ 人物：大鼻子、林進財、賣油老王、木匠阿土伯

＊ 演員由舞台右側進場

△ 大鼻子站在舞台中央，搖頭苦思對策。

大鼻子唱：大鼻子－真漏氣－一張臭嘴四處欺！

　　　　　　垃圾騙做是法寶－只為肚子吃個飽。

　　　　　　如何再騙孤苦人－想破腦袋也不知啊－也－不－知－

△ 大鼻子喃喃自語，林進財從舞台右側上，走近大鼻子背後。

大鼻子：這下子是要怎麼辦啊……？

林進財：喂！

大鼻子：（跳起跌倒在地）唉唷威啊！（回頭一看）哦！是你

哦！兄弟，你走路也出個聲，差點被你嚇死。（拍著胸口喘氣爬起）

林進財：你自己門沒插上，而且什麼時候我來你家還要敲門的？對啦，還沒恭喜你，想不到你平常是水仙不開花－裝蒜哪！一進村就聽到大家說你有尋物的法寶，是神仙轉世！講得我都差點不認得是在說你了，到底是不是真的？

大鼻子：你說那個哦……，咭，法寶在這，拿去看吧！（把鼻煙壺丟去）

林進財：（接住鼻煙壺）咦？這不是咱們上個月在溪邊撿到的垃圾，你當初說要拿回去擺著好看，現在拿這垃圾給我幹啥？

大鼻子：這就是那個法寶啊。（無精打采的說）

林進財：啥！（聲調提高）你該不會吹牛的毛病又犯了吧！你就拿這個垃圾去騙人？平時開開玩笑也就算了，現在連神仙你都拿出來騙？你是嫌命太長嗎？

大鼻子：（不敢直視好友的眼睛）我也不是故意騙人啊……，一開始也是好意要幫大家的忙，順便開個小玩笑，大家卻都相信了，還請我吃超豐盛的宴席，我一個得意過頭……，事情就變這樣了，呵呵。

△ 林進財敲了一下大鼻子的腦袋。

林進財：呵你個大頭啊！你知不知道有一些事情是不能這樣騙的，你能好運一次、兩次，難道可以一直好運下去？快想個辦法平息這些謊言。

大鼻子：我有在想啊！其實只要把鼻煙壺故意摔碎，再說法寶是被神仙收回就好，可是這回拜託我尋物的老人家很可憐，我實在不忍心打碎他的希望，所以就從昨天煩惱到

今天了。

林進財：你真的這樣想就還有救，要是找不到還是老實承認吧！長痛不如短痛，總好過讓人一直空等。對了，你們村裡那個木匠住在哪裡？

大鼻子：你說阿土伯哦？他家在大山腳下，出去大路走到底，右轉直直走就到了。你要找他做家具嗎？

林進財：家具七天前就做好送來了，只是昨天才在五斗櫃抽屜裡發現一隻鐵槌，想說可能是他家裡人弄丟的，就專程送來了……。

大鼻子：（用力握住好友的手，把臉湊近），進－財－哥！你果然是我的貴人啊！，

△ 林進財用力擋住大鼻子，把他推開。

林進財：你這是幹什麼啦？我可是快要結婚的人，你不要亂來！（雙手抱胸）

大鼻子：（起雞皮疙瘩）你誤會了啦！我只是太高興了，哈哈哈！不愧是一輩子的好兄弟，事情經過是如此如此、這般這般~

△ 大鼻子把事情經過用比劃方式告知好友。

林進財：所以……（搖頭嘆息），你這狗屎運從小就是這麼屬害，這都能被你遇上？唉！

△ 林進財將鐵槌交給林大鼻。

林進財：是兄弟才這樣幫你，但是再不停止吹牛，你真的會惹上大麻煩，別當我是在隨便講講！

大鼻子：是！這樣阿土伯就不會傷心了，放心啦！等解決這件事，我馬上就把鼻煙壺打破。（驕傲自滿）

林進財：（搖頭嘆息）你就不要再出什麼紕漏，不然下次去哪

裡交這種好運？一定要還給阿土伯哦！我就先回去了！

大鼻子：沒問題啦！一切包在我好鼻師的身上，包你放心。

△ 林進財從舞台左側下，剩餘演員從舞台右側上場，大鼻子拿著鐵鎚來到阿土伯的家，舉手敲門。

大鼻子：開門啊！阿土伯，我已經找到囉！快來開門。

老王：（把門打開）好鼻師，我和阿土伯才正要去找你，你就已經找到了嗎？果然是神仙的手段啊！真厲害。

阿土伯：（駝背走出來）唉啊！大鼻子－你真的找到我的鐵鎚了嗎？

大鼻子：阿土伯，你不要緊張，你看，東西不就在這裡？

△ 大鼻子拿出鐵鎚，老王和阿土伯喜形於色。

阿土伯：（顫抖的接過鐵鎚撫摸）這個紋路……，沒錯，是我師傅傳給我的那隻，總算是回來我的身邊囉！（感動拭淚）

老王：好鼻師！你這個法寶實在靈驗，我們一堆人找三四天了連根毛沒找到，你一出手就找到了，來－，別說是福記酒樓，就算是慶記酒樓最貴的酒席，你也一定要讓我請！

大鼻子：（搖搖手訕笑）王叔，我昨天是跟你開玩笑，大家認識這麼久了，互相幫忙是應該的，怎麼可以這樣占你便宜？免啦免啦！

阿土伯：你這個年輕人實在是不簡單，不過做人要知恩圖報，也讓阿土伯請你吃一頓好料的來答謝，不同意就是不給阿伯面子。

大鼻子：（往後一跳）真的不用啦！唉唷－對大家來說真難找的東西，對我來說只不過小事一樁，我要是用法寶四處招搖撞騙，那才真的失德！搞不好這法寶就被天上真正的好鼻師收回去了。

阿土伯：這樣講也是有道理⋯⋯，可是也不能白白讓你幫忙。

老王：既然好鼻師要積陰德，咱們也不能破壞，可是叔叔我和
　　　阿土伯都承你的情，以後有什麼要幫忙的你儘管開口，
　　　我們一定挺你！

大鼻子：（不好意思的摸摸頭）那麼到時候就拜託兩位囉，多
　　　　謝多謝！

阿土伯：要講多謝的人是我啊，哈哈哈！

△阿土伯和老王對大鼻子拱手道謝，大鼻子也拱手回禮。

＊舞台燈暗，演員從舞台左側下

第五場　官印疑案

＊舞台中央燈亮，舞台布景為大鼻子的家

＊人物：大鼻子、張橫、李豎、縣官、師爺

＊演員由舞台右側進場

△大鼻子開心回家，把鼻煙壺拿在手上。

大鼻子：總算是解決一件事了。小寶貝，實在是太謝謝你囉（親
　　　　一下鼻煙壺）！想到今天就要讓你功成身退，還真有點捨
　　　　不得⋯⋯，但是這次實在讓我冒一身冷汗，要不是有兄弟
　　　　相助，現在可能被打得比豬頭還腫。唉—我一定會好好將
　　　　你埋起來的！（把鼻煙壺高舉過頭即將往下摔）

△敲門聲響起。

大鼻子：（對著觀眾說）是誰啊？這麼要緊的時刻，先不理他。

△大鼻子重複摔鼻煙壺的動作，急促的敲門聲又起。

李豎：快開門，官差辦案！

張橫：我們知道裡面有人，快開門！

大鼻子：（驚訝）什麼！官差？是發生什麼事情了？（敲門聲持續響起）先來開門好了，（帶著鼻煙壺去開門）來了來了！就來開門囉！

張橫：怎麼這麼久才開門啊？（斜睨大鼻子）

大鼻子：（陪笑）真抱歉，剛好在忙沒聽到。

李豎：廢話少說！我們是奉縣老爺之命，前來請大鼻師協助辦案，請你將人請出來。

大鼻子：（大驚）欸……，他人剛好不在家，去找朋友了！（眼神閃爍）

△ 張橫、李豎互看一眼。

張橫：可是村莊裡的人都說好鼻師是個年輕人，而且一個人住，你如果不是大鼻師，那麼你在這裡做什麼？（懷疑的看著大鼻子）

大鼻子：（愣住）啊……啊哈哈，我是看氣氛太緊張，想說開個玩笑而已，哈哈哈哈哈……

△ 張橫、李豎冷淡的瞪著大鼻子。

大鼻子：（乾笑的抓頭）不知道兩位官爺找在下有何貴事？

李豎：所以你就是好鼻師本人（由上而下來回看了看），縣老爺幾天前丟失了重要的官印，聽聞好鼻師善找東西的本事（拱手），特別派我倆人來相邀，請大鼻師現在就和我們走一遭。

＊震驚的音樂下

大鼻子：呃……我今天剛好有點不方便……，是不是可以改日再……。

李橫：事關重大，請好鼻師不要為難我們。

△ 張橫、李豎一人一邊架住好鼻師往外走。

張橫、李豎：請！

△ 三人來到近縣城的郊區，大鼻子要求要解決人生三急。

大鼻子：（扭）兩位官爺，真不好意思，人有三急，真的擋不住啊！

李豎：一路走來你已經去尿了三次了！你一個年輕人難道腎虧？

張橫：你別浪費時間想逃跑了！已經快到縣城了，你也不想吃苦頭吧？

大鼻子：是－，我馬上就回來，很快就好了啊！

△ 大鼻子躲進旁邊草叢蹲下，**張橫、李豎**緊跟在後。

大鼻子：（打自己一巴掌）讓你愛開玩笑！讓你手腳太慢！這下完蛋了，要去哪找官印啊？兩個官差一路又跟這麼緊，想跑也沒機會，啊-（抱頭苦惱）

△ 大鼻子猛地站起，**張橫、李豎**正好走到能聽到聲音的近處。

大鼻子：好啦！既然橫也是死！（張橫一驚）豎也是死！（李豎瞪大眼睛與張橫互看）反正活罪難逃，不如痛快點自首！（張橫、李豎全身發抖）起碼還能留一條狗命！

△ 大鼻子轉頭準備自白，**張橫、李豎**迅速下跪求饒。

張橫、李豎：大師饒命！大師饒命！

大鼻子：（大驚，以手掩嘴偷問）現在又是發生什麼事……？

張橫：（痛哭）大師！我也是不得已的，一切都是師爺逼我們的！

李豎：（流涕）對啊！我也是被……被師爺騙的。

張橫：（拭淚）要不是師爺詐賭，我也不會輸錢，然後被威脅幫他偷官印出來。

李豎：（抹臉）我只不過半夜出來散步，師爺卻騙我幫他丟東西，等丟進官府後面的枯井才說那是官印，說我也是犯

人，要是我敢說出去就會被砍頭，我才……我才……
哇！（磕頭大哭）

大鼻子：（摸自己的臉）難道我就長得一副會讓人說實話的
臉嗎？還有這種事……（小聲）。好了啦，本師就是
知道你倆人也是身不由己，一切都是被奸人所害（跪地
兩人連聲說是），好在你們遇到本師，只要你們好好配
合，我就保證你們平安無事，還能找回官印，不然的
話……。

張橫、李豎：我們保證一切都聽大師吩咐！

大鼻子：好！將耳朵靠過來。

△ 三人一同交頭接耳，跪地兩人站起向大鼻子道謝，恭敬領著
大鼻子往府衙前進。

△ 到了府衙，縣官與師爺一同迎出來。

縣官：（拱手）這位想必就是最近頗富盛名的好鼻師囉！相信
您一路上也知道下官所遇的難題，希望大師能用仙人的
法寶相助。（鞠躬）

師爺：（站在縣官身後朝張橫、李豎丟去警告的眼色）唔-真是
英雄出少年，沒想到大名鼎鼎的好鼻師這麼年輕，就是
不知道這本事是不是和傳言一樣囉？（捋鬍）

大鼻子：實在不敢當，法寶乃是神仙在夢中所賜，草民也不過
是利用法寶來幫大家解決疑難雜症，丟失官印一事就包
在我身上，只是……

縣官：請不必猶豫，有話直說無妨。

大鼻子：是這樣的，官府裡面門窗緊閉，恐怕會影響草民用法
寶尋物的效果，是否能將官府內所有門窗打開？

師爺：（瞪眼）大膽！官府是什麼地方？怎麼能讓你隨便亂

來！大人，以下官看來，此人分明只是一個騙子，實在不要再浪費時間。

縣官：欸－本官心意已決，再說此要求也是合情合理，**張橫、李豎**。

張橫、李豎：在！

縣官：現在立刻將官府內所有門窗打開，讓大師聞味尋物。

張橫、李豎：是！

△ **張橫、李豎**退出大廳繞行官府一圈，並將一個布包放進師爺的房間後再回到大廳。

張橫、李豎：（躬身）報告大人，已經將所有門窗打開。

縣官：大師，請問還有什麼要求嗎？

大鼻子：（將鼻煙壺拿在手中）嗯，沒問題囉－現在就能開始！

△ **大鼻子**手持鼻煙壺一口吸、一邊聞，滿場搖頭晃腦。

大鼻子：嘿－已經感應到了，嗯－在這個方向，跟我來！

△ **大鼻子**往門外衝，帶領眾人往師爺的房間去。

大鼻子：（站在門外深吸一口氣）報告大人，我在這個房間裡聞到官印的味道，錯不了！官印就在這其中。

縣官：這……這不是師爺的房間嗎？

師爺：（大怒）一派胡言！大人，堂堂官府，怎可讓這個裝神弄鬼的騙子戲弄，請大人速速將他拿下，維護官府威嚴！

大鼻子：啟秉大人－草民不敢講自己會多少神仙手段，但是這個聞味尋物的功夫，草民自稱是大員第二，大概就沒人敢說自己是第一了，而且……，到底是真是假，大人你派人一查便知，何必誣賴我是騙子！（拂袖）

縣官：好鼻師，請息怒，以大師所言亦是有理，**張橫、李豎**！

張橫、李豎：在！

縣官：立刻入內搜查！

張橫：師爺，得罪了。

△ 師爺站在門旁被官差推到一旁，兩名官差搜查一番後從桌底
　　找出被布包著的官印。

李賢：報告大人！證物已經找到，正是遺失的官印。

師爺：這……這怎麼可能？我是被陷害的，官印明明丟在枯井裡！

大鼻子：哦－原來是被丟在枯井裡啊！

縣官：師爺，竟然是你做的！騙得我好苦啊！

師爺：大人！我……請再給我一次機會，我可以解釋的。

縣官：不必多言！來人啊，將人押下去！

張橫、李賢：是！

師爺：我是冤枉的，是有小人陷害啊！大人！

△ 師爺被官差架住拖下。

縣官：這次多虧有好鼻師你的幫助，不然這麼可惡的人竟然就
　　　藏在官府裡，簡直防不勝防！

大鼻子：也是惡人多行不義便自斃，大人不必如此客氣。

縣官：好在城裡有好鼻師天生的好本領，以後就要多多麻煩大
　　　師囉。

大鼻子：（乾笑）啊哈哈哈哈，在下能幫的就一定幫到底，請大人
　　　　放心。（轉向觀眾說悄悄話）以後還來？是有完沒完啊？

縣官：本官在花廳已經準備好一桌筵席要感謝大師相助，大
　　　師，請。

△ 縣官領著大鼻子往屋外走，大鼻子突然一腳絆在門檻上，重
　　重摔了一跤，臉　抬起時流出鼻血，鼻煙壺也壓碎了

縣官：大師，沒事吧？傷到哪了？

大鼻子：（掏出碎掉的鼻煙壺）唉唷！仙人賜我的法寶破掉

了！要怎麼辦才好？（坐在地上嚎啕大哭）

縣官：大師，你還在流鼻血…

大鼻子：慘了啊！我現在什麼都聞不到囉！法寶壞了，連鼻子也不靈了，以後是怎麼找東西？嗚嗚嗚……

△ 縣官扶起大鼻子。

縣官：都是本官的錯，害大師受傷，不知可有補救的方法？

大鼻子：（搖搖頭）當初寶物是神仙在夢中所賜，現在壞掉還能去哪裡修理？以後就算鼻子復原，沒有法寶也找不到東西啊！

縣官：那麼實在太可惜囉，好鼻師，請別太難過，這樣好了，為了彌補你，我決定另外賞你50兩，一來是報答大師今日相助，二來也是補償你的損失。

大鼻子：草民現在心情很亂，就依大人所說的辦吧，唉－！

△ 縣官向大鼻子作揖，先下場，大鼻子抬起頭偷看，摸摸碎掉的鼻煙壺露出笑 容。

大鼻子：好在有這一摔，感謝好鼻師的保佑，以後我一定好好做人，哈哈哈！

眾人唱：好鼻師－真聰明－破釜沉舟有決心！

打破法寶不再欺－重新做人猶不遲。

勸君莫貪眼前利－平安度日要珍惜啊－要－珍－惜－

＊ 燈暗

劇終

創作緣起

【編劇介紹】

　　青佩對戲劇最早的印象來自於傳統歌仔戲的表演，不論是電視螢幕上的精緻戲曲，或是廟會野台上的喜怒哀樂，戲劇對於感情的渲染有一股歷久不衰的魅力，表達著眾多歷史故事的承載，戲劇是我想像力的起點，和知識的啟蒙。希望能讓孩童從小接觸戲劇，從中學習同理心和智慧，筆者目前為代理教師的她，時常將表演故事融入國語文或綜合教學，常可收穫學童興奮的回饋，啟發童心對於體驗不同身分的假想第一步，並可訓練自我表達的能力。

【發想】

　　好鼻師乃是在臺灣民間流傳極廣的故事，有貪吃、善聞、尋物等能力，傳統老人亦多用「有一粒好鼻師的鼻」來調侃小孩或某人有好吃食物時便會立刻出現，極富鄉土特色。

　　在眾多關於好鼻師的傳說中，有說他是天上神仙，也有說他原是一個貪吃的人，死了之後執念未消轉世成螞蟻，繼續過著聞風識味的生活，出現在每一個不慎掉落的食物周邊，皆是高度富有童心的民俗故事，筆者認為很適合作為國小階段的孩童認識人性的弱點，如：執著、說謊、自大、僥倖…等，以故事主角本身

的幸運做為展開，一路經歷說謊、成功、惡作劇、後悔、害怕等情境，最終利用智慧決心改過，拯救自己脫離說謊的無限迴圈。希望賦予**觀眾**歡樂之虞，亦能省思誠實的重要性。

【參加故事劇場的動機與啟發】

　　一開始是覺得自己對於戲劇一竅不通，但認為教學其實也是表演的一種，人生應該多所嘗試，才能把每一天都過得不同，決定親身體驗，並釋放自己的潛能，於是第一次粗淺的拉開僵硬的身軀、第一次拋開臉面大笑大鬧、第一次自己寫劇本並全程演出，每一次都是新奇的感受，感覺自己像塊海綿，擠出了許多自己也沒想過、擁有的部分，對我而言，擠劇本的部分辛苦在於要把零散的故事零件重新排列組合，並考慮每個不同的角色性格，揣摩他會說什麼？怎麼說？怎麼動？靈感像是手中的水滴，不立刻寫下就滑落得無影無蹤，感謝老師不厭其煩的指導我們這群門外漢，讓我也有機會與內心的藝術泉源相遇。

【讀劇照片】

圖一　好鼻師名聲大響
　　　拍攝者：陳青佩
　　　拍攝日期：2015.6.26
　　　拍攝地點：台南市隆田國小 四年仁班
　　　人物由左到右：覃佐梧、陳兆榆、林益晨、沈宏霖、陳增沅、吳崑瀚

圖二　春花抽打老王
　　　拍攝者：陳青佩
　　　拍攝日期：2015.6.26
　　　拍攝地點：台南市隆田國小 四年仁班
　　　人物由左到右：陳兆榆、吳崑瀚、覃佐梧

【作者簡介】

陳青佩

目前為代理教師，認為戲劇是想像力的起點和知識的啟蒙。時常將表演故事融入課程，希望能讓孩童從小接觸戲劇，從中學習同理心和智慧，啟發對於體驗不同身分的假想、訓練表達能力。

臭彈的好鼻師

作者：陳青佩

劇本大綱

改編自孫叔叔說臺灣故事的「好鼻師」

【演出長度】40~50分鐘

【演出形式】舞台劇

【建議年齡】10~12歲

【劇本大綱】

　　林大鼻是個幽默風趣的小伙子，愛開玩笑，外號就叫大鼻子。一次因喝醉酒走夜路，卻迷糊走錯路，意外在泥塘裡見到一頭大豬。隔天發現是村裡阿旺嫂走失的豬。大鼻子計上心頭，吹牛自己擁有好鼻師的法寶，能找到任何東西，果然順利找回大豬，大鼻子是天上好鼻師轉世的傳言不脛而走。

　　大鼻子憑著機智和運氣，順利解決陸續陸續找上門的請求，嘗到名聲與實際的好處後，在友人勸說後，一度有心收手，卻在名聲傳遍縣城後迎來縣官的尋找官印之請，這次未能事先投機取巧的情況下，大鼻子是否能再次憑著機智解決難題呢？還是會因謊言即將被戳破而受懲罰？如何重回腳踏實地的生活及擺脫好鼻師的法寶盛名是他最終必須面對的難題。

【人物表】

✓ 大鼻仔　本姓林，鼻如大斗，有一副天生的好頭腦，人緣不

錯，逐家都以外號來稱呼他

✓ 林進財　大鼻仔的好友，新婚在即，常勸大鼻仔快娶個老婆
　　　　　好安心過日子

✓ 阿旺嫂　村裡的潑辣大嬸，是操持家務的一把好手，養出的
　　　　　豬個大膘肥

✓ 阿旺叔　種田的大叔，膽小窩囊

✓ 大豬　阿旺嫂為了酬神特別精心飼養的，愛到處亂逛

✓ 村人甲　同住村中的串場人物，愛湊熱鬧

✓ 村人乙　同住村中的串場人物，愛講八卦

✓ 賣油老王　靠著賣油家業頗豐的老闆，怕老婆

✓ 春花　賣油老王的老婆，跟老公一起打拼事業，把丈夫管得
　　　　死死的

✓ 阿土伯　做家具的木匠

✓ 縣官　縣城的新任父母官，想為百姓做出一番新氣象

✓ 師爺　縣衙裡的老油條，煩透了新縣官這個愣頭青，想逼走
　　　　新任縣官

✓ 官差張橫　矮胖身材，因賭博輸錢被師爺抓住把柄

✓ 官差李直　高瘦身材，性格懦弱，常被同僚耍得團團轉

劇本

第一場　巧遇大豬

＊場景：背景音樂是酬神會的鞭炮聲及飲酒划拳聲，人物由舞

台右側登場，背景為三合院門外

＊人物：大鼻仔、林進財、大豬

＊鞭炮聲及飲宴聲響起，舞台燈亮

△ 大鼻仔和林進財自舞台右側往舞台中央移動，大鼻仔因醉酒走得搖搖晃晃，林進財把照路的鼓仔燈交給他。

林進財：你嘛傷諏古，只啉酒閣會當飽嗎？（扶著大鼻仔令他站直），按呢你是會當整欉好好走返去厝啊？

大鼻仔：難得兄弟今仔日歡喜啊！免錢的酒喝起來閣是特別爽（哈哈大笑），而且我嘛無醉，你看阮兜只要按遮直直行閣到啊。（晃了下頭往茅廁歪過去）

林進財：（把往茅廁走的大鼻仔拉回來）欸——，那是屎坑！我看你規氣留落來睏一暝，若無我怕明仔載愛去屎坑才挖得到你，走——，進去厝內啦！

大鼻仔：（甩開友人的手）唉唷！囉囉嗦嗦咧衝啥物！就講我無醉，這條路我目睭瞌瞌亦會當行轉去，別囉嗦啦，鼓仔燈拿來！（向林進財伸手）

林進財：跟你一个酒鬼實在袂當講道理，唔！鼓仔燈拿去（將燈籠交給大鼻仔），哪毋是今仔日真正走不開腳，應該將你送返去厝的。鼓仔燈拿好，千萬記得直直行啊！

大鼻仔：安啦安啦，我閣等著跟一票兄弟作夥來吃你的喜酒，一點仔小事哪考得倒我大鼻仔。（把手中燈籠晃了晃，一腳深一腳淺的出發回家）

＊划拳聲漸小，燈光漸暗

△ 林進財由舞台左側下，撤下三合院背景，大鼻仔由舞台右側往中央晃一圈，走在鄉間小路上，蛙鳴鳥聲漸起。

大鼻仔：（大聲唱著沒人聽得懂的歌）哈哈！今天真正有歡

喜！難得酒好，菜也好，若是逐日攏有神明做醮就好，時到不但有熱鬧可湊，酒和肉也會當歡喜呷到飽，人生至樂亦不過如此！嘿－！（繼續哼歌）

△ 在舞台中央停下，左顧右盼。

大鼻仔：嗯？進前遮就有這粒大石頭嗎？草仔也一下仔就發遮爾高啦？下晡過來的時陣明明才到跤目，這馬哪會就過腰了？啊！我知！一定是下晡落的那陣西北雨催生的，實在有厲害，毋過我閣較厲害，看我一跤就遠過去！

△ 大鼻仔一跤踩空，滑進旁邊的泥塘裡，燈籠熄滅。

大鼻仔：唉唷偎啊！我哪會遮爾衰！遮又閣是佗位啊？這毋是欲上山的那條峎路嗎？我哪會跑這邊來？（扶著腰爬起來，往四周瞄了瞄）看起來在頭前轉彎的所在就行毋著囉，這聲好啊，舞得一身軀爛塗，鼓仔燈也無去啊，好佳哉三更半暝、無人看到，啊閣毋算真見笑……

△ 從後面傳來草叢被撥動的窸窣聲，大鼻仔嚇了一跳，猛的轉頭查探。

大鼻仔：啥人！出來！

△ 又從側面傳來咀嚼聲。

大鼻仔：咦！遮啥物所在三更半暝閣有食物件的聲音？袂是搪著歹咪仔吧？難道一條性命真正欲交代在這啊？我亦沒娶某啊！有啊，聽說山內的魔神仔會用聲音騙人，我等咧耳朵掩住往山跤跑閣對了，對－！就按呢做！

△ 大鼻仔突然從背後被撞了一下，又跌進泥塘。

大鼻仔：哎唷！

大豬：共……共共！嘖嘖嘖噗－共共共！（豬高亢叫聲）

大鼻仔：呼！原來是一隻豬啊！害我大鼻仔險險就予你嚇死，

你是對佗位跑出來的？三更半暝的在山上亂轉是會嚇死
人的你知不知？

大豬：（專心的吃）共一噗噗噗噗唭唭唭唭。（豬咀嚼聲）

大鼻仔：爛塗也吃俗遮爾歡喜……豬的胃口就是好哇！可憐我
今仔日穿來的新裳這聲全去了了，早欲知就莫行小路，
就知影吃的大肥豬！去去去，無閒跟你黑白轉，趁天亦
未光，趕緊返來去，哪是予人看到我一身爛塗，不予人
笑死才怪。（抓抓頭把腳從泥塘拔出，抖抖衣服走了）

＊ 演員從舞台右側下，燈暗

第二場　還嫂大豬

＊ 舞台中央燈亮，舞台右側為大鼻仔的臥室，放置床鋪，舞台
中央是村中街道

＊ 人物：大鼻仔、阿旺嫂、阿旺叔、村人甲、村人乙

＊ 演員由舞台右側進場，舞台右側燈亮

△ 大鼻仔正整理好衣服準備睡覺。

大鼻仔：唉，攏天光啊，呼呀－（打呵欠）足忝……好佳哉明
仔日沒啥物工作，會當睡到自然醒，猶毋過山內哪會有
隻豬呢……？

＊ 舞臺中央燈亮

△ 大鼻仔躺到床上。

阿旺嫂：是哪一個澎肚短命、死嘸人埋的凹壽仔？竟然將我的
豬偷抱去啊！

阿旺叔：你卡小聲一點仔啦！只是一隻豬……

阿旺嫂：啥物只是一隻豬！你做大爺的一工到暗只知影佇厝翹腳捻嘴鬚，賺無一湯匙，呷是整畚箕，若無我儉腸凹肚，這個家早就連糙米都沒當吃，更加免講飼豬飼雞。

阿旺叔：好好好，你儉腸凹肚誰不知，毋通閣遮大聲，細膩手厝邊頭尾看笑話……。

村人甲：啊是啥物代誌？遠遠就聽著阿旺嫂大細聲！

村人乙：唉啊！阿旺嫂你家的豬寮哪會是空的？進前飼的那隻肥滋滋的大豬呢？

阿旺嫂：（拍著大腿哭嚎）下早仔就發現無去啊，是誰人遮爾仔無良心會偷抱我的豬啊？真無簡單飼遮爾大，後個月就會當在酬神會上大出風頭了，這下啥物攏無去啊……嗚嗚。（哭泣狀）

阿旺叔：（揮揮手）予逐家見笑囉，也毋是什麼大代誌……。

阿旺嫂：你放屁！逐工辛苦割菜飼豬的毋是你，說這種無要緊的話是想欲氣死我嗎！也毋袂想看覓我遮爾辛苦，亦不是為了這個家！只要豬會當在酬神會得到頭名，紲落來一年神明攏有保佑，閣會有人請我去教按怎飼豬，摸蜆兼洗褲的好代誌，這聲全烏有去啊……到底是逐一咧可惡的人啊！

村人甲：大嫂你也別著急，既然是下早仔才無去的，賊仔應該也走袂遠，咱們庄仔頭就遮爾小一點仔，一點仔風吹草動都會予人隨發現的。

村人乙：對對對，啊毋過你兜伊隻豬我看過，都上百斤啊，要抱走毋家私佮多人是無法度，（繞著豬寮打量）毋閣這塗跤看起來也毋留啥物痕跡啊？袂是門沒關乎好，豬仔家已落跑吧？

臭彈的好鼻師

一八五

阿旺嫂：哪有可能啦？逐晚關門進前我一定會檢查的，飼遮久了
　　　　也沒乎豬仔溜出來過，啊！除非……。（斜眼瞪阿旺叔）

△阿旺叔心虛的左顧右盼，就是不敢看阿旺嫂，兩人繞一圈對峙。

阿旺叔：啊好啦好啦！攏是我不對啦！某仔你別生氣，昨日半
　　　　暝我屎咧滾，想說去田裡順紲應肥，總是肥水不落外人
　　　　田嘛，哪知回來仔時陣門沒插好，豬一撞就開啊，這亦
　　　　是一時的無心之過，我……。

△阿旺嫂氣得拍阿旺叔的背。

阿旺嫂：你這個阿旺仔！今仔日若是我毋問，你是打算欲假做
　　　　啞巴一世人膩？我哪會遮歹命！別人嫁人是做夫人，我
　　　　嫁尪卻是做奴才，你真正是生雞卵仔嘸，放雞屎仔有，
　　　　你是閣會當有點仔出脫無啊？

△阿旺嫂坐地大哭，眾人勸解。

＊舞台中央聲音漸小至靜聲，演員僅餘動作不出聲，換舞台右
　側出聲

大鼻仔：阿旺嫂講話亦是遐大細聲，是不欲予人睏了嗎？（把
　　　　頭埋進枕頭，又猛然抬頭）欸呀一上百斤的大豬？毋是
　　　　我昨暝遇著的伊隻大箍呆吧？真正遮爾拄好？噗嘻嘻！
　　　　這聲有好戲會使看啊！

△大鼻仔跳下床在角落翻東西。

大鼻仔：我記得是放在遮仔……，啊！有啊！（拿出缺角的煙
　　　　吹擦了擦）續落來就看我表演啊，這嘛算是日行一善
　　　　嘛！哈哈哈！

△大鼻仔跨過門檻往舞臺中央走，床架道具撤下。

大鼻仔：咳咳！阿旺嫂，代誌我在邊仔攏聽到囉，你毋免閣再
　　　　傷心，我有方法會當鬥相共，相信真快閣會使找到無去

的豬。（拿出煙筒了嗅）

村人甲：唉唷，大鼻仔，才幾日無見，你佗時多了找物件的本事？

村人乙：阿旺嫂別閣艱苦啊，你遮爾大鼻仔，這馬毋是講耍笑的時陣，哪毋是真正有能力幫忙，閣毋通佇這時假鬼假怪囉。

大鼻仔：嗯？我攏亦未講是啥物辦法，就說我假鬼假怪？本山人真正自有妙計，有看到這支煙吹嗎？是毋通看袂起它，前幾日我做了一個夢，夢到一個老神仙，長啥物形已經袂記得，只記得面上有一粒紅色的大鼻仔，笑微微仔講佮我有緣，特別來賜我法寶，講是只要吸吸仔閣配合我這粒鼻聞聞仔，啥物物件攏會當聞出來。本來我想講只是清彩夢到的，想袂到清醒真正在枕頭邊摸到這咧煙吹！害我驚到幾何暝睏袂去，哪不是今仔日看阿旺嫂遮爾傷心，我嘛袂請這咧法寶出動。（搖搖頭做痛心疾首貌）

阿旺叔：紅色的鼻仔？袂是好鼻師吧？若真正是好鼻師，那是聞物件、找物件攏足厲害的神仙啊！大鼻仔！你這擺一定要佮阿叔和阿嫂鬥相共！

村人甲：稍等一下，叔啊！大鼻仔咱自細漢看到大漢，較早亦不曾聽講伊有這種能力，顛倒是伊愛玩閣愛講耍笑逐家看現現，是毋通予伊騙去哦！

村人乙：就是說啊，遮個孩子工作是會做，閣是沒定性閣愛迌迌，到這時亦娶嘸某，甘講豬是予伊藏起來？

大鼻仔：（拂袖生氣）哼！好心予雷唚，逐家既然毋相信，閣毋免再多言，你們家己慢慢仔找吧。（作勢轉頭就走）

△ 阿旺嫂從地上爬起，拉住大鼻仔。

阿旺嫂：先莫走！阿嫂我願意相信你！為了這隻豬我是日也

做、暝也做，嘸找返來我絕對嘸甘願，啥物方法我攏願意試！你若是會當幫阿嫂找到豬，阿嫂就請你吃一頓青操仔！

大鼻仔：亦是阿嫂你嬌氣！找豬的代誌就包在我身上，我這馬隨開始。

△ 帶領眾人繞著舞台從右側到左側。

大鼻仔：嗯……，毋是這裡！

△ 又帶領眾人繞著舞台從左側到右側。

大鼻仔：（誇張的左嗅右聞）氣味亦是有點仔淡呢，繼續行！

△ 最後帶領眾人從右側回到舞台中央。

眾人：（大口喘氣）啊是到了未啊？

大鼻仔：（用煙吹點點虛空）根據法寶的指示，閣有我聞到的氣味，阿旺嫂你兜的豬閣佇頭前無錯！

村人甲：（還在喘）是……有亦毋……遮爾神啊？毋是一直帶逐家繞圓圈嗎？我講你假鬼假怪亦應該……。（被阿旺嫂的驚呼打斷）

阿旺嫂：（往前兩步後大叫）啊！豬啊！遮是我的豬啊！（衝向大豬緊緊抱住）你是跑去佗啦？害我煩惱佮半死！嗚—！

阿旺叔：（把手搭在阿旺嫂肩上）某欸，太好了，終於袂乎你罵到臭頭啊！嗚—！

大豬：共—！共共共！（豬拼命搖頭掙扎聲）

阿旺叔：你看豬遮爾歡喜，某欸，實在太好囉，哈—！

村人乙：（瞪大眼）真……真正找到啊！真正是神仙顯聖啊！

△ 大鼻仔趾高氣昂的走到舞台正中央。

眾人唱：大鼻仔—真神奇—一粒鼻仔有稀奇！

夢中所見疑仙人－欲將法寶來展威。

法寶在手展神威－欲找物件就靠伊啊－就－靠－伊－。

＊舞台燈暗，演員從舞台左側下

第三場　戲藏繡鞋

＊舞台中央燈亮，舞台布景為村中街道

＊人物：大鼻仔、林進財、賣油老王、春花、村人數名

＊演員由舞台右側進場

△大鼻仔志得意滿走在路上，兩旁村民不時對他微笑或拱手致意。

村人１：（對大鼻仔鞠躬）大鼻師，勢早！。

大鼻仔：（拱手回禮）你嘛勢早。

村人２：（跟同伴咬耳朵）就是伊，就是伊，就是大鼻師用神
　　　　　仙的法寶找到阿旺嫂的豬。

村人３：遮厲害！（伸長脖子東張西望）我亦來看覓……

大鼻仔：（微笑點頭）你好，你好。

＊村民演員慢慢從舞台左側離開

△大鼻仔繼續前進。

大鼻仔：哈哈哈，這聲真正是頂港有名聲，下港有出名，好寶
　　　　　貝，實在辛苦你囉（搓摩煙吹）！哈哈哈哈哈……

△大鼻仔被不明物體狠狠砸中腦袋，往前險險撲倒。

大鼻仔：（往前跌兩步）唉啊！（扶住腦袋）是啥物人遮爾大
　　　　　膽創空我大鼻師！（猛的回頭，發現地上一隻繡鞋，撿
　　　　　起仔細端詳）遮是啥物？當頭白日的哪會按天頂落一隻
　　　　　鞋？毋閣看到鬼啊！是講欲落亦毋落一雙，掉遮一隻！

臭彈的好鼻師

一八九

賣亦賣不去，吃閣袂當吃，實在有夠衰！打壞我的好心情，哼！

△ 大鼻仔高舉繡鞋正要往路旁一扔，卻聽到旁邊屋子二樓傳來說話聲。

春花：（兩手插腰）臭王耶！叫你曬一咧物件哪會遮爾久？我看你是皮在癢！

老王：（點頭哈腰）嬌某耶，遮毋是好啊嗎？遮的嫁妝攏是你的寶貝，不卡頂真咧哪會使？

春花：哼，算你有目色，我遮的嫁妝逐年是攏要好好仔翻出來曬曬咧，（用手搭在眉毛上）唉，遮日頭有夠毒，這閣交乎你啊，曬了閣細膩收進來。

老王：是！嬌某耶，這閣包在我身上，保證是曬得快閣好，你先進去厝內，卡袂曬一咧蹩面去。

大鼻仔：（收回偷聽的耳朵）原來是賣油的王耶啊！果然跟逐家講的同款驚某，那換作是我，那有可能予某爬起來我頭殼頂，哼哼哼……（搖頭晃腦的偷笑）嗯？曬嫁妝？（舉起手上的繡鞋看了看）袂遮爾注死吧？好你一摳王耶，曬一咧嫁妝閣會使拿鞋卡我揲！嘿一，今仔日閣予你這個驚某大丈夫知影大鼻師是袂當清彩惹的。

△ 大鼻仔把繡鞋藏進路旁大樹背後的樹洞裡，再敲響老王的門。
△ 老王聽到敲門聲，原本不想理會，大鼻仔敲得更響。

老王：唉啊，今仔日店休無欲做生意，明仔日才來吧！（往門外揮手）

大鼻仔：王叔！是我大鼻師（對門內提高聲音），我是專工上門來卡你鬥相共的，亦毋快開門？

老王：（眼睛一亮）大鼻師？某耶，聽講遮爾大鼻仔不知影按

佗位得到的法寶，前幾日才幫阿旺找到豬，這馬庄仔內
逐家都說伊是好鼻師轉世呢！

春花：（翻白眼）是真的亦假的啊？閣憑大鼻仔那箍人？平常
　　　時閣毋一咧正經頭路，到這馬亦閣是一咧羅漢腳，毋通
　　　是刁故意假神假怪騙人的吧？

老王：哪仔會咧？亦沒聽講伊跟阿旺伊兜騙錢啊！逐家攏講真正
　　　足神奇，等咧我去開門，看見到底是找咱兜啥物代誌？

春花：（不耐煩的揮揮手）神仙閣會當滿路是哦！那按泥我嘛
　　　會當是瑤池金母轉世啊。去啦，那是欲來佮你借錢的就
　　　較早叫伊走。

△ 老王下樓，開門迎大鼻仔進屋。

老王：大鼻仔，真罕行，今仔日哪會雄雄來相找？

大鼻仔：唉－當然是來幫忙王叔你啊！一透早我的法寶就佮我
　　　　講你今仔日有一劫（掏出煙吹湊在嘴旁吸一口），熟似
　　　　遮爾多年啊，總袂當見死不救。

老王：（大驚）我有劫數！這是按怎樣？大鼻仔你毋通嚇驚我。

大鼻仔：詳細的情形我嘛毋是真了解，只知影是對你來說真重
　　　　要的物件，哪是毋揣到你就大難臨頭囉。（搖搖頭）

老王：重要的物件？今仔日歇睏，亦毋可能是拍去錢阿，敢會
　　　當講乎卡清楚一點……。

春花：（慘叫一聲）啊－！你這咧死王耶！（衝出來用手打老王）

老王：（躲著春花的拳頭）欸－！某欸，是按怎樣啦？總要乎
　　　我知影我做毋對啥物代誌啊？

△ 老王被春花追打，大鼻仔站在一旁偷笑。

春花：（憤憤的住手）你亦知影你做毋對代誌啊，講！我嫁妝
　　　內底那雙繡鞋是予你曬去佗位，哪會只剩一腳？

老王：哪有可能啦？為了曬你最甲意的那雙鞋，我閣專工將鞋夾在竹竿，哪有可能無去啦？

春花：那毋鞋仔哪會剩一隻？干講伊會家己生腳跑去？連遮爾簡單的代誌你閣會當舞這齣⋯⋯。（繼續追打老王）

大鼻仔：（擋在老王面前）春花嬸仔莫激動，聽我講啦！我今仔日就是為了化解這件代誌才來的。

老王：（躲在大鼻仔背後）原來這就是你講的劫數，大鼻仔你一定愛救我！

春花：哼！是不是你王耶的劫數我是毋知，哪是這雙阮阿母傳給我的繡鞋找袂返來，那按呢今仔日就是你的死期！

老王：（渾身發抖，拉住大鼻仔的手臂）這聲真正害啊！大鼻仔，只要你會當幫我過這關，我一定好好仔答謝你。

大鼻仔：王叔，咱啥物交情？講答謝閣傷生份囉，毋過聽講最近縣城新開一間福記酒樓的油雞袂穤⋯⋯。

老王：莫講一頓酒菜，山珍海味嘛乎你吃俗飽，快救我。（又閃過春花踢來一腳）

大鼻仔：唉，既然王叔遮爾誠心，我這馬閣開始。

△大鼻仔深吸一口煙吹，再用大鼻子四處嗅聞，繞了屋內一圈。

大鼻仔：嗯─毋是這，看起來愛行較遠一點。

△又領著眾人往門外走，繞著草叢又走一圈，老王和春花緊跟在後。

大鼻仔：（比手畫腳）天靈靈，地靈靈，好鼻師緊來助我力⋯⋯喝！

老王：安怎、安怎？

大鼻仔：哈哈，王叔，請你按路邊遮欉榕仔的樹空探落去，物件就佇內底。

春花：（把老王擠開）我家己來，唉啊！真正是我的繡鞋啊。

老王：（開心的想抱春花）某欸，實在太好囉。

春花：（把老王撥開）大鼻欸，啊不是，是大鼻師，實在太感謝你囉！今仔日一定要予阮好好仔答謝你，真正是神仙的法術啊！

老王：實在是救苦救難的神仙法寶！（深深一鞠躬）熟似你遮爾久，今仔日才知你有這步，答謝是一定愛的！

大鼻仔：（得意的擺擺手）尋物件對我來說不過小事一件，實在毋免遮客氣，亦毋過……既然你們遮爾誠心邀請，我嘛只好接受囉。（燦笑）

老王：福記酒樓的油雞毋事先預定是吃袂到的，我這馬隨去訂，只是……毋知影大鼻師會當鬥鬥相共一咧無？

大鼻仔：講來聽看覓。

老王：是按呢啦，咱庄仔頭住大山腳彼個做家具的阿土伯你知影吧？逐以早閣足照顧阮尪某，這幾工為了他師傅留手伊的鐵槌無去，煩惱到袂吃袂睡，我今仔日專工歇睏閣是等無閒了要去佮探望。

大鼻仔：（緊張的眼神游移）這嘛……，我這個法寶是要靠緣份的……。

春花：拜託啦，阿土伯很可憐耶，自細漢閣手伊師傅當做後生收留，連呷飯的家私攏傳予伊啊，大鼻師你遮爾屬害，找一隻鐵鎚一定無問題的。

大鼻仔：（抓抓頭）呃……毋是我毋想欲鬥相共，是……是彼個……是按泥啦，我遮咧法寶一工閣只會當使用一擺，上緊嘛愛等到明仔日才會當繼續用！

老王：無要緊無要緊，只要大鼻師肯出手相助閣好，那按呢我

這馬隨去酒樓訂雞，順紲來去找阿土伯講這咧好消息。

（與春花相看一笑）

△ 老王與春花牽手下場。

＊ 舞台燈暗，演員從舞台左側下

＊ 中場休息

第四場　有心悔過

＊ 舞台中央燈亮，舞台布景是大鼻仔的家

＊ 人物：大鼻仔、林進財、賣油老王、木匠阿土伯

＊ 演員由舞台右側進場

△ 大鼻仔站在舞台中央，搖頭苦思對策。

大鼻仔唱：大鼻仔－真漏氣－一隻臭嘴糊瘰瘰！

　　　　　垃圾騙做是法寶－為著病貪鑽雞籠－

　　　　　怎樣再騙艱苦人－想破頭殼亦不哉啊－亦－不－哉－。

△ 大鼻仔喃喃自語，林進財從舞台右側上，走近大鼻仔背後。

大鼻仔： 這聲是欲按怎啦……？

林進財： 喂！

大鼻仔： （跳起跌倒在地）唉唷喂啊！（回頭一看）哦－！是
　　　　你哦！大仔，你行路嘛出一咧仔聲，險險乎你驚死。
　　　　（拍著胸口喘氣爬起）

林進財： 你家己門沒插，而且我當時來你兜閣愛捋門的？對
　　　　啦，亦袂恭喜你，想袂到你是黑矸仔貯豆油-看袂出來
　　　　捏，一進庄閣聽到逐家講你有找物件的法寶，是神仙轉
　　　　世！講到我險險袂認得是恁講你，啊到底有影無影？

大鼻仔：你講个哦……，嗒，法寶佇遮，欲看家己拿！（把煙吹丟去）

林進財：（接住煙吹）咦？這毋是咱們頂月日佇溪邊撿到的，你當初講欲拿返去看婿，這馬拿這予我衝啥？

大鼻仔：這閣是彼个法寶啊。（無精打采的說）

林進財：啥！（聲調提高）敢講你臭彈的老毛病閣開始啊！你拿這種糞埽去騙人哦？平常時講耍笑嘛就煞煞去，這馬連神仙你閣拿出來騙？你是嫌命太長嗎？

大鼻仔：（不敢直視好友的眼睛）我嘛無是刁故意騙人啊……，一開始只是好意欲佮逐家鬥相共，順紲講一咧耍笑，逐家煞攏相信啊，閣請我呷辦桌，我一咧歡喜過頭……，代誌閣變按呢啊，呵呵。

△ 林進財敲了一下大鼻仔的腦袋。

林進財：喝你一咧大頭啊！有一寡仔代誌是袂當按呢騙的，你會使好運一擺、兩擺，敢講會當一直好運落去？快想一個辦法解決這擺白賊。

大鼻仔：我有佇想啊！其實只要佮煙吹刁故意摔破，閣講法寶是予神仙收返去閣好，毋過這回拜託我尋物件的老大人真可憐，我真正不忍心打歹伊的希望，閣逐昨日煩惱到今仔日啊。

林進財：你會當按呢想閣亦有救，哪是找袂到亦是憑良心承認吧！痛一暝痛較贏久年拖，總較贏予人戇戇等。著啊，恁庄頭彼个木匠是住佇佗位？

大鼻仔：你講阿土伯？伊兜佇大山腳，出去大路行到底，轉正手邊直直走閣到啊。你欲找伊做家具嗎？

林進財：家具七日前閣做好送來啊，毋過昨日才佇衫仔櫥內面

找到一隻鐵槌，想講可能是伊厝內人拍無去，我今仔日專工送來欲予伊……。

大鼻仔：（用力握住好友的手，把臉湊近），進－財－兄！你果然是我的貴人啊！，

△ 林進財用力擋住大鼻仔，把他推開。

林進財：你這是欲衝啥物啦？我是隨欲娶某的人，你毋通黑白來！（雙手抱胸）

大鼻仔：（起雞皮疙瘩）你誤會啊啦！我只是傷歡喜囉，哈哈哈！不愧是一世人的好兄弟，代誌閣是按呢按呢、這般這般－

△ 大鼻仔把事情經過用比劃方式告知好友。

林進財：所以……（搖頭嘆息），你的狗屎運自細漢閣是遮屬害，按呢閣會當予你遇著？唉－！

△ 林進財將鐵槌交給林大鼻。

林進財：是兄弟我才按呢鬥相共，毋過你那是閣繼續臭彈，真正會惹到大麻煩，無通當做我咧唱歌！

大鼻仔：是是是－按呢阿土伯閣祙傷心啊，安啦！等解決這件代誌，我隨將煙吹敲破。（驕傲自滿）

林進財：（搖頭嘆息）你閣毋通閣出包，那毋下擺去佗位交這種好運？一定愛還予阿土伯哦！我先返來去啊！

大鼻仔：大丈夫啦！一切包佇我大鼻師的身上，包你放心。

△ 林進財從舞台左側下，剩餘演員從舞台右側上場，大鼻仔拿著鐵鏈來到阿土伯的家，舉手敲門。

大鼻仔：開門啊！阿土伯，我已經找到囉！快來開門。

老王：（把門打開）大鼻師，我俗阿土伯才正欲去找你，你閣已經找著啊嗎？果然是神仙的手段啊！

阿土伯：（駝背走出來）唉啊！大鼻仔－你真正找著我的鐵槌
　　　了嗎？

大鼻仔：阿土伯，你毋免緊張，你看，物件毋閣佇遮？

△ 大鼻仔拿出鐵槌，老王和阿土伯喜形於色。

阿土伯：（顛抖的接過鐵槌撫摸）這個紋路……，無毋著，是阮師
　　　傅予我的伊隻，總算是返來我的身軀邊囉！（感動拭淚）

老王：大鼻師！你這個法寶實在有靈聖，阮一堆人找三四日了
　　　連一根毛閣毋找到，你煞一出手閣找到了，來來來，免
　　　說是福記酒樓，閣算是慶記酒樓尚貴的酒席，你嘛一定
　　　愛予我請！

大鼻仔：（搖搖手訕笑）王叔，我昨日是佮你講耍笑，逐家厝
　　　邊頭尾遮爾久，互相鬥相共是應該，哪會使按呢占你便
　　　宜？免啦免啦！

阿土伯：你這個少年人實在無簡單，毋過做人就愛知恩圖報，
　　　嘛予阿土伯請你吃一頓青操的來答謝，毋同意閣是毋予
　　　伯仔面子。

大鼻仔：（往後一跳）真正毋免啦！唉唷－對逐家來講真難找
　　　的物件，對我來講煞只毋過小仔代誌，我若是用法寶四
　　　界賺錢兼吃免錢，黑才真正失德！毋挂好法寶閣予天頂
　　　的好鼻師收返去。

阿土伯：按呢講也是有理……，毋過嘛袂當予你白白鬥相共。

老王：既然大鼻師欲積陰德，咱們嘛袂當破壞，毋過叔仔我佮
　　　阿土伯攏欠你人情，以後有啥物欲鬥相共的做你開口，
　　　阮一定相挺到底！

大鼻仔：（不好意思的摸摸頭）那按呢到時陣閣拜託兩位囉，
　　　多謝多謝！

阿土伯：愛講多謝的人是我啊，哈哈哈！

△ 阿土伯和老王對大鼻仔拱手道謝，大鼻仔也拱手回禮。

＊ 舞台燈暗，演員從舞台左側下

第五場　官印疑案

＊ 舞台中央燈亮，舞台布景為大鼻仔的家

＊ 人物：大鼻仔、張橫、李直、縣官、師爺

＊ 演員由舞台右側進場

△ 大鼻仔開心回家，把煙吹拿在手上。

大鼻仔：總算是完成一件代誌囉！小寶貝，真正是辛苦你囉
　　　　（親一下煙吹）！一想起今仔日閣欲予你功成身退，閣
　　　　真有點仔無甘，毋過這擺真正流一身清汗，那毋是兄弟
　　　　相挺，這馬拄好予人打佮做狗爬。唉！我一定會好好仔
　　　　將你埋起來的！（把煙吹高舉過頭即將往下摔）

△ 敲門聲響起。

大鼻仔：（對著觀眾說）是誰人啊？遮爾要緊的時陣，先莫睬伊。

△ 大鼻仔重複摔鼻煙壺的動作，急促的敲門聲又起。

李直：快開門，官差辦案！

張橫：阮知影內底有人，快開門！

大鼻仔：（驚訝）啥物！官差？是發生啥物代誌？（敲門聲持
　　　　續響起）先來開門好啊，（帶著煙吹去開門）來啊來
　　　　啊！就來開門囉！

張橫：哪會遮久才開門啊？（斜睨大鼻仔）

大鼻仔：（陪笑）真歹勢，拄好恁無閂毋聽到。

李直：廢話減講！阮是奉縣老爺之命，前來請大鼻師協助辦案，請你將人請出來。

大鼻仔：（大驚）欸－！伊人拄好毋佇厝，去找朋友啊！（眼神閃爍）

△ 張橫、李直互看一眼。

張橫：庄內的人攏講大鼻師是一咧少年家，而且一咧人住，你若毋是大鼻師，那按呢你佇遮衝啥毀？（懷疑的看著大鼻仔）

大鼻仔：（愣住）啊……啊哈－，我是看氣氛傷緊張，想欲講一咧耍笑爾爾，哈……

△ 張橫、李直冷淡的瞪著大鼻仔。

大鼻仔：（乾笑的抓頭）毋知影兩位官爺找在下有何貴事？

李直：所以你閣是大鼻師本人（由上而下來回看了看），縣老爺幾日前拍去重要的官印，聽聞大鼻師的本事（拱手），特別派阮兩人來相請，請大鼻師這馬就佮阮走一遭。

＊震驚的音樂下

大鼻仔：呃……我今仔日拄好淡薄仔毋方便……，是毋是會當另日仔再……。

李橫：事關重大，請大鼻師毋通為難阮。

△ 張橫、李直一人一邊架住大鼻師往外走。

張橫、李直：請！

△ 三人來到近縣城的郊區，大鼻仔要求要解決人生三急。

大鼻仔：（扭）兩位官爺，真歹勢，人有三急，真正凍袂著啊！

李直：一路上你攏去過三擺便所啊！你一咧少年人膀胱嘛傷害。

張橫：莫浪費時間想欲逃走啊！已經欲到縣城啊，你嘛毋想欲討皮痛吧？

大鼻仔：是是是，我連鞭閣返來，很快閣好啊！

△大鼻仔躲進旁邊草叢蹲下，**張橫**、**李直**緊跟在後。

大鼻仔：（打自己一巴掌）乎你愛講耍笑！乎你手腳慢頓！這
　　　　聲去了了啊，欲去佗找官印啊？兩位官差一路閣跟條
　　　　條，欲走嘛毋機會，啊－（抱頭苦惱）

△大鼻仔猛地站起，**張橫**、**李直**正好走到能聽到聲音的近處。

大鼻仔：好啦！反正橫亦是死！（張橫一驚）直亦是死！（李直
　　　　瞪大眼睛與張橫互看）既然活罪難逃，規氣來去自首！尚
　　　　起碼閣會當留一條狗命佇咧！（張橫、李直全身發抖）

△大鼻仔轉頭準備自白，**張橫**、**李直**迅速下跪求饒。

張橫、李直：大師饒命！大師饒命！

大鼻仔：（大驚，以手掩嘴偷問）這馬是閣咧搬佗一齣……？

張橫：（痛哭）大師！我嘛是姑不而將，一切攏是師爺逼阮的！

李直：（流涕）對啊！我嘛是予……予師爺騙的。

張橫：（拭淚）若毋是師爺奸巧詐賭，我嘛袂輸錢，予伊威脅
　　　　去偷提官印。

李直：（抹臉）我只毋過半暝睏袂去出來散步，師爺煞騙我幫
　　　　伊丟物件，等丟進去官府後壁的枯井才講彼是官印，誣
　　　　賴我亦是犯人，若是講出去閣會予殺頭，我才……我
　　　　才……哇！（磕頭大哭）

大鼻仔：（摸自己的臉）敢講我有一張予人變老實的面嗎？閣
　　　　有這種代誌，真正生目睭嘛毋捌看過……（小聲）。
　　　　欸－好啦，本師閣是知影你兩人亦是身不由己，一切攏
　　　　是被奸人所害（跪地兩人連聲說是），好佳哉恁遇到本
　　　　師，只要恁好好仔佮我配合，就保證恁平安無事，抑閣
　　　　會當找回官印，抑若無著……。

張橫、李直：阮保證一切攏聽大師吩咐！

大鼻仔：好！將耳仔倚過來。

△ 三人一同交頭接耳，跪地兩人站起向大鼻仔道謝，恭敬領著
　　大鼻仔往府衙前進。

△ 到了府衙，縣官與師爺一同迎出來。

縣官：（拱手）這位想必閣是最近名聲漸起的大鼻師囉！相信
　　您一路上亦知影本官所遇著的難題，望大師會當用仙人
　　的法寶相助。（鞠躬）

師爺：（站在縣官身後向張橫、李直丟去警告的眼色）哼－真
　　是英雄出少年，想袂到大名鼎鼎的大鼻師遮爾少年，就
　　是毋知影這本事是毋是佮傳言同款囉？（捋鬚）

大鼻仔：實在不敢當，法寶乃是神仙佇夢中所賜，草民亦毋過
　　是利用法寶來幫逐家解決疑難雜症，拍去官印一事就交
　　在我身上，只是……。

縣官：請不必躊躇，有話直說無妨。

大鼻仔：是按呢的，官府內面門窗全閉，恐驚會影響草民以法
　　寶尋物的效果，是毋是會當將官府內所有門窗打開？

師爺：（瞪眼）大膽！官府是啥物所在？會當按呢予你黑白
　　來！大人，以下官看來，此人分明只是一個騙子，實在
　　毋免閣浪費時間。

縣官：欸－本官心意已決，閣在講此要求亦是合情合理，**張
　　橫、李直**。

張橫、李直：在！

縣官：這馬隨將官府內所有門窗打開，予大師聞味走找官印。

張橫、李直：是！

△ **張橫、李直**退出大廳繞行官府一圈，並將一個布包放進師爺

的房間後再回到 大廳。

張橫、李直：（躬身）回報大人，已經將所有門窗打開。

縣官：大師，請問閣有啥物要求嗎？

大鼻仔：（將鼻煙壺拿在手中）嗯，無問題囉－這馬閣會使開始！

△ 大鼻仔手持鼻煙壺一口吸、一邊聞，滿場搖頭晃腦。

大鼻仔：嘿－已經有感覺啊，嗯－在這個方向，綴我來！

△ 大鼻仔往門外衝，帶領眾人往師爺的房間去。

大鼻仔：（站在門外深吸一口氣）報告大人，我佇這個房間聞到官印的味囉，無毋著！官印就在其中。

縣官：這……這毋是師爺的房間嗎？

師爺：（大怒）一派胡言！大人，堂堂官府，那會使予這個假鬼假怪的騙子戲弄，請大人速速將伊拿下，維護官府威嚴！

大鼻仔：啟秉大人－草民毋敢講家己會曉偌濟神仙手段，但是這个聞味尋物的功夫，草民自稱大員第二，大概閣毋人敢講家己第一了，而且……，到底我所講的是真是假，大人派人一查便知，何必偏偏講我是騙子！（拂袖）

縣官：大鼻師，請息怒，大師所講亦是有理，張橫、李直！

張橫、李直：在！

縣官：即刻入內搜查！

張橫：師爺，得罪囉。

△ 師爺站在門旁被官差推到一旁，兩名官差搜查一番後從桌底找出被布包著的官印。

李直：報告大人！物件已經找到，正是拍去的官印。

師爺：這……這哪有可能？我是予陷害的，官印明明擲佇枯井內！

大鼻仔：哦──原來是予你擲佇枯井內啊！

縣官：師爺，竟然是你做的！騙得我好苦啊！

師爺：大人！我……請閣予我一擺機會，我會當解釋這一切。

縣官：不必多言！來人啊，將人押下去！

張橫、李直：是！

師爺：我是冤枉的，是有小人陷害啊，大人！

△ 師爺被官差架住拖下。

縣官：這擺佳哉有大鼻師的幫忙，若無遮爾可惡的人竟然就佇官府內，實在是防不勝防！

大鼻仔：亦是惡人多行不義便自斃，大人無免如此客氣。

縣官：好佳哉城內有大鼻師天生好本領，以後閣愛麻煩大師囉。

大鼻仔：（乾笑）啊哈哈哈，在下會當鬥相共的閣一定幫到底，請大人放心。（轉向**觀眾**說悄悄話）以後閣來？是有煞毋煞啊？

縣官：本官已經在花廳辦一個桌欲感謝大師相助，大師，請。

△ 縣官領著大鼻仔往屋外走，大鼻仔突然一腳絆在門檻上，重重摔了一跤，臉抬起時流出鼻血，煙吹也壓碎了。

縣官：大師，敢有要緊毋？

大鼻仔：（掏出碎掉的鼻煙壺）唉啊！仙人賜我的法寶破去啊！是欲按怎才好？（坐在地上嚎啕大哭）

縣官：大師，你鼻仔佇咧流血……

大鼻仔：害啊！我這馬啥物攏鼻袂著囉！法寶破去，連鼻仔嘛袂靈了，以後是欲按怎找物件？嗚嗚嗚……

△ 縣官扶起大鼻仔。

縣官：攏是本官不好，害大師受傷，不知可有補救的方法？

大鼻仔：（搖搖頭）當初寶物是好鼻師佇夢中所賜，這馬壞去是欲去佗位修理？以後閣算鼻仔好起來，無法寶嘛找袂到物件啊！

縣官：如此實在太可惜囉，大鼻師，毋當傷艱苦，按呢好啊，
　　　　為了彌補你，我決定另外賞你50兩銀，一來是報答大師
　　　　今日鬥相共，二來也是補償你的損失。

大鼻仔：草民這馬心情亂操操，閣依大人所講的，唉─

△ 縣官向大鼻仔作揖，先下場，大鼻仔抬起頭偷看，摸摸碎掉
　　的煙吹露出笑容。

大鼻仔：好佳哉有這一摔啊，感謝好鼻師的保佑，以後我一定
　　　　好好仔做人，哈哈哈──！

眾人唱：好鼻師──真聰明──破釜沉舟有決心！
　　　　打破法寶不再欺──重新做人猶未遲。
　　　　勸君莫貪眼前利──平安度日是福氣啊──是──福
　　　　──氣──。

＊ 燈暗

劇終

【作者簡介】

陳青佩

目前為代理教師，認為戲劇是想像力的起點和知識的啟蒙。時常
將表演故事融入課程，希望能讓孩童從小接觸戲劇，從中學習同
理心和智慧，啟發對於體驗不同身分的假想、訓練表達能力。

保臺鎮宮龍贔屭傳奇

作者：陳昭蓉

劇本大綱

【演出長度】30~40分鐘

【演出形式】舞臺劇

【建議年齡】9~12歲

【劇本大綱】

　　俗話說：「到臺灣而不遊臺南，等於沒有到過臺灣；遊臺灣而不登赤崁樓，也等於沒有遊臺南。」

　　赤崁樓是臺南重要的古蹟之一，鎮樓之寶九隻贔屭及石碑。相傳贔屭是龍王的長子，體型大且能負重，與烏龜面貌相似。流傳中在明末清初之時，原有十隻贔屭同屬龍王之子，因林爽文事件想共同游往臺灣，但過程中卻不幸一隻落水，這段旅程歷經千辛萬苦，而成為民間傳說。這一隻落水的贔屭後來下落如何？是否能順利抵達臺灣嗎？

【人物表】（依出場順序排列）

✓ 海龍王　龍宮領袖，大海龜的父親

✓ 蝦兵、蟹將　10隻

✓ 橙爸　大海龜爸爸

✓ 紅媽　大海龜媽媽

✓ 大海龜叔叔　外殼完美光滑，因曾落海受傷，說話偶而斷斷續續。

✓ 海龜：

　　　　大大龜（男）老大，豪放自大，容易緊張

　　　　綠綠龜（女）老二，認真乖巧

　　　　藍藍龜（男）老三，沉默好奇

　　　　靛靛龜（女）老四，膽小害怕

　　　　妞妞龜（女）老么，可愛活潑

　　　　左左龜（女）叔叔的女兒，雙胞胎姐姐，天真膽小

　　　　右右龜（女）叔叔的女兒，雙胞胎妹妹，年幼膽小

✓ 遊客　　一群約7、8人

✓ 導遊　　（男）40歲，帶團已有5年經驗。

✓ 萬美　　（女）遊客，不守規矩，我行我素。

✓ 千麗　　（女）遊客，喜歡旅遊刻字留念，好奇愛玩。

✓ 佳佳　　（女）遊客，喜歡美食，遊山玩水。

✓ 奶奶　　（女）72歲，慈祥和藹，臺南人

✓ 孫女　　（女）10歲，好奇，喜歡追根究底

✓ 阿福　　（男）廟公，60歲，管理保安宮

✓ 保安宮村民　5人

✓ 安仔　　（男）赤腳醫生，65歲

【道具表】

大海龜龜殼（3個）

Q版海龜（4隻）

導遊旗子

小海龜頭套

布（藍、灰各一）

椅子

扇子

劇本

第一場　逃離海龍宮

___

＊ 場景：海龍宮，大海

△ 唸謠樂隊從左舞臺進場。

＊ 唸謠樂隊唸節奏

＊ 配合木魚敲打節奏

節奏一：（5字）＄nnqQ\

節奏二：（7字）＄nnnq\

【說白節奏＋唸謠】

　　龍王有九子，似龍不像龍，天賦各不同，

　　各司其職安其位，保衛家園作樑棟。

　　一龍是贔屭，負重有神力。

　　二龍是螭吻，眼光遠又準。

　　三龍是蒲牢，吼聲如鐘鐃。

　　四龍是狴犴，正義好論戰。

　　五龍是饕餮，好吃大肚胃。

　　六龍是蚣蝮，守護舟船渡。

　　七龍是睚眥，好鬥目光熾。

　　八龍是狻猊，護爐煙徐徐。

　　九龍是椒圖，自閉守門戶。

　　九龍齊飛天，一朝入凡間，

　　各自展天賦，同心保衛大家園，同心保衛大家園。

△ 唸謠樂隊從左舞臺退場。

＊ 歌曲一：逃離海龍宮

海龍宮蝦蟹多，螃蟹龍蝦聚一堂。

海龍王被叛變，烏賊將軍放煙瘴。

海龍宮民心亂，贔屭一家齊奔逃。

贔屭家有使命，前往臺灣負石碑。

逃！逃！逃！逃離海龍宮。

逃！逃！逃！逃離海龍宮。

尋找新天地，安居快樂的新天地。

△ 海龍宮內眾兵將、海龍王、海龜3隻，由右舞臺進場。

△ 歌舞表演：海龍宮內眾兵將、海龍王、海龜3隻。

△ 歌舞表演－海龍宮內烏煙瘴氣，因為烏賊將軍叛變，帶著一群蝦兵、蟹將到處破壞作亂。海龍王身邊的螃蟹大統帥、龍蝦元帥都出動，想要平息這場戰亂。受到戰亂的影響，大海龜爸爸及叔叔一家人，共10隻海龜準備逃離海龍宮，期盼尋找乾淨、美麗的新天地。加上林爽文事件，被清朝派遣到臺灣來，背負石碑，告誡世人。因為此事件，中、南部農民正如火如荼起兵抗清，到處都有戰火發生，10隻海龜因而失散，甚至大海龜叔叔、左左、右右龜也不見了。

△ 海龍王、螃蟹大統帥、龍蝦元帥，一群將帥聚集在海龍宮內。烏賊將軍、蝦兵、蟹將，以舞蹈方式跳出相互對戰，互相廝殺。場面混亂。

△ 大海龜爸爸、媽媽及大大龜、靛靛龜、妞妞龜，從右舞臺進場。

△ 海龍宮內眾兵將，由左舞臺退場。

媽媽：1、2、3、4、5，糟糕！怎麼少了四隻？海龜媽媽著急地

轉來轉去，往前看看往後瞧瞧。最小的妞妞龜拉了媽媽
　　　一下。）

妞妞龜：妳是不是在找爸爸和叔叔他們？他們在後面跟叔叔的
　　　　　雙胞胎堂妹，慢慢慢地游。

△ 妞妞龜、靛靛龜學他們的動作，慢慢揮揮手及動動腳。

媽媽：要不是海龍宮兵變，到處戰亂。加上清朝林爽文事件，
　　　　我們被派遣到臺灣來，背負石碑，告誡世人。不然，我
　　　　們也不用千里迢迢游那麼遠。

△ 海龜爸爸游了過來，靠近媽媽。

爸爸：游了那麼久，只顧著在照顧我們的孩子。妳有沒看到弟
　　　　弟及雙胞胎左左、右右他們？

媽媽：沒有。找找看，好不容易已游到這裡，我想再往前游，
　　　　才能離開這個動亂危險的地方，到達安全的海域。

爸爸：弟弟單單一個，要照顧左左、右右，海上又不平靜，遇
　　　　到攻擊怎麼辦？

妞妞龜：爸媽，左左、右右該不會被大龍蝦攻擊了？我看很遠
　　　　　的地方，有一大群龍蝦，看起來很兇猛。左左、右右可
　　　　　是我的好朋友。被攻擊怎麼辦？

媽媽：不會的，叔叔會保護牠們。不要急，我們一起找。

大大龜：糟了！靛靛腳抽筋了，在那邊一直哭。

△ 靛靛龜腳抽筋了，痛得一直哭。

爸爸：不要哭，爸爸幫妳壓壓腳。看來我們得快速前進，再邊
　　　　游邊找叔叔及雙胞胎左左、右右他們吧！

△ 爸媽及大大龜、靛靛龜、妞妞龜游過去，往左舞臺退場。

＊ 燈暗

第二場　勇渡黑水溝

* 場景：臺灣海峽，臺灣臺南
旁白：早期的臺灣海峽被稱為「黑水溝」（因有黑潮經過），
　　　是澎湖、廈門的分界處，寬約六、七十里，險冠諸海，
　　　其深無底，水黑如墨，湍流激烈，船隻航行不利，常會
　　　人亡船翻。許多來自福建、廣東的移民渡過臺灣海峽
　　　時，常會不慎發生海難。從西元1729年至1838年的109年
　　　間，清朝官方統計在黑水溝發生船難事件就高達85件，
　　　民間私船的海難更是難以統計，所以橫渡黑水溝是一件
　　　很困難的事。
△ 大大龜、綠綠龜、靛靛龜、妞妞龜及爸媽，從左舞臺進場。
* 左上舞臺燈漸亮
* 歌曲二：努力啊！前進
　　努力啊！努力啊！游過黑水溝，
　　前進吧！前進吧！臺灣在前方。
　　我們不怕困難，我們不怕挑戰，
　　努力前進─
　　迎向美麗的新天地─臺灣島。
△ 海龜一家10隻，邊游邊唱出歌曲。
大大龜：爸媽，綠綠、藍藍、靛靛、妞妞，大家要注意，這邊
　　　　海流忽然變得好急好強，我快要游不動啦。
綠綠龜、藍藍龜：不只潮流太急，而且海水也變得黑嘛嘛的，
　　　　　　　　幾乎看不見方向了。我們游得好吃力，真的不行了啦。

兒童戲劇：改編・實驗・創作【台灣篇】

靛靛龜、妞妞龜：爸爸！爸爸！救我！救我！

爸爸：靛靛、妞妞，快拉住爸爸的手。來，我們先往後退一點。

爸爸：你們注意聽，我們現在已經抵達臺灣海峽的中線了。前面這一道急流就是黑潮，也就是俗稱的黑水溝。只要穿過水溝，就能到達傳說中的福爾摩沙。

大大龜：爸，什麼是「福爾摩沙」啊？

媽媽：「福爾摩沙」，就是美麗之島的意思。傳說葡萄牙船隊經過那座島嶼的時候，看見岸上有茂密的森林，河邊是奔跑的野鹿，甘蔗稻米物產豐富，就忍不住驚呼：「福爾摩沙！」

爸爸：嗯！媽媽說得很對。正因為如此，許多漢人離開家鄉，穿越驚險的黑水溝，不怕生命的危險，只為抵達那座美麗之島。在島上開墾耕作，開創新生活。所以臺灣美麗之島，不只到處是黃澄澄的稻田，甜美的水果，最重要的還有親切和善、富有人情味的居民呢。

藍藍、靛靛：爸媽，我們好想趕快前往那座臺灣島喔！可是……。

大大龜：可是這道黑水溝這麼危險，我們該怎麼辦？

爸爸：孩子，這道黑水溝雖然水流很急，所幸寬度並不寬，我們往上游游去，再順流斜切洋流穿越而過，應該就能抵達臺灣島。但最重要的是，我們必須緊緊牽住彼此的手，用團結的力量來對抗急流，絕對不可落單分散。孩子們，一鼓作氣，努力游吧。不久，我們就可到達臺灣了。

大大龜：好，我們把手握緊。一起唱歌振奮力量吧！

綠綠、藍藍、靛靛、妞妞龜：嘿唷！嘿唷！快到臺灣，快到臺灣。

△ 一群海龜在舞臺上奮力游動。

媽媽：呼！終於離開黑水溝了。大家都還好嗎？

綠綠、藍藍、靛靛、妞妞龜：媽媽，我們都很好。雖然很累，但是握著爸爸媽媽哥哥姐姐的手，我們都不怕了，也真的沒有那麼可怕了！

大大龜：不好了！叔叔和左左、右右會不會被大鯊魚吃了？

△ 大大龜做出，大鯊魚吃牠們的樣子。

媽媽：不會的，叔叔和左左、右右應該是什麼原因耽擱了。

△ 大大龜、綠綠龜、靛靛龜、妞妞龜及爸媽，從左舞臺退場。

△ 海龜叔叔、左左、右右龜從右舞臺進場，在中舞臺游來游去。

△ 3隻龍蝦接著從右舞臺進場。

＊ 在距離不遠的海邊，左左、右右因被3隻龍蝦攻擊，有些受傷。幸好海龜叔叔奮力趕走龍蝦，卻也因此體力不支，越游越慢。（用默劇方式演出）

海龜叔叔：左左、右右，先到前面去，盡量跟上伯父伯母他們。等我把這些叛軍打敗，爸爸一會兒就來。

左左、右右龜：好。爸爸，你自己要小心喔！

△ 左左、右右龜退至右上舞臺（定格）。

△ 海龜叔叔轉身對抗龍蝦攻擊。

海龜叔叔：你們這些叛兵叛將，為何要破壞龍宮的和平？

龍蝦：龍王都老了，還不肯讓位，幾個兒子又沒有企圖心。所以我們想來當龍蝦王。

海龜叔叔：因為龍王德高望重，所以天下才能太平無事。你們居然為了自己的權勢，傷害無辜百姓，破壞龍宮和平，我不能原諒你們。看招。

△ 海龜叔叔與龍蝦邊打鬥，邊從右舞臺退場。

△ 左左、右右龜從右上舞臺往前游動。

左、右右龜：怎麼看不到爸爸？

左左龜：我們等一下好了，何況前面水況那麼差，爸爸一個人要對付那麼多龍蝦，希望他平安沒事。

右右龜：是啊！那一群龍蝦攻擊我們，真的好恐怖。要不是爸爸，們就差一點沒命。（哭泣狀）爸爸，您在哪裡？

△ 海龜叔叔一跛一跛從右舞臺出場。

海龜叔叔：左左、右右，我可找到你們了。

左左、右右龜：爸爸，我們在這裡。我們等你好久喔！你的腳怎麼了？爸爸你受傷嗎？

海龜叔叔：還好，一點小傷而已，沒問題的，你們不要擔心。我們現在最重要的是要找到伯父伯母他們，跟他們會合。

左左、右右龜：可是我們都沒有看到他們耶！

海龜叔叔：我想他們等不到我們，情況又緊急，先渡過黑水溝了吧！前方這一道急流，是一個比較危險的區域，你們務必把手拉好，跟緊爸爸。剛剛耽擱得有些久，來！我們趕快前進，抓好爸爸的手。

左左、右右龜：好，我們抓好了。

△ 海龜叔叔、左左龜、右右龜在舞臺上奮力游動。

左左、右右龜：爸爸，我快沒力氣了，我游不動了。

海龜叔叔：加油，忍耐點，堅持一下，很快我們就可以脫離惡水，到達新天地了。

左左、右右龜：爸爸，可是我真的不行了。我的手抓不住了。

海龜叔叔：就剩十幾公尺了。來，一鼓作氣游出去，我們一起數到三，爸爸助你們一臂之力。

海龜叔叔、左左龜、右右龜：一、二、三……。

△ 海龜叔叔慢慢從右舞臺退場。

△ 左左、右右往前後左右游，找不著爸爸；卻遇到大大龜。

大大龜：左左、右右，妳們落後太多了，游快點。

左左龜：我們正在找爸爸，爸爸，您在哪裡？（哭泣狀）

大大龜：去找我的爸媽看看，也許可以幫忙找找看。

△ 大大龜、左左、右右龜快速往前游！

＊ 海龜叔叔在落後左左、右右龜好遠的地方，想大聲叫左左、右右，卻是無法 聽到牠的叫聲。

＊ 大海龜一家人努力向前游著，咻、咻、咻，炮火聲毫不留情四處亂射，小海龜嚇得縮在一起。

大大龜：不好了！不好了！靠近陸地的炮火聲音很大，好像在打仗。聽說清朝要平定林爽文。爸爸，林爽文是誰？

靛靛龜：爸爸，我好害怕。你不是說：我們因為林爽文事件，被清朝派遣，才需要來到臺灣的嗎？（聲音發抖，靠近爸爸。）

媽媽：是的！都到爸媽身邊，只要我們小心躲過炮火，一定可以到達美好天地。左左、右右，妳們靠近一點，不要怕。

爸爸：大家不要怕，爸爸保護你們。林爽文因為反對清朝在臺灣的吏治腐敗，貪官橫行，才會打起來。你們聽！這炮火聲越來越遠了。

媽媽：到了臺灣，聽說在南方的臺南府城，天氣溫和又舒適，很適合我們居住。

△ 9隻海龜奮力往前游。游過灰灰的黑水溝，游過咻咻的炮火聲，終於看到一片藍天及湛藍的海水。

綠綠龜：（興奮聲）藍藍的海水，藍藍的天空，應該是臺南到了。

藍藍、靛靛、妞妞龜、左左、右右龜：太好了，這是我們的新天地。

△ 9隻海龜，從右舞臺退場。

＊ 燈暗

第三場　美麗赤崁樓

＊場景：赤崁樓

△唸謠樂隊從左舞臺進場。

△唸謠樂隊唸節奏。

△配合木魚敲打節奏。

＊說白節奏＋唸謠

　　第一行：$ qqqQ\qqh\qqqq\qqh\ qqqq\qqh\

　　第二行：$ qqqq\qqh\\qqqq\qqh\ qqqq\fffQ±

　　唸謠：一二三到臺灣，臺灣有個阿里山。山下南行到臺南，
　　　　　臺南有個赤崁樓，9隻贔屭排排站，歡迎客人說聲讚。

△唸謠樂隊從左舞臺退場。

△在赤崁樓遊客來來往往，有一團遊客，邊走邊吃而且垃圾隨
　意亂丟。這時導遊好意勸說，為了古蹟的美觀大家要愛護並
　維持整潔。

△導遊及一團遊客從左舞臺進場。

導遊：現在來到赤崁樓，你們可以看到城牆邊有9隻大海龜。牠
　　　們正確的名稱是贔屭。是在清朝時因平定林爽文事件而
　　　特別製作的，有關傳說很有趣，我再慢慢告訴你們。接
　　　著，往左手邊走，這是海神廟，文昌閣及五子祠。

萬美：看起來還不錯。太熱了，還是我手上的冰淇淋好吃，
　　　嗯，好吃。

△萬美邊走邊把撕下的紙片，隨手亂丟。

△導遊讓團員四處參觀，往後查看落單的人，看到萬美邊走邊

把撕下的紙片隨手亂丟。

導遊：萬美！這是臺南赤崁樓，文化之都，美麗大臺南，請注
　　　意乾淨。

萬美：對不起！太好吃了，我一時忘了。

導遊：撿一撿，跟上吧！

△ 接著把團員招呼一聲，集合在海神廟前面。

導遊：大家注意看，海神廟前這一塊石碑，雕刻美麗的龍，口
　　　吐水波有「鯉魚翻躍」的裝飾，大家要多加愛護。這隻
　　　天龍生9子（話說這海龍王生了9個兒子），其中有一子
　　　就是贔屭。剛才在進入大門時有看到，還有印象嗎？

萬美：對！對！對！我記得有8隻。

千麗：什麼8隻，是9隻才對。（懷疑口氣）可是，我怎麼聽說
　　　有10隻？導遊先生，到底有幾隻？

導遊：哈哈哈！問得好，其實原本是有10隻贔屭，一隻在運送
　　　過程中，不幸落水，聽說現在在保安宮。待會兒，要不
　　　要去看看？

團員：（異口同聲）當然要去瞧一瞧。

△ 走下樓梯，看到一隻石馬。

千麗：萬美，這隻石馬很特別，我們上去坐坐，拍個照。

△ 三個女人擠在一起，自拍了幾張後，千麗蹲下，拿起小刀準
　　備刻字留念，但被導遊制止。

千麗：今天玩得好開心。來，萬美、佳佳，刻個字留念留念

導遊：千麗，石馬上不可以刻字。

千麗：刻一下「到此一遊」當紀念多好，我好不容易才來臺灣
　　　觀光。聽說臺南是古都，我要好好地紀念一下。

導遊：不要刻字在美麗的古蹟上，不然就會留下難看的痕跡。

團員一致：好吧！

佳佳：導遊，我最愛吃美食了。聽說赤崁樓附近有賣一種特別的點心。

導遊：什麼點心？

佳佳：好像叫做「舍龜」（臺語），紅色的皮，裡面有包紅豆餡。

導遊：有，有，跟我走。這「舍龜」（臺語）是有典故：在清朝時，有一個有錢人的後代叫「碰舍」（臺語），因為愛喝酒、賭博，結果傾家蕩產，還差一點連老婆都被搶走去還債。碰舍幸好及時悔悟，幫忙老婆做紅麵龜（臺語），在赤崁一帶認真做生意，終於賺錢還清債務。碰舍賣的紅麵龜叫做「碰舍龜」（臺語）外型好看，圓圓飽滿，又大又甜，也因此流傳「赤崁碰舍龜」（臺語）的好美食。之前來赤崁樓的遊客，每人人手一、二粒，還會買回去當點心。

△ 一行人不知不覺已走到賣紅麵龜的店前。

佳佳：我們等很久了，快買來吃吃看。

萬美：我也要買。

千麗：我最愛吃紅豆餡了，又香又甜。

△ 一團人爭先恐後進入商店，吃了好吃。於是大家買了很多紅麵龜，準備帶回去當點心。

△ 導遊、團員陸續從右舞臺退場。

△ 唸謠樂隊從左舞臺進場。

△ 唸謠樂隊唸節奏。

△ 配合木魚敲打節奏。

＊唸謠：一二三到臺灣，臺灣有個阿里山。山下南行到臺南，臺南有個赤崁樓，9隻贔屭排排站，拍照留念一級讚。

△ 唸謠樂隊從左舞臺退場。

＊ 燈暗

第四場　保安宮贔屭

＊ 場景：保安宮
△ 黃昏時，在臺南保安宮，有一位奶奶帶著孫女，慢慢走進來。
△ 孫女扶著奶奶，從左舞臺進場。
△ 廟公、大海龜在右舞臺。
△ 大海龜在地上定格（右邊）；廟公坐在椅子上，手拿扇子搧
　　風（左邊）。

孫女：奶奶，您看！這裡有一隻大海龜，老師說應該叫贔屭，怎
　　麼看起來很孤單的樣子？我記得前幾天，爸媽帶我去赤崁
　　樓時，有看到9隻一模一樣的大海龜，牠們是親戚嗎？

奶奶：乖孫子，妳真聰明。牠們是親戚，還是一家人呢。這隻
　　是白蓮聖母附身，神通廣大，龜背之靈水能治病，有求
　　必應。

廟公：（坐在椅子上站起來，走過來）是呀！在清朝時，皇帝
　　因平定林爽文，賜十隻石龜及石碑。運至臺南時，有一
　　隻落水，打撈不著，就是我們保安宮這隻海龜。那時我
　　還沒出生，聽我爸爸說的。

孫女：怎麼只有一隻大海龜，好孤單。不像我有爸爸、媽媽及
　　奶奶。

廟公：雖然只有一隻，但牠在室內，不用受風吹雨打。妳們
　　看，保存得很完美。

奶奶：（摸一摸大海龜）嗯！這隻真嬌哦。（臺語）

△ 奶奶、孫女邊走邊說與廟公，往右舞臺退場；大海龜在右中舞臺。

△ 導遊及一團遊客從右舞臺進場。

導遊：這裡是保安宮，進來看看。這隻贔屭有沒有比赤崁樓那9隻，還要光滑、漂亮。

團員一致：有喔！為什麼有人從大海龜背上取水，那在做什麼？

廟公：不說妳們不知道，這是靈水，可以治病，尤其是眼睛的疾病。

千麗：最近玩得太累了，眼睛都睜不開，弄點水來試試看。

萬美：我也來，我也試試看。

△ 萬美、千麗也從大海龜背上取水，朝眼睛輕拍。

萬美、千麗：好涼快。

團員一致：我也要，我也試試看，我摸摸看。

△ 團員七嘴八舌，搶水使用。

廟公：慢慢來，不要搶，大家都有。不夠的話，我再叫人去提水。

△ 廟公、導遊、團員慢慢退至後方（中上舞臺），提水動作定格。

△ 村民5位、廟公、赤腳醫生從右舞臺進場。

旁白：保安宮附近，村民手忙腳亂把一隻大海龜，從耽擱的海邊搬到保安宮前。大海龜奄奄一息，在海邊已被水沖上岸多日。幸好，被村民發現。這海龜又大又重，四隻腳有兩隻受傷，閉著雙眼，似乎很不舒服。

村民1：快看看誰可以醫治牠？

村民2：去找廟公來看看。

廟公：這不是普通的海龜。前一陣子聽有9隻大海龜游到岸邊，引起騷動，會不會與這隻有關係？安仔醫生，快快快，

先醫治牠吧！

赤腳醫生：（東摸摸，西敲敲。）看起來牠傷得不輕，我這裡
有一些藥膏，幫他抹一抹，再煎些藥草給牠吃，最好讓
牠在屋內靜養。

廟公：廟裡還有空的地方，把它抬進去靜養吧。

△ 幾位村民，合力把受傷的大海龜抬入保安宮內，並餵牠吃藥
及敷藥。幾日後，大海龜醒過來。

大海龜：謝謝你們，我已經好多了。只是我的孩子左左、右右
不知在哪裡？是否安全？

廟公：你要繼續多靜養，我們會幫你找找看。

旁白：經過一段時日，大海龜身體恢復得差不多。有一天，廟
公無意間放了一桶　水在牠背上，剛好有一信徒因眼睛
不舒服，取了水潑潑眼睛。頓時，覺得眼睛大放光明，
又明亮又舒服。因而告訴廟公。

村民：廟公，太神奇了。我原本看東西都不清楚。剛剛在眼睛
上，潑了大海龜背上的水，現在竟然清清楚楚。

廟公：是啊！昨天保安宮的神明托夢給我。指示大海龜有神力
加持，取名白蓮聖母，在牠身上放靈水，可以治病。尤
其，眼睛不舒服、疼痛時功效更好。明天，我就來試試
看。

旁白：第二天，廟公在大海龜身上放置靈水，並有勺子及塑膠
袋，可取回治病使用。神蹟被一傳十，十傳百，被醫治
的人，不計其數，因此廣為流傳。

△ 村民2位、廟公、赤腳醫生、導遊、團員往右舞臺退場。

△ 海龜叔叔、村民3位取水動作在右舞臺（定格）。

＊ 燈暗

第五場　相逢齊守護

＊場景：保安宮、赤崁樓

旁白：大海龜一家人游到臺南大南門城邊，叔叔的雙胞胎女兒
　　　　已經找到；可是叔叔卻因保護雙胞胎女兒而受傷，遲遲
　　　　都沒跟上，隔了好幾年也都找不到。

△ 海龜叔叔、村民3位取水動作在右舞臺（定格）。

△ 大海龜爸爸、媽媽，從左舞臺進場。

大海龜爸爸：〈對著媽媽〉弟弟，不知道是否有到臺南？

大海龜媽媽：聽說在保安宮附近有一隻有法力的海龜，會是弟
　　　　　　　弟嗎？

大海龜爸爸：我們過去看看。

旁白：二隻大海龜游到保安宮附近，看到3個人從大海龜背上取
　　　　靈水治病，聽說很有效。走近一看，正是失散的弟弟，
　　　　彼此看了久久說不出話來。

大海龜叔叔：你們找我，找很久了吧，我的孩子-左左、右右
　　　　　　　好嗎？

大海龜爸爸：牠們很好。我們現在在臺南大南門城邊，再不久
　　　　　　　會到赤崁樓定居，要不要過來住一起？

大海龜叔叔：謝謝你們照顧左左、右右。上次受傷無法動彈，
　　　　　　　之後保安宮的人們把我救上來，並醫好我的腳。唉！現
　　　　　　　在想留在這裡報答他們，有空再來看看我吧。

大海龜媽媽：那我們先回去，改天再帶孩子們來看你。

△ 大海龜爸爸、媽媽離開保安宮游回赤崁樓，往左舞臺退場。

△ 大海龜叔叔往右舞臺退場。

△ 靛靛龜、妞妞龜、左左、右右龜，從左舞臺進場。

△ 大海龜爸媽也從左舞臺進場。

妞妞龜： 爸媽，您們去哪裡？靛靛一直在哭。

靛靛龜： 才沒有，我好害怕，找過來找過去，您們都不在。您
們去哪裡了？

大海龜媽媽： 來，不要怕，你們過來。今天我們找到叔叔了，
牠在離這裡不遠的保安宮，改天我們一起去看牠。

妞妞龜： 真的嗎？

大海龜媽媽： 嗯！我們要好好守護赤崁樓，讓叔叔有空時，也能
來走走看看。來，左左、右右，我們找到妳們的爸爸了。

左左、右右龜： 真的嗎？爸爸，在哪裡？

大海龜媽媽： 當然是真的（臺語）。妳們的爸爸，在離這裡不
遠的保安宮，改天帶妳們去看牠。

左左龜： 爸爸，平安嗎？身體健康嗎？

右右龜： 爸爸，腳傷好了嗎？牠還記得我們嗎？

△ 左左、右右龜著急地問爸爸的狀況，臉上也露出喜極而泣的
笑容。

大海龜媽媽： 別著急，爸爸很好，也很健康。

左左龜： 好久沒看到爸爸了，好想念牠。

右右龜： 我也是。

△ 大海龜爸媽、靛靛、妞妞、左左、右右龜，往中下舞臺走。

大海龜爸爸： 孩子們，都過來。我來說個故事給你們聽，在很
久以前有10隻大海龜要游到臺灣，經過千辛萬苦，歷
經各種挑戰。其中有一隻不幸落海，就是左左、右右的
爸爸，也是孩子-你們的叔叔。後來保安宮的人們把牠

救起，又醫治牠，把牠取名叫白蓮聖母，專門幫人治病……。叔叔守護著保安宮；我們要守護著赤崁樓。

△ 大海龜爸爸聲音越來越小聲。

△ 大海龜爸媽、靛靛、妞妞、左左、右右龜，在中下舞臺定格。

△ 在黃昏時「赤崁夕照」，照在9隻大海龜身上，它們安靜守護著美麗的赤崁樓。

△ 清朝林爽文事件之後，9隻海龜游至大南門城邊，之後安居在赤崁樓；另1隻則留在保安宮，繼續治病救人。有贔屭一家守護的赤崁樓是那麼地美麗溫馨。

＊ 燈漸暗

劇終

創作緣起

【編劇介紹】

　　陳昭蓉，臺灣臺南人，現任國小教師，任教藝術與人文-音樂、表演藝術及臺語。帶過合唱團、兒歌童謠比賽。從96年，創辦崇明國小兒童劇團，迄今已9年，參加市級、全國比賽都有優秀的成績。喜歡音樂、舞蹈及表演，在帶兒歌、童謠比賽時常加入說白節奏及唸謠，會讓歌曲表演更有趣味性。這次劇本寫作也嘗試加入說白節奏、唸謠，希望能讓劇本更活潑有趣；舞蹈在戲劇開頭的呈現，也是本劇本的特色，能一開始就有歌舞劇熱鬧的感覺。

【發想】

　　赤崁樓、西門路、武廟、大天后宮，是我從小生活的空間。身為臺南市的女兒，是那麼地喜歡這一片土地。大學雖然離鄉背井，到外地讀書，但常思念著家鄉，這是另一種鄉愁。能把赤崁樓與贔屭的故事寫成劇本，介紹給大家，心中充滿了歡喜之心。小時候曾聽過的故事，經過歲月輾轉，物換星移，9隻贔屭還是一樣守護著赤崁樓。為了故事專程到赤崁樓、保安宮做田野調查，參考史料。從故事到劇本，對白不斷地思索，終於完成。在今年5月中，簡易版的劇本（10分鐘），更幸運入

選環保劇本比賽及演出。二、三週之內，劇團學生加速練習，才能呈現在舞臺上，歡喜之情更讓我體會到創作的美好。感謝中山國中黃玠源老師鼎力相助，除了製作Q版海龜，還幫忙劇本的修改、潤筆，尤其龍之9子由來典故，給我很多寶貴的意見；第二場更幫我編寫部份劇本。

赤崁樓與贔屭的故事，希望能經由劇本－讀劇、表演，把故事流傳下來，這是我創作的本意。這幾年觀光客大增，晚上也開放參觀，有唱歌、樂器演奏等，增添赤崁樓更多熱鬧風采。希望藉由這個劇本，大家更喜歡臺南及赤崁樓，要常常來玩唷。

【參加故事劇場的動機與啟發】

一知道晞如老師有開「故事劇場」的課程，毫不猶豫就報名參加。利用星期六上課，雖然有點累，但對戲劇的熱愛及衝動，常讓我樂在其中，忘了時間。原本在學校就有訓練兒童劇團，經常練習、表演、比賽，能有機會再進修充電，重溫當學生的滋味，覺得快樂又幸福。自己實際參與活動及遊戲後，會不斷反思在給予學生活動時，他們可能會有什麼感受，獲得什麼。角色的互換及學習，希望在教學時能更精進、活潑，「故事劇場」真是一門有趣又豐收的課程。10年前晞如老師出了一本「兒童劇本－中國篇」；10年後，共同研習有興趣的同學又合寫了「兒童劇本－臺灣篇」，這是一種巧合，也是緣份，希望提升大家在戲劇表演課程的功力。

【歌譜】

逃離住海龍宮

作曲：陳芳桂
作詞：陳眠著

4/4 5 11 - | 5 2̲1̲7̲ | 12 | 32 13 | 2 - - - |
　　海龍宮　蝦蟹　多唉唉　龍蝦類一童

5 11 - | 5 2̲1̲7̲ | 12 | 31 2 7 | 1 - - - |
　　海龍王　狠狠　瘓馬賊　特軍故捶痛

5 11 - | 5 2̲1̲7̲ | 12 | 32 13 | 2 - - - |
　　海龍宮　民心　亂屢屢　家家奔逃

5 11 - | 5 2̲1̲7̲ | 1 - | 5̲4̲3̲4̲3̲2̲ | 1 - - - |
　　屢屢家　白連命　前往台灣自白得

5 55 0 | 5·4 3·2 1 | 5 55 0 | 5·4 3·2 1 - |
　逃逃逃　逃離海龍宮　逃逃逃　逃走逃海龍宮

5·5 6·7 0 | 5·5 555 67 | i - - - ‖
尋找新天地　宜居　快樂的新天地

努力啊！前進！

4/4 3 - - 4 3 4 | 5 i - i | 1·3 2 1 | 7 - - - |
努　力啊 努力　啊 越過黑水溝

3 - - 4 3 4 | 5 i i 6 | 5·7 6 #4 | 5 - - - |
前　進啊 前進　啊 台灣在前方

3 - - 4 3 4 | 5 3 i 6 4 | 3 - 2·1 | 1 - - - |
我　們不怕困難 我們　不 怕 挑 戰

4 - 6 - | 5 - 3 - | 4 6 5̲3̲ 2̲2̲1̲ | 55 i - ‖
努　力　前　進　邁向新的天地 台灣島

【遺跡現址】

圖一　圖片說明：臺南市赤崁樓9隻贔屭
　　　拍攝時間：2015.2.12
　　　拍攝者：陳昭蓉

圖二　圖片說明：臺南市保安宮
　　　拍攝時間：2015.4.10
　　　拍攝者：陳昭蓉

【學生畫作】

圖三　繪者：臺南是崇明國小四年十三班 姬湘閔
　　　畫作題目：保臺鎮宮龍贔屭

圖四　繪者：臺南市崇明國小四年十三班 洪芷璘
　　　畫作題目：保臺鎮宮龍贔屭

【讀劇照片】

圖五　拍攝者：陳昭蓉
　　　拍攝日期：2015.6.8
　　　拍攝地點：崇明國小直笛教室
　　　人物由左到右：黃昱嘉、康鈞皓、陳鈺仔、謝子
　　　柔、林思嘉、林和蓉、許恬恩、王俊智

圖六　拍攝者：陳昭蓉
　　　拍攝日期：2015.6.8
　　　拍攝地點：崇明國小直笛教室
　　　人物由左到右：黃昱嘉、康鈞皓、陳鈺仔、林思嘉

【作者簡介】

陳昭蓉

臺南人，現任國小教師，任教藝術與人文-音樂、表演藝術及臺語。喜歡音樂、舞蹈及表演，帶過合唱團、兒歌童謠比賽。創辦崇明國小兒童劇團，參加市級、全國比賽都有優秀的成績。

愛說謊的阿七

劇本大綱

主題曲：白賊七仔（臺語）

「七仔白賊好心事，實話毋捌[1]講半句，歕雞胿[2]兼膨風龜[3]，一生胡說攏免本。

七仔本是狀元才，靈通家己[4]生出來，騙人一擺過一擺，信用盡失難消災。」[5]

【演出長度】60分鐘

【演出形式】舞臺劇（真人演出或偶戲演出皆可）

【建議年齡】5～12歲

【劇本大綱】

本劇改編自臺灣民間「白賊七仔」故事。阿七擅長天花亂墜的說謊伎倆，鄉人閒來無事還會要他「說個謊來聽聽」，最終受騙又受氣，自找苦吃。

特別是隔壁鄰居杜員外「吃人夠夠」的作為，讓阿七屢次針對他行騙。先是無需柴火自能煮食的寶鍋，使杜員外上了

---

[1] 毋捌（m̄ bat 又唸作m̄ pat），不曾。本文譯註音義來源：教育部臺灣閩南語常用詞辭典（http://twblg.dict.edu.tw/holodict_new/index.html）

[2] 歕雞胿（pûn-ke-kui/pûn-kue-kui），吹牛。

[3] 膨風龜（phòng-hong-ku），愛吹牛的人。

[4] 家己（ka-kī 又唸作ka-tī），自己。

[5] 改編自臺灣歌仔冊《白賊七歌》（新竹市：竹林書局，1987）。

鉤。隨後因寶鍋無法煮食，杜員外大大出醜，生起氣來，將阿七綁在樹上鞭打懲罰。鄉人懾於員外淫威，無人救援。恰好一個外地來的駝子路過，阿七乘機以花言巧語，欺騙路過的駝子而獲救。得救之後，阿七再度賣弄他的伎倆，誆騙杜員外家裡失了火，杜夫人命喪火窟。杜員外信以為真，狂奔回家才發現又被阿七給騙了。

失火事件之後，阿七失去了所有人的信任。某日晚間，一隻小老鼠打翻了阿七桌上的油燈，一時火勢迅速延燒。阿七大叫救命，鄉人卻以為阿七又在說謊，無人相救，就這樣命喪大火之下。

愛說謊的阿七死去之後，面對閻王的審判，是否依舊說謊掩飾罪行？一再說謊的行徑行背後，是否另有隱情？對於阿七一生的犯行，閻王究竟如何處置？上刀山？下油鍋？還是有更可怕的酷刑？讓我們繼續看下去……

【人物表】

- ✓ 阿七　九歲，粗布長衣，聰明機智
- ✓ 杜員外　中年人，華服，貪婪
- ✓ 杜夫人　中年女人，華服，大嗓門
- ✓ 豬肉榮　中年，粗布短衣，大嗓門，老實
- ✓ 菜販　中年，粗布短衣，老實
- ✓ 家丁　中年，衣飾潔淨，冷酷
- ✓ 賓客二人　中年，華服
- ✓ 駝子　老年，粗布短衣，老實的莊稼漢
- ✓ 老鼠　Q版可愛造型
- ✓ 牛頭　Q版可愛造型
- ✓ 馬面　Q版可愛造型
- ✓ 閻羅王　面惡心善

劇本

第一場　說個謊來聽聽

△ 場景：舞臺右後一道磚牆，可拆式木門，為杜員外家。相對位置的左後設一道籬笆，荊門，茅草屋頂，為阿七的家。杜員外家設置一桌四椅，阿七家內設置一桌一椅。前舞臺擺設市集攤位，有肉攤，菜攤……等。左前舞臺有一顆大樹。

＊ 人物：阿七（九歲）、豬肉榮（中年）、菜販（中年）、家丁（中年）

＊ 熱鬧音樂進

豬肉榮：來喔，來喔！要買新鮮豬肉，找我豬肉榮就對了。

菜販：來喔，來喔！買青菜送蘿蔔，買一送一，只有這一攤。

豬肉榮：來喔，來喔！買豬肉送豬腸，買心肝送香腸啦。

△ 阿七由左前舞臺進，經過攤商。

豬肉榮：喲，阿七。

△ 阿七不應，繼續往前。

豬肉榮：（拉住阿七）嘿，阿七，你不是很會說謊嗎？說個謊來聽聽吧！

阿七：別鬧了，今天有正事要辦。

豬肉榮、菜販：什麼正事？

阿七：今天我叔叔六十大壽，席開六十桌，要替他張羅食材呢！

豬肉榮、菜販：（眼睛一亮）席開六十桌。

豬肉榮：哎喲，我們都那麼熟了，何必跟我們客氣呢？開個金

口，生鮮的豬仔要幾頭有幾頭。

菜販：是啊是啊！我當然也是義氣相挺，需要什麼樣的蔬菜，告訴我一聲，要多少有多少。

阿七：哎呀，我叔叔是什麼人家，需要的是上等的貨色。

豬肉榮：嘿！我的貨色當然是上等的。

菜販：我也是。

阿七：口說無憑。我叔叔最愛吃豬腳了，先用最上等的陶鍋，燉好最軟Q的豬腳來給我試試吧！（準備離開）

菜販：那我呢？

阿七：（不耐煩的樣子）隨便一兩樣菜，丟在最上等的陶鍋，也是可以。（離開）

豬肉榮、菜販：是，是，是。趕緊準備去。

＊熱鬧喜樂音樂進

△豬肉榮、菜販收拾攤位，由左舞臺出，再由左舞臺進，一人捧著一個陶鍋。敲門，進阿七家。阿七一一嘗過。

＊音樂漸小

阿七：好，果然是上等貨色。六十條豬腳、六十顆高麗菜，馬上幫我送到對門叔叔家去。

＊音樂漸大

△豬肉榮、菜販連連稱謝，回頭準備了一車豬腳、一車高麗菜送至杜員外家。

＊音樂漸小

豬肉榮、菜販：（敲門）六十條豬腳、六十顆高麗菜到了。（頓了一下）敬祝杜員外福如東海、壽比南山。

＊音樂收

家丁：（開門，冷漠的樣子）誰跟你說今天是我們家老爺生

日？今日只需要一條豬腳，一顆高麗菜。（拿了一條豬腳、一顆高麗菜，兌了銀兩，關門。）

豬肉榮、菜販：（二人攤軟在地）啊！我們被阿七騙了。

菜販：都是你，誰教你要他「說個謊來聽聽」？

豬肉榮、菜販：自作自受。

＊幕下

第二場　神奇寶鍋

＊場景：同前，除去市集攤位

＊人物：阿七、杜員外（中年）、員外夫人（中年）、賓客二人（中年）、豬肉榮、菜販、駝子（老年）

杜員外：（由右舞臺進）（杜員外之歌，臺語）「鄉里呵咾[6]我大善人，無論厝裡是欠啥物[7]，框金[8]包銀嘛攢[9]乎你。抑不過[10]，受人恩情就愛知恩報，金銀財寶是毋通[11]無，農地抑是[12]厝地我嘛無棄嫌[13]，攏總[14]提[15]來乎我沓沓仔[16]

---

[6]　呵咾（o-ló），讚美。

[7]　啥物（siánn-mih），什麼（事物）。

[8]　框金（khòng kim），鑲金。（此則辭典無對應音譯）

[9]　攢（tshuân），準備。

[10]　抑不過（iáu-m-koh　又唸作iah-m-kò、ah-m-kò、á-m-kò、iá-m-kò），不過；但是。

[11]　毋通（m-thang），不可以。

[12]　抑是（iah-sī　又唸作iah-sī、ah-sī、ah-sī），或者；或是。

[13]　棄嫌（khì-hiâm），嫌棄。

[14]　攏總（lóng-tsóng），全部。

[15]　提（theh　又唸作eh），拿取。

[16]　沓沓仔（tauh-tauh-á），慢慢地。

配[17]，吃人夠夠就是我杜員外。」這阿七的父親生前病了一場，找大夫、開藥、抓藥的費用多得數不清；後來過逝了，喪葬費用又是一筆。阿七才幾歲大孩子？所有事項都是我一手包辦，花了我不少銀子。雖然用他們家的農地當抵押，我還是覺得不太夠。如果連這棟草屋底下的地都歸我，也還差不多。畢竟我是他的大恩人嘛，非親非故的卻幫了這麼多的忙，光是叔叔長、叔叔短叫得親切有什麼用，實質的回饋才是最大心的啊！嘿嘿，已經連續好幾天都沒見他屋頂上有炊煙了，讓我看看阿七是不是快餓死了，有沒有打算向我求助，好讓我有機會拿他們家這破房子和僅剩的這塊地來當抵押。（敲阿七家門）阿七，開門啊！叔叔來看你了。

阿七：（開門）叔叔，請進。

杜員外：好幾天沒見你屋頂上有炊煙了，怎麼？該不會已經沒東西吃了吧？不要跟我客氣，叔叔我隨時給可以給你援助的。

阿七：叔叔，別擔心，屋子前後還可以種一些地瓜、青菜，沒有問題的。

杜員外：奇怪了，地瓜、青菜不需要升火煮熟嗎？怎麼好幾天沒瞧見你屋頂上有炊煙？

阿七：叔叔，不瞞您說，我們家傳的寶鍋，不用升火就能煮飯菜。

杜員外：（掀起鍋蓋）這麼神奇，該不會是騙我的吧？

阿七：叔叔，不信的話，可以試試看啊！

杜員外：我拿豬腳來試試，豬腳最不容易燉熟了。（回家拿了

---
[17] 配（phuè/phè），以食物佐膳。

（豬腳，把豬腳放進鍋裡）

阿七：叔叔，要寶鍋把東西煮熟，當然得誠心誠意地持咒念經。請閉上眼睛，左手捏右耳，右手捏左耳，舌尖舔鼻頭，頭部左右搖晃。

杜員外：（閉上眼睛，左手捏右耳，右手捏左耳，舌尖舔鼻頭，頭部左右搖晃。）

阿七：請和我一起念咒語：鴨爸鴨爸杜（臺語，怪腔怪調）

杜員外：鴨爸鴨爸杜（臺語，怪腔怪調）

阿七：阿公阿孃杜（臺語，怪腔怪調）

杜員外：阿公阿孃杜（臺語，怪腔怪調）

阿七：鴨爸阿叔杜（臺語，怪腔怪調）

杜員外：鴨爸阿叔杜（臺語，怪腔怪調）

阿七：騙天騙地杜（臺語，怪腔怪調）（偷偷將桌下陶鍋和桌上陶鍋對調）

杜員外：騙天騙地杜（臺語，怪腔怪調）

阿七：吃人夠夠杜（臺語，怪腔怪調）

杜員外：吃人夠夠杜（臺語，怪腔怪調）

阿七：僥倖失德杜（臺語，怪腔怪調）

杜員外：僥倖失德杜（臺語，怪腔怪調）

阿七：好了。

杜員外：（張開眼睛，打開鍋蓋，拿起筷子一試，眼睛一亮，非常滿意）豬腳箍[18]滾爛爛[19]（臺語）。（從懷裡拿出一錠銀子）太好了，阿七，你這鍋子讓給我，不用找錢了。（把鍋子帶走）

---

[18] 豬腳箍（ti-kha-khoo/tu-kha-khoo），指切成一塊一塊的豬腳。

[19] 爛（nuā），食物烹煮至熟軟。

阿七：這是我爹留給我的傳家之寶，你不可以帶走。（阻止員外）

杜員外：（推開阿七，搶走鍋子，走回家去）

＊燈暗

△ 杜員外家的桌椅往前臺挪動。杜員外立於主位，杜夫人立於身旁，賓客二人立於桌子兩側，豬肉榮、菜販立於門外看熱鬧。

＊鞭炮聲響起，燈亮

眾賓客：恭祝杜員外福如東海，壽比南山。

杜員外：感謝各位大駕光臨我杜某人壽筵。今天的菜餚很不一樣，一定讓各位不虛此行。請看桌上這個鍋子，這是我們杜家的傳家寶鍋，不用升火，就可以將食物煮熟。

眾賓客：真的嗎？（議論紛紛）

杜員外：（打開鍋蓋）裡頭放的是沒煮過的豬腳，待會兒咒語念完，一下子就能煮得透爛。

眾賓客：（議論紛紛）

杜員外：請各位閉上眼睛，左手捏右耳，右手捏左耳，舌尖舔鼻頭，頭部左右晃動。

眾賓客：（閉上眼睛，左手捏右耳，右手捏左耳，舌尖舔鼻頭，頭部左右晃動。）

杜員外：和我一起念咒語：鴨爸鴨爸杜（臺語，怪腔怪調）

眾賓客：鴨爸鴨爸杜（臺語，怪腔怪調）

杜員外：阿公阿嬤杜（臺語，怪腔怪調）

眾賓客：阿公阿嬤杜（臺語，怪腔怪調）

杜員外：鴨爸阿叔杜（臺語，怪腔怪調）

眾賓客：鴨爸阿叔杜（臺語，怪腔怪調）

杜員外：騙天騙地杜（臺語，怪腔怪調）

眾賓客：騙天騙地杜（臺語，怪腔怪調）

杜員外：吃人夠夠杜（臺語，怪腔怪調）

眾賓客：吃人夠夠杜（臺語，怪腔怪調）

杜員外：僥倖失德杜（臺語，怪腔怪調）

眾賓客：僥倖失德杜（臺語，怪腔怪調）

杜員外：煮好了。（打開鍋蓋）啊！還是生的。

賓客：「壓霸[20]阿叔，騙天騙地，吃人夠夠，僥倖[21]失德。」

　　　（臺語）杜員外，你一定是乎白賊七仔騙去啊啦！

豬肉榮、菜販：那不是我們送給阿七的鍋子嗎？還傳家之寶咧！

豬肉榮：一定是因為杜員外欺負阿七，才會被阿七戲弄。（眾
　　　　人大笑）

杜員外：（脹紅了臉）可惡，來人啊，把阿七抓起來打。

＊燈暗

△杜員外家的桌椅往後挪動，歸回原位。

△阿七被綁在樹上。

＊雞鳴，燈微亮，打在阿七身上

阿七：（逐漸甦醒）哎喲，好痛啊！叔叔太狠心了，打得我好
　　　痛。綁在這裡一整夜了，沒人敢救我，又酸又痛，又渴
　　　又餓。

駝子：（背著包袱，右舞臺進，看見阿七，停下腳步）小兄
　　　弟，請問觀音亭往這兒走對嗎？

阿七：對啊，您第一次來上香啊？

駝子：是啊，幸好遇到你，可以問路。小兄弟，你為什麼被綁
　　　在樹上啊？做了什麼事被處罰啊？

阿七：我才不是被處罰呢！我是在治病。

---

[20] 壓霸（ah-pà），霸道、不講理的。

[21] 僥倖（hiau-hīng），行事不義，有負於人。

駝子：治什麼病？

阿七：駝背啊！我出生的時候就彎腰駝背，腰桿打不直。後來我叔叔想了一個辦法，每天夜裡把我綁在樹上。久而久之，我的背就不駝了。

駝子：真的？我可以試試嗎？

阿七：不行不行，這是我的樹，不能讓給你。

駝子：那我這包袱裡的東西都給你，你讓我試一下好嗎？

阿七：嗯，好吧！但只能一下下哦！

△駝子幫阿七解套，阿七把駝子綁在樹上，拿了包袱，離開。

＊雞鳴，燈全亮

△豬肉榮、菜販提擔出來擺攤。

豬肉榮、菜販：怎麼樹上綁著個駝子？一定是被阿七給騙了。

　　　　（放下擔子，幫忙解套）

＊燈暗

第三場　失火的謊言

＊ 場景一：海邊。場景二：同第二場

＊人物：阿七、杜員外、員外夫人

＊海邊布景下，岩石置於前舞臺，杜員外坐在前舞臺岩石上垂釣

＊海潮音樂進，燈亮

杜員外：昨天被阿七氣個半死，今日一大早，出來釣魚散散心。（發呆一會兒，打瞌睡，說夢話）阿七，我不會再上你的當了，永遠不會。

阿七：（右舞臺上，拍杜員外肩膀）杜員外，杜員外，你們家失火了，快回去救火啊！

杜員外：（驚醒）什麼！（發現是阿七）又是你這臭小子，我不會再上你的當了，永遠不會。

阿七：是真的，趕快回去救火啊！整個屋子都燒起來了，嬸嬸還在裡面，再不去救她，就會被燒死了。

杜員外：臭小子，你的話還有誰會信啊？

阿七：好，你不救，我自己去救。（右舞臺出）

＊燈暗，岩石收，海邊布景拉上，現出第二場場景

＊燈漸亮

阿七：（哭聲先出，人由左舞臺奔進，仆倒，向杜員外家門爬行，拍門）阿嬸，阿嬸。

杜夫人：（開門）什麼事啊？哭成這樣？

阿七：阿嬸，慘了啦！慘了啦！

杜夫人：阿七，你在胡說什麼？

阿七：叔叔不是今早不是去海邊釣魚嗎？

杜夫人：他一大早就說想去釣魚。哎呀，好好的家裡不待，老愛往外面跑。

阿七：阿嬸，今天風浪異常地大。叔叔他……他……被海浪捲走了。

杜夫人：怎麼會遇到這種事？（抓著阿七肩膀）有沒有救回來？有沒有人去救他回來？

阿七：有啦，現場有人跳到海裡救他起來。可是（大哭）……

已經沒氣了。

杜夫人：（大哭，跌坐在地）我歹命[22]，我歹命！

阿七：阿嬸，大人教我從家裡拿一塊門板，好讓他們把叔叔的
　　　屍體扛回來。

杜夫人：（繼續大哭，勉強指著大門）

阿七：（拆下大門，扛在背上，往左舞臺出）

△ 杜夫人哭聲漸小。

＊燈漸暗

＊海邊布景下，岩石搬出，杜員外坐在岩石上垂釣

＊海潮音樂進

＊燈亮

阿七：（揹著門板由右舞臺進）叔叔，你還不回去救火。你們
　　　家燒得只剩下這片門板了。

杜員外：（回頭一看）什麼？（腿軟）你不是在講白賊？恁阿
　　　嬸呢？（臺語）

阿七：火太大了，沒救出來，恐怕已經……（臺語）

杜員外：啊（抱頭）──啊──啊！哪會按呢[23]？（臺語）（往
　　　右舞臺飛奔）

阿七：（收起哭喪臉，哈哈大笑）

＊燈暗，海邊布景拉上，岩石搬離，第二場場景

＊燈亮

杜夫人：（哭倒在門前）我歹命，我歹命！

杜員外：（左舞臺奔入，大叫）啊──啊──啊！（被杜夫人絆

---

[22] 歹命（pháinn-miā），苦命；不幸。

[23] 按呢（án-ne/án-ni），這樣。

倒，趴倒在地，兩人相認）婿某[24]耶，你沒死。（臺語）

杜夫人：老爺，你沒死。（臺語）

杜夫人、杜員外：（兩人抱頭痛哭）這個愛講白賊[25]的阿七！
（臺語）

＊燈暗

第四場　自食惡果

＊場景一：同第二場場景

＊場景二：東嶽殿[26]

＊人物：阿七，老鼠，閻羅王，牛頭，馬面（Q版可愛造型）

△阿七躺在自家地上（鋪草席）睡覺，桌上一盞燈。

＊燈微亮

△老鼠從左舞臺進，爬上桌子，踢倒油燈。火勢由桌面燃起，
開始有濃煙。

阿七：（醒來）啊──失火了，失火了！救命啊！救命啊！

杜夫人的聲音：咦，我敢若[27]聽到阿七的聲。（臺語）

杜員外的聲音：又在叫失火了，肯定是講白賊。（臺語）

杜夫人的聲音：叫佮[28]足[29]淒慘呢！（臺語）

---

[24] 婿某（suí bóo），漂亮老婆。
[25] 講白賊（kóng-peh-tshat），說謊。
[26] 閻王殿。根據黃文博：〈西方見佛祖─牽亡歌陣的口白實錄〉牽亡歌詞中，第一殿設有「玉鏡檯」（或尊鏡檯），生前為惡者來此照鏡就會「現出罪型」，為善者則由金童玉女接引天界。東嶽殿內有十殿閻羅，本場景為第一殿。
[27] 敢若（kánn-ná），好像。
[28] 佮（kah），動詞後助詞。
[29] 足（tsiok），非常。

杜員外：不要理他啦，一定是講白賊。（臺語）

豬肉榮的聲音：我好像聽見阿七在叫救命耶，遮爾[30]暗啊閣咧講白賊哦！（臺語）

菜販的聲音：阿七又閣[31]在叫失火啊，這仔時陣[32]閣要騙人。（臺語）

* 火勢漸大

△ 阿七叫救命的聲音漸弱。

* 燈漸暗

* 詭異音樂漸出

△ 牛頭馬面一左一右而上，往阿七屋裡靠近。

* 燈暗

* 閻王殿布景拉下，上有匾額「東嶽殿」下有「善惡昭彰」四字，置一桌一椅

* 燈微亮

* 詭異音樂漸收

閻羅王：（閻羅王之歌，臺語）「戰亂顯靈救災害，秦廣[33]封神閻羅殿[34]。善有功來惡有報，玉鏡臺前看現現[35]。有功有過怎參詳[36]？先過頭殿閻羅王。」[37]（拍案）

---

[30] 遮爾（tsiah-nī），這麼。

[31] 閣（koh），又、再。

[32] 時陣（sî-tsūn），時候。

[33] 蔣子文，又稱蔣王、蔣山王、東漢時廣陵郡人。傳說曾在淝水之戰顯靈救災，屢被南朝皇帝封贈。而民間則認為他後來被封為十閻羅的第一殿秦廣王。

[34] 閻羅殿（Giâm-lô-tiān），即閻王殿。

[35] 看現現（khuànn-hiān-hiān），看得清楚明白。

[36] 參詳（tsham-siông 又唸作tsham-siâng），商量。

[37] 改編自十殿閻王唱詞黃文博：〈西方見佛祖─牽亡歌陣的口白實錄〉，

眾：威武！

閻羅王：牛頭馬面，把人帶上來。

牛頭馬面：是。（帶阿七由左舞臺上）

閻羅王：來者何人？

阿七：（跪下）閻王爺，人家都叫我阿七。

閻羅王：你認不認罪啊！

阿七：我……我……。

閻羅王：你怎麼樣？

阿七：我……我……

閻羅王：哎呀，吞吞吐吐。來人啊！

牛頭馬面：是。

閻羅王：玉鏡檯！

牛頭馬面：是。（將玉鏡檯推到阿七面前）

阿七：（掙扎扭曲）我……我……大王，我太愛說謊了，失去
　　　了人與人之間最重要的信任感，喊破了喉嚨叫救命也沒
　　　人相信，最後死於大火，我罪有應得。

閻羅王：很好，願意認罪就好辦了。

阿七：但是，閻王爺，我還有話說。

閻羅王：還有什麼話說？

阿七：杜員外趁我阿爹生病的時候，和大夫串通，詐騙我藥草
　　　錢；阿爹過逝後又以辦喪事為藉口，奪去了我們家所有
　　　的農地。杜員外作惡多端，不只是我，鄉里的人都受他
　　　欺負。我會想一直騙人，也是想給他一點教訓，難道他
　　　一點責任也沒有嗎？這樣的人下場會如何？我真的很想

知道。

閻羅王：好問題。這杜員外作惡多端，現在還活得好好的；你只不過說說謊報個仇，小命嗚呼哀哉一下子就沒了。心裡是不是覺得不服氣啊？

阿七：是的。

閻羅王：阿七啊，一個人有一個人的故事。你的故事是說謊過了頭，失去了信任，害人害己。至於杜員外嘛，假裝幫助你們家老小，暗中卻佔盡便宜。你說他壞嘛，卻也在你最需要的時候伸出援手；你說他好嘛，卻又處處計較，吃人夠夠。（臺語）這麼複雜的善惡，可不是容易下定論的。你是你，他是他。你再怎麼不服氣，也跟他的結局不相干。與其一味怪罪別人，不如好好地反省自己。

阿七：（神情委頓）是。

閻羅王：牛頭馬面，送他投胎去。

牛頭馬面：是。

阿七：閻王爺！

閻羅王：還有什麼話快說，說完好投胎去。

阿七：是說我不用上刀山、下油鍋、割舌頭？

閻羅王：哈哈哈，你願意誠實地面對自己，在世又是個孝子，功過相抵，當然是往前走，重新作人啊！這回投胎重新作人，好好努力，別再說謊。凡事多反省自己，而不是怪罪別人，說不定下回來到我這裡，就有機會讓金童玉女接引至天界哦！

阿七：謝謝閻王爺！謝謝閻王爺！

閻羅王：廢話不多說，趕緊投胎去，我要下班了。（打呵欠，伸懶腰）牛頭，馬面，帶下去。

牛頭馬面：是。

阿七：謝謝閻王爺！謝謝閻王爺！

△ 閻羅王下。

＊ 音樂出

白賊七仔改頭換面歌（臺語）

「仙人打鼓有時錯，腳步踏錯誰人無？凡事[38]家己先照鏡[39]，毋通[40]牽拖[41]怪厝邊。

玉鏡臺前好郎君，誠心誠意要悔改。七仔袂[42]閣講白賊，十八年後狀元才。

△ 牛頭馬面帶阿七一起跳投胎舞、喝夢婆湯、轉三圈，下臺。

＊ 幕下，嬰兒哭聲出

劇終

---

[38] 凡事（huân-sū）。
[39] 照鏡（tsiò-kiànn），照鏡子，引申為檢討、反省。
[40] 毋通（m̄-thang）
[41] 牽拖（khan-thua），牽連怪罪。
[42] 袂（bē/buē），勿會二字之連音，表示否定。

創作緣起

【編劇介紹】

陳淑萍

任教於臺南市私立長榮高級中學高中部

就讀於國立成功大學中國文學研究所博士班

碩論研究《李漁戲曲理論與創作實踐的遊戲概念》

樂於抽象思考，實務經驗太少。

永遠競速快走，又嚮往單車的悠閒自由。

慶幸匆促和忙碌的間隙，詩與文字還得遊戲的自由。

【發想】

　　哪個孩子不說謊？哪個孩子不犯錯？白賊七仔故事反應的是說謊孩子的創意、機智、內在企圖與嚮往；亦提供機會給孩子們省思說謊背後的責任與負面效果。騁於說謊之快，卻失去了人與人之間最重要的信任。孰重孰輕？交由孩子自己去判別。

　　說謊、犯錯之後，是否有坦誠面對的勇氣，亦是一個不小的考驗。藉由戲劇的演出與觀賞，讓孩子正視、體驗日常生活說謊與坦誠，犯錯與省悟的議題，或許是一個不錯的選擇。

　　臺灣本土相關主題素材中，有古蹟源流，生態自然，但最有興趣的還是臺灣民間故事。和動物相關的主題，多已編製搬

演。人物傳記類故事裡，林投姐故事悚動人心，卻需要大量的細節創意以填補劇情空隙；邱罔舍故事逗趣，前人已有創製；白賊七仔大名鼎鼎，有廣播劇、電影的演出，卻尚未於舞臺搬演，於是目標鎖定白賊七仔故事。

白賊七仔故事有不少元素明顯能創造極好的舞臺效果，諸如揹門板、詎騙死訊、嚎啕哭叫、神奇寶鍋、東海龍宮、蝦兵蟹將等，困難處在於串場編排。如何將瑣碎零散的小故事編排成結構完整的故事，是一大挑戰。最終為了**觀眾**的理解與情節的流暢順接，捨棄了最有趣的蝦兵蟹將和龍宮情節，很是遺憾。幸好末尾還有發揮的空間，增添東嶽殿一節，讓Q版牛頭、馬面、閻羅王登場，彌補一下戲味。期待結尾的熱鬧氛圍，能延長**觀眾**的感知印象與回顧再三的興味。

【參加故事劇場的動機與啟發】

實務經驗的匱乏，使我決定在暑期空檔加選修晞如老師的課堂。晞如老師於中國傳統戲曲及西方現代戲劇兼善，有著豐富的實務經驗，是難得的貴人。課程中，除了紮實的戲劇理論基礎，還有讀劇訓練及各式各樣的戲劇小遊戲，樣樣都是我們的最愛。戲劇理論提供了創作的靈感，也提供了反省檢視的法則。讀劇訓練有效提高口語表述的順暢度，各式各樣的戲劇小遊戲則增益了劇情關鍵處及起承轉合的掌握能力。最終的成果發表，是壓力來源，也是使創作能排除萬難，大踏步往前直走的動力。是磨練，是自我挑戰，也是默默鳴響的生命鼓舞。

【參考文獻】（依時間先後順序排列）

（一）書籍

婁子匡編：《臺灣民間故事》（臺北市：東方文化供應社出版，1970年）

《白賊七歌》（新竹市：竹林書局，1987年）

洪惠冠總編輯，江肖梅編著，陳定國插畫：《臺灣民間故事》第一集（新竹市：竹市府出版：竹塹文化發行，2000年）

鹿憶鹿編著：《臺灣民間文學》（臺北市：里仁書局，2009年）

（二）期刊論文

陳勁榛：〈臺灣白賊七故事情節單元連繫模式試探〉，《華岡文科學報》第21期，民國86年3月，頁177-192。

彭衍綸：〈白賊七的趣話本事與人物心理淺論〉，《臺北文獻》直字第122期，民國86年12月，頁203-234。

彭衍綸：〈白賊七故事在臺灣的演變〉，《國立中央圖書館臺灣分館館刊》，第四卷第二期，民國86年12月31日，頁82-97。

彭衍綸：〈淺析影響白賊七的趣話情節的因素〉，《臺北文獻》直字第124期，民國87年6月，頁161-205。

彭衍綸：〈臺灣民間故事白賊七的早期流傳〉，《歷史月刊》第114期，民國87年7月5日，頁90-93。

【讀劇後訪談紀錄】

★特別感謝黃宣老師於任教的表演藝術課程安排讀劇與訪談活動

時間：104年5月27日上午10：30-11：10

地點：臺南市崇學國小

班級：六年九班

讀劇內容：《愛說謊的阿七》第一場至第三場

時間安排：讀劇20分鐘，訪談20分鐘

第一部分　聽劇後討論

問題一：你覺得阿七是一個什麼樣的人？

1. 缺點是很不乖，很愛說謊。

2. 優點是很機智，隨時能想出自圓其說的話語。但報仇有很多
　　種方式，不一定要說謊騙人，害人害己。

問題二：你覺得杜員外是一個什麼樣的人？

1. 缺點是很貪心，吃人夠夠。

2. 優點是很愛他太太，也會在急難的時候助人。

第二部分　讀劇同學心得分享

阿七：阿七很愛說謊，雖然是我負責的角色，在心理上卻無法
　　　　認同他的作法。

杜員外：杜員外貪心又奸詐，必須在聲音上用較誇張的方式去
　　　　突顯他的性格。此外，我覺得都是杜員外先欺騙阿七，
　　　　才讓阿七說謊反擊。所以罪魁禍首其實是杜員外，而不

是阿七。

杜夫人：杜夫人很容易受騙，情緒起伏也很大。看似很誇張的
性格，但現實生活中並不是沒有這樣的人存在。

第三部分　對於口白的疑問與建議

1. 國語的部分讀來很順暢，但臺語的部分，覺得很困擾——看
   不太懂，也讀不好，尤其是歌詞的部分。若有注釋或標音
   （臺語課有學過認讀音標），會解決誤讀或看不懂的問題，
   對臺語的學習也會有很大的幫助。

2. 除了臺語之外，咒語的念法最讓人感到困惑，不知道該用什
   麼方式處理，也不知道怎麼念才是對的。（附註：咒語的部
   分可以讓同學用模糊的臺語自由發揮哦！）

【學生畫作】

圖一　繪者：蘇虹熏
　　　畫作題目：神奇寶鍋

圖二　繪者：蘇虹熏
　　　畫作題目：失火的謊言

【讀劇照片】

圖三　拍攝者：陳淑萍
　　　拍攝日期：2015.5.27
　　　拍攝地點：臺南市崇學國小
　　　人物：六年九班同學

【作者簡介】

陳淑萍

任教於臺南市私立長榮高級中學高中部，就讀於國立成功大學中國文學研究所博士班。樂於抽象思考，永遠競速快走，又嚮往單車的慢速優遊。慶幸匆促和忙碌的間隙，詩與文字還保有遊戲的自在。

風之勇者

作者：賈至淨

劇本大綱

【演出長度】40~50分鐘

【演出形式】舞台劇

【建議年齡】7~12歲

【劇本大綱】

　　小風一家三口都是路跑的愛好者，這年參加金門馬拉松比賽，在路跑的途中遇到了風之勇者—風獅爺，看到很多大大小小不同樣貌的風獅爺，也知道了許多風獅爺的故事，更了解金門的文化，小風還開始「尋找風獅爺」的活動，過程中發現有風獅爺被拆除掉、被偷走或是被當作建材，就在感到惋惜的時候，得知建商與百貨公司老闆即將要在他們村裡蓋百貨公司，也要拆掉百貨商場建地上的兩尊風獅爺，村裡有些人為了經濟考量支持興建，但也有一些人為了保留傳統文化而反對，在傳統文化與現代進步的衝突之下，村民大會的討論越發激烈，到底兩者之間是否能取得平衡呢？

【人物表】（依出場序排列）

✓ 董仔　百貨公司建商，唯利是圖，為達目的不擇手段，操著
　　　　一口台灣國語

✓ 林老闆　百貨公司老闆，愛鄉念舊，有點虛榮，做生意賺錢

後想在金門蓋一棟百貨公司，穿著華麗

✓ 小風　活潑、充滿好奇心的九歲男孩，跟著父母起參加路跑

✓ 風爸　小風的爸爸，經常參加路跑活動，個性嚴謹、細心

✓ 風媽　小風的媽媽，喜歡接觸大自然，也隨著風爸參加路跑活動

✓ 村長　關心當地的人、事、物，對金門十分了解，土生土長的金門人

✓ 鄭成功　故事串場人物之一，也有去參加路跑

✓ 士兵甲　故事串場人物之一，也有去參加路跑

✓ 士兵乙　故事串場人物之一，也有去參加路跑

✓ 陳伯　經營傳統建築民宿的老兵，經常和村長下象棋，十分傳統念舊，經常話當年的英勇事蹟

✓ 斗門　風獅爺之一（大門牙配上酒窩，像是可愛的兔寶寶），善良

✓ 瓊林　風獅爺之一（手執令旗，怒目圓睜，高大威武且兇猛），有點愛現、固執

✓ 三姑　新式樓房民宿老闆娘，愛逛街，喜歡聊八卦，最常講：聽說……

✓ 六婆　愛聽八卦的村民，大嗓門，家裡賣貢糖，愛逛街

✓ 張三　賣一條根產品的商家，個性優柔寡斷，容易改變主意

✓ 李四　便利商店老闆，服務態度佳，十分熱心，個性念舊

劇本

第一場

＊機場聲音為背景，吵雜混亂，左舞台區燈漸亮

△ 小風一家人在右上舞台，建商董仔和百貨公司林老闆在左舞台
　　區談生意，兩人相談甚歡，邊走邊講，朝中下舞台區移動。

董仔：林老闆，那我們就這麼說定了（兩人握手），哈……。

林老闆：約都簽好了，那就麻煩董仔盡快完工啦。

董仔：沒問題，包在我身上，保證年底前完工，到時候「金百
　　　　貨」開幕剪綵記得找我去啊！

林老闆：這是一定的！對了，還有到時候還需要和當地村民溝
　　　　通，喬一下土地的問題，停車場的部分……。

董仔：放心，林老闆，這小事交代給我就好，您別擔心。他們
　　　　土地那麼便宜，跟他們談個價錢就搞定啦，這我最會，
　　　　放心啦！

林老闆：那就交給你，過陣子我再過去看了，合作愉快。

＊左舞台區燈暗，右舞台區燈漸亮，機場吵雜聲音漸弱

△ 兩人走下場，並和小風一家人擦身而過，小風一家人走向中舞
　　台區，小風興奮地跑出來，爸媽跟在小風後面拉著行李箱。

小風：耶！要坐飛機囉！第一次耶，好緊張喔。

風爸：小風你走慢點，看路！老婆，你快點，飛機不等人的。

風媽：好啦，我再檢查一下東西有沒有漏掉的。

小風：媽，昨晚都整理好了，放心啦。（說完東看西看）

風爸：（手機響，接電話）陳伯，我們準備上飛機了，到時候機場見。（對著風媽）民宿老闆會到機場接我們。

風媽：好久沒去金門，有十年了吧？真懷念，不知道有沒有變？

風爸：有沒有變我是不知道，但是陳伯的聲音依然熱情有活力，他還說早上要早起去幫我們路跑加油呢！

小風：（急促的）快點啦，你們再慢就要來不及了。

風爸：（看手錶）時間差不多了，準備登機啦，GO！

小風：耶！出發。

△ 說完三人快速離開舞台。

＊ 舞台燈暗，飛機起飛聲音

＊ 機長廣播，到達金門尚義機場

＊ 燈亮，陳伯家民宿（背景布幕閩南式建築），舞台中央傳統木頭桌和長凳

△ 陳伯領著小風一家三人走進來三合院的中央，小風興奮的到處看。

小風：哇！好酷喔！三合院耶，第一次住，以前都只有在書上或電視上看到。（抬頭並指著上方）爸爸媽媽你們看，好多星星耶！

風媽：是呀！（四處看）沒有甚麼變耶，陳伯。

△ 陳伯摸摸花白的頭髮笑。

陳伯：呵呵……，有啦，老囉~我頭髮都變白了，十年沒見了，嘴巴還是這麼甜。

風爸：陳伯，她是說民宿都沒什麼變。不過剛才來的路上看到一些新蓋的樓房，這裡街道的樣貌變好多。

陳伯：這幾年有外來的建商開發，加上很多人也開始蓋洋房、開民宿，金門的面貌改變很多了。

風媽：感覺店家也變多了，購物滿方便的。

陳伯：唉…這有好也有壞，以後再跟你們聊這個，先進屋吧。
　　　（推著行李箱）

小風：（幫陳伯拿行李）陳爺爺，我來搬。

△ 陳伯笑著摸摸小風的頭。

陳伯：呵，真乖呀，謝謝你。

＊ 左舞台背景布幕換成室內，舞台右側有兩張藤椅

△ 風爸風媽推著行李箱一起下場，小風和陳伯走到右舞台的椅
　　子坐下。

＊ 左舞台燈暗，右舞台燈亮

小風：陳爺爺，剛剛路上有看到很大的石獅子，那是什麼啊？

陳伯：呵，那是金門的守護神---風獅爺，可別小看它，在很久
　　　以前他就陪伴金門人度過大大小小的難關，可是我們的
　　　精神支柱呢。

小風：是喔！（驚訝）那他就像是觀世音菩薩或是土地公一樣
　　　保佑大家囉？

陳伯：（點頭）差不多，以前金門人大小事情都會拜風獅爺。

小風：（疑惑）那一開始為什麼會有風獅爺呀？

陳伯：這要從很~久很久以前說起了。鄭成功你知道吧？

小風：（點頭，拍胸）當然知道，在臺南有一間延平郡王祠是
　　　紀念鄭成功的。（驕傲貌）

陳伯：哇！小風好聰明呀。（摸小風頭）這要從鄭成功那時候
　　　說起，因為打仗來到這裡……。（遠望）

＊ 右舞台燈漸暗，左舞台背景布幕換成戰爭畫面，左舞台燈
　　漸亮。

△ 鄭成功和士兵甲、士兵乙從左舞台進，鄭成功在前，士兵甲

乙在後。

士兵甲：秉告將軍，倭國近來頻頻在海上攻擊我大明朝船隻，這該如何是好？

鄭成功：大膽倭寇！（拍桌）竟然如此囂張，叫他們踹共。

士兵甲、士兵乙：咦？（抬頭，疑惑）

鄭成功：（乾咳）我是說，叫他們出來給我說清楚，下跪、道歉。

士兵甲、士兵乙：喔。（點頭了然貌）

鄭成功：（對著士兵甲乙）各位弟兄們，這次作戰計畫看來要改變一下了。（面對觀眾）既然敵軍不上岸，那我們就來個水上突擊，要給他們點顏色瞧瞧。

△ 士兵甲乙點頭舉手附和。

士兵甲：將軍果然英明，但是水戰的話，倭國船堅砲利，我們……。

士兵乙：是阿，將軍，金門這裡沒有這麼多的船隻，且都是小艘的捕漁船，朝廷也無法提供，該怎麼辦呢？

鄭成功：山不轉路轉，路不轉人的腦袋要轉，將軍不是叫假的，沒有船我們就自己造船啊！（環顧四周）把這裡樹木都砍來造船吧。

士兵甲、士兵乙：（行禮）遵命，將軍。

＊ 左舞台燈漸暗，右舞台燈漸亮，陳伯的聲音為旁白

△ 鄭成功和士兵甲、士兵乙從舞台左側砍樹，拖著樹下舞臺。

陳伯：因為打仗砍掉很多樹，島上變得光禿禿的，原本金門風就不小，沒什麼高山可以遮蔽擋風，人們也因此過的更辛苦。

小風：那跟風獅爺有什麼關係呢？

陳伯：早期居民認為風獅爺有阻擋風邪的作用，於是（小風打斷）

小風：（舉手插話）什麼是風邪啊？

陳伯：風邪就是指風害，風災，因為風害會影響農作物收成，於是金門人開始設置風獅爺來擋風鎮煞，也就開始有了祭拜風獅爺的習俗。

小風：喔，原來如此，那為什麼要用獅子而不用別的動物啊？大象不是可以擋更多風，那——麼大隻！（雙手畫大圓）

陳伯：獅子是「百獸之王」，自古以來就被有辟邪招福的象徵，他的威猛可以用來嚇阻四面八方的邪魔妖怪，有些廟宇佛寺的門口不是都會有放石獅子嗎？

小風：對耶，常常在廟裡拜拜都會看到有石獅子。

陳伯：（看手錶）現在太晚，不然就帶你去拜一下附近風獅爺，祈求明天路跑平安順利。

第二場　路跑現場

＊ 左舞台燈亮，背景聲音為路跑現場人聲吵雜，加油聲不斷

＊ 道具：路跑起點橫條「金門國際馬拉松路跑」在左舞台

△ 舞台上有其他跑者七八位（包含張三、李四、鄭成功、士兵甲、士兵乙），小風和風爸、風媽邊慢跑從左側進場，邊講話。

小風：哇！好多人喔（東看西看）

風爸：這是金門一年一度的盛事，很多在地和外地的人都會來跑。

風媽：沒錯，這裡空氣好和風景又美，跑起來很舒服呢。

小風：要準備出發了。（作衝刺狀）

風爸：別衝太快，小風，會後繼無力的……。

△ 司儀的聲音蓋過爸的話尾，小風已經蓄勢待發，準備隨著人

群衝出去。

司儀：預備，開跑。（鳴槍）

風媽：（對小風喊）小心啊！別跌倒。

△ 舞台一群人繞著舞台一圈慢跑。

＊ 背景布幕垂下來，有跑者、房屋、樹木、田地

△ 三姑、六婆、陳伯、村長在右舞台敲鑼打鼓當加油團。

＊ 右舞台燈亮，左舞台燈暗，路跑橫條「金門國際馬拉松路
　跑」撤掉

村長：（敲鑼）加油！加油！

三姑、六婆：（拿兩隻加油棒敲）衝衝衝！

陳伯：（高舉毛巾甩）小風，加油啊！

△ 舞台路跑人群慢跑過去後，剩四人加油團，往舞台中央移
　動，三姑一臉興奮的邊搖扇子邊炫耀。

三姑：我家新蓋好的三樓（加重語氣，手比三）民宿早在半年
　　　前就被一大群的路跑觀光客給訂光光了。

六婆：對呀，自從開始流行路跑活動後，金門路跑報名人數一
　　　年比一年多耶，不光是你家民宿生意好，我家的貢糖也
　　　賣到快缺貨啦。

三姑：（邀功）我可是大力幫你做廣告呀，都跟我們的房客說
　　　你家貢糖最好吃。

六婆：呵呵（高聲笑）多謝你的大力推薦，我也有給你介紹來
　　　的客人打折扣喔。

村長：雖說是趕流行，但是這路跑能夠讓更多人踏上這片土地，
　　　認識金門的美也是一件好事呀。（轉頭問陳伯）對了，老
　　　陳，你怎麼會來？你不是最討厭一窩蜂的湊熱鬧嗎？

陳伯：沒辦法，昨晚來了一家三口，也算是有緣，十年前的小

夫妻來我這民宿住，現在帶著孩子一起來跑步，那孩子實在是得人疼，所以，就來加油打氣了。（笑）

村長：（點頭）喔，原來如此。

三姑：（猛搧扇子）有點熱了，要不去前面的便利商店吹個冷氣？

六婆：走吧，走吧。

＊右舞台為便利商店場景

＊音效：叮咚

△ 李四穿著便利商店的制服正蹲下來整理商品，聽到叮咚聲，立刻起身轉頭笑臉迎人。

李四：歡迎光臨，現在有特價商品喔，很高興為您服務。

＊音樂下：

【第一首歌　歡迎光臨】

李四：歡迎客人的到臨，謝謝你們的光顧
　　　我們能夠有工作，因為觀光的原故

三姑：在這資訊發達的時代，口耳相傳太落伍
　　　現在網路訂單接不完，民宿忙到要脫褲

六婆：其實原本生意沒很好，一切多虧了三姑
　　　讓我小孩可以放心去念書

陳伯：不管你是哪裡人，走進金門都是一家人

村長：我們不只賣商品，情感交流更重視
　　　金門最美的風景就是人

全部：再次說聲歡迎光臨（音樂結束全部九十度鞠躬）

＊音效：叮咚。燈暗

△ 所有人退下場。

＊舞台左側燈亮，場景布是田地、樹木和遠處的閩南式建築

△ 路跑人群再度進場慢跑，左舞台進入，風爸在前，風媽、小

風在後。

小風：（喘氣）好累……怎麼這麼遠阿。

風爸：（回頭）還好嗎？快跟上。（說完從右舞台離場）

風媽：誰叫你昨晚不早點睡，一直吵陳伯。

小風：我是跟陳爺爺聊天晚一點點睡而已嘛。

風媽：嗯（深呼吸，左右欣賞風景）這裡風景真好，整條路看去都是木麻黃，跑起來真舒服。

＊ 風獅爺出場時，燈光一閃一閃，風獅爺之歌前奏音樂

△ 風獅爺瓊林跑經過小風旁邊，小風嚇一跳。

小風：（大驚）甚麼東西？跑好快！（跑到風媽旁邊）媽，你剛剛有沒有看到有一個人披著紅色披風跑經過？

風媽：（摸小風額頭）兒子，你是不是跑累？哪來紅色披風？

小風：沒有嗎？難道是我看錯？（揉眼）

風媽：大概是路跑的人裝扮的，一路上不是有很多人cosplay？

△ 鄭成功和士兵甲、士兵乙跑經過由左舞台往右舞台，邊跑邊喊。

鄭成功：加油，快到了！

士兵甲、乙：一二、一二、預備起。

鄭成功：雄壯、威武。

士兵甲、乙：雄壯、威武。

風媽：你看，還有人扮演古代士兵呢，快點跟上吧。（從右舞台跑出去）

小風：怎麼覺得怪怪的，是我眼花嗎？怎麼長得好像我夢裡的鄭成功啊？

△ 風獅爺瓊林再次跑經過舞台前方。

＊ 風獅爺出場時，燈光一閃一閃，風獅爺之歌前奏音樂

小風：吼！（指著跑走的方向）真的有長得很奇怪的人剛剛跑過去。（轉頭問台下**觀眾**）你們也有看到吧？不是我看錯。

△ 風獅爺斗門跑經過小風旁邊，拍拍小風肩膀。

＊ 風獅爺出場時，燈光一閃一閃，風獅爺之歌前奏音樂

斗門：嘿，小風。（調皮的笑）

△ 小風嚇到跳起來，結結巴巴的說。

小風：媽呀！你……你怎麼知道我叫小風？你是誰？

斗門：跟我來你就知道了。

小風：（一臉狐疑）可是…我媽說不可以跟陌生人亂走。

斗門：你昨晚不是很想認識我們？

△ 風獅爺瓊林再次跑進來。

瓊林：（對斗門）你在幹嘛啊？這麼慢。（看向小風）嗨!小風。

小風：你……（發抖）你們是強匪嗎？我爸媽只有我一個小孩，我家沒有錢可以付贖金啊！（抱頭蹲下）

斗門：（對著瓊林）就說你長得太兇狠了，會嚇到小孩啦。

瓊林：我又不是故意的。（蹲下拍小風的背）小風，我們是——。

△ 小風大叫並跳起來跑走，在舞台上亂竄，三人一番追逐，最後小風被兩位風獅爺勾住手。

斗門：小風，你冷靜看清楚啦，我們像壞人嗎？

小風：（害怕）壞人臉上又不會寫「我是壞人」。

瓊林：你再看清楚，昨天你有看過我呀。

小風：（疑惑）好像有……你是扮演……風獅爺嗎？

斗門：（開心）你終於看出來了！

瓊林：我們是真的風獅爺，不是你們人類那個的什麼摳死不累。

小風：是cosplay啦。所以，這個門牙是真的？（拉扯斗門的大門牙）

斗門：啊（拍掉小風的手）沒禮貌。

瓊林：是呀，你昨晚不是很想認識我們嗎？還在夢裡說：「希望
可以看看風獅爺的真面目。」所以囉，我們就來找你了。

小風：（不可置信）哇！真是太神奇了，所以你們兩個都是風
獅爺嗎？

斗門：是呀，我是斗門的風獅爺。

瓊林：我是瓊林的風獅爺。

＊音樂下，兩位風獅爺唱並加上動作

【第二首歌　風獅爺之歌】

瓊林：風再大，我不怕

　　　雨再強，我來擋

　　　我們是　風之勇者

斗門：站在金門土地上

　　　大事小事我來扛

　　　我們是　風之勇者

△唱完兩人定格pose。

小風：（聽完拍手歡呼）哇！好厲害喔！

斗門：（害羞，搔搔頭）還好啦。

小風：（疑惑）奇怪，你們都是風獅爺，為什麼你們長得不一
樣呢？

斗門：因為人們把我們造的不同，所以就不一樣，還有很多其
他樣貌的風獅爺，走吧！帶你去看。

△小風和兩位風獅爺走到右舞台接著走到左舞台。

＊舞台上的場景布幕慢慢轉動，一一轉到不同的風獅爺

小風：請問風獅爺。

兩位風獅爺：（異口同聲）給你問。

小風：（指著瓊林的葫蘆）我跑好久，口好渴，你可以分我一點水喝嗎？

瓊林：這個喔，裡面沒有水，這裡面是種子。

小風：（崩潰）啊！我不相信，這明明就長得像水壺。

瓊林：葫蘆在我們風獅爺裡面代表人丁興旺，另外還有避邪、除病的象徵喔。

斗林：對呀，以前人們如果生病或是想要有孩子還會拿供品來祭拜我們呢。

瓊林：甚至還有百姓會做披風給我們披上。呦呼！（炫耀自己的紅披風，轉一圈）

斗林：又來了（翻白眼）愛現。

小風：生孩子也拜風獅爺？不是應該拜註生娘娘嗎？你們還真是包山包海啊！

＊舞台布幕慢慢轉動，轉到掛銅鈴的風獅爺

△小風看到掛銅鈴的風獅爺興奮的跑去指著他。

小風：這個風獅爺怎麼不是掛葫蘆而是掛銅鈴啊？

斗林：那個啊，銅鈴有警示作用，警告村民危險快來了，要小心。

小風：喔——原來如此。我上次有看過風獅爺拿球、錢幣還有拿筆，那又是代表甚麼意思呀？

瓊林：（碎念）問題還真是多。好！那我就大發慈悲告訴你，那不是球，是繡球，那代表吉祥；古代錢幣上面都會有皇帝名號，鑄有天子聖號的古錢幣也是有避邪的作用。

斗門：不過，現在通常大家會認為錢幣是招財進寶的意思。另外，拿筆的風獅爺則是祈求考試順利。

小風：真的嗎？那我要拜託讓我考試拿第一名。

瓊林：（敲小風的頭）不勞而獲，你別想。

小風：啊！好痛！（抱頭大叫）小氣鬼。

斗門：讀書是要靠自己努力，神明也幫不了你。

小風：你不是說你們有求必應，那保佑我考試第一又不是多難
　　　的事情。

△ 瓊林和斗門一起準備敲頭，小風急忙閃躲。

小風：好啦！好啦！我知道了。咦？（歪著頭，指著布幕）這是什
　　　麼啊？

瓊林：別想轉移話題，你們人類一天到晚不努力，只想著天上
　　　掉下來大餅，哪有這麼簡單的事情。

△ 小風和斗門一起蹲下來歪著頭看一個防空洞口。

瓊林：欸，我堂堂一個英明神武風獅爺在跟你講話，竟然無視
　　　於我，有沒有在聽啊？到底在看什麼這麼入迷？（也跟
　　　著歪著頭看前方）

小風：（指著防空洞口旁的一尊小風獅爺）這也是風獅爺嗎？

斗門：恩，沒錯，想不到你連隱藏版的都找出來了，不錯嘛。

小風：哈，沒有啦，只是剛好看到。不過，為什麼他會在這裡啊？

瓊林：唉（嘆氣）這尊小的風獅爺就是因為當初國共戰爭，阿
　　　兵哥為了蓋防空洞什麼東西都拿來當作建材，那時候金
　　　門什麼不多，風獅爺挺多的。

斗門：以前同伴還很多，這些年越來越少囉，上次聽說小古崗
　　　的那尊風獅爺也倒在荒草廢墟當中，下湖、沙美和后水
　　　頭的那三尊因為體積小又輕，結果居然被偷走了。

小風：真是太可惡！怎麼有人做這種事。（憤怒握拳）

瓊林：是呀，以前製造風獅爺的師傅年紀也大了，現在年輕人也
　　　不懂也不想懂這些，我們以後要何去何從啊！唉……。

斗門：（拍拍瓊林）你算幸運，又高又大，別人搬不動你，就

沒事啦。

瓊林：哪有！我的所在地附近要蓋百貨公司了，聽說建商要把那片土地上的風獅爺全部都拆除呢。

斗門、小風：什麼！真的假的?!

小風：那……那怎麼辦？

瓊林：我當然死也不走啊！因為我們是（和斗門互看點頭，擺pose）。

瓊林、斗門：風之勇者。

＊舞台燈全暗

＊音樂下，風獅爺之歌的音樂

△斗門、瓊林退場。

＊左舞台燈亮，金門路跑救護站（白布紅十字）

△小風躺在擔架上，小風爸爸和媽媽在旁邊。

風媽：小風，你醒醒啊！（拼命搖小風）

風爸：小風的媽，你這樣搖沒事也被你搖到暈了。

小風：（醒來）媽，爸，這裡是哪裡啊？

風媽：你終於醒來了，寶貝。（死命抱住小風）

△風媽抱很緊，小風努力掙扎。

風爸：我和你媽等不到你，回頭找你才發現，你跑到脫水，被送到救護站了。

小風：（左右張望）那你們還有看到其他人嗎？我是說長得像獅子的人？

風媽：（摸小風的額頭）小風，你是跑到頭昏眼花嗎？哪來長得像獅子的人啊？你別嚇我啊。

風爸：我看你還是再躺著休息好了。

小風：（困惑）難道是一場夢嗎？可是好真實啊。

＊左舞台燈暗，三人退場

第三場

＊右舞台燈亮，場景布幕為傳統閩南式建築，門口前有兩張凳
子和一張桌

△陳伯和村長在下象棋，小風在一旁觀棋。

陳伯：（用力的下棋）將軍，哈哈，這盤你輸了。

村長：（摸鬍子）老陳，這難說喔，不到最後一刻，別妄下斷
語，將軍。

陳伯：怎麼可能！（驚訝）居然……。

小風：陳爺爺，不要難過啦，我給看一樣東西讓你開心一下。

△小風拉陳爺爺看後面的布幕。

小風：你看！搭啦。（雙手打開）

陳伯：喔，你看出來啦。（開心笑）

小風：這裡居然牆壁上有一尊風獅爺呢。

村長：不錯喔！這個連很多在地的都不一定找的到，居然被你
發現。

小風：我還知道這是因為當初建屋石材不夠，所以拿這尊小的
風獅爺來填入，對吧？

村長：（走過來摸小風的頭）真聰明！你怎麼知道的啊？

陳伯：對呀，你怎麼知道這些的啊？

小風：（一臉神秘）噓，這是秘密。（竊笑）

陳伯：你這孩子就是鬼靈精。（轉頭對村長說）這孩子一直纏
著我說當年八二三砲戰和古寧頭戰役的事情，煩都快被

煩死了。（邊說邊笑）

村長：老陳，你不是最愛講這些豐功偉業，平常沒人聽你講，
剛好啊！（拍手）

小風：對嘛，陳爺爺，你再多講打仗時的故事給我聽嘛。（手
勾著陳伯的手搖）

陳伯：呵呵，好好，等我下完這局再說。（摸摸小風的頭）

小風：一言為定喔，打勾勾。

△ 村長和陳爺爺繼續下棋，小風觀棋。

＊ 右舞台燈暗（小風三人繼續在右舞台下棋與觀棋），左舞台
燈亮

△ 三姑、六婆兩人拿著菜籃邊走邊聊從左舞台進場。

三姑：欸，你有沒有聽說我們這個村即將要蓋百貨公司耶。

六婆：哇—那我們這個村要發達囉，太好了！這樣我們就不用
跑大老遠到台灣的百貨公司血拼囉。

三姑：對呀，而且距離我家民宿很近，來住的客人也可以去逛逛。

六婆：我家寶貝兒子在念金門大學，畢業後說不定可以去應徵
那裏的工作呢。

三姑：你兒子之前不是說畢業後要去臺北找工作？這樣太好
啦，這樣就有機會留在金門了。

六婆：就是啊，年輕人很多都離開這裡去外面找工作，留在島
上的大部分都是老人和小孩，現在有這個機會留下來也
是不錯。

三姑：不過……。

六婆：不過什麼？你又有聽到什麼消息？

三姑：（遲疑）我也不是很清楚啦，這是聽來玩的遊客說的。

六婆：（著急）到底是什麼啦？

三姑：他說喜歡金門的點是在於一些傳統的文化以及建築，還有留下來的歷史痕跡，那些故事才是金門不同於別處的特色，唉呦——總之，我們覺得不怎樣的防空洞和風獅爺，他們覺得很有趣就是啦。

六婆：因為這些在別處看不到呀，只有在我們金門才有，（話鋒一轉）所以，他們不喜歡金門改變成大都市囉？

三姑：只不過是蓋個百貨公司嘛，又沒啥大不了的。（聳肩）

六婆：那如果是要蓋一座像101的大樓，那影響應該滿大的吧，哪天倒下來，我們旁邊的房子都會被壓扁，太可怕了。（說完想像還嚇到自己）

三姑：呸呸呸，烏鴉嘴，（拍六婆）都還沒開始蓋你就詛咒它倒，總之，事情還不確定，也不知道是真是假。

△ 兩人邊說邊走，經過小風、陳伯、村長後方。

六婆：說真的，還是希望蓋成。

三姑：我也是，到時候我們就可以一起去逛街。

△ 三姑、六婆兩人拿著菜籃邊走邊聊從右舞台走出場。

＊ 舞台右側燈漸漸亮，左舞台燈漸暗

△ 村長和陳伯下棋，小風觀棋。

小風：剛剛我聽到三姑說這裡即將要蓋百貨大樓，村長，是真的嗎？（擔心）

村長：小風，很多事情，不能道聽塗說。（氣定神閒）

小風：可是……（遲疑一下）。

△ 小風轉身面向觀眾，往前走兩步，自言自語，村長和陳伯繼續下棋。

小風：（抓頭）我記得風獅爺好像有說到有人要拆掉他們蓋百貨大樓，沒記錯吧。

陳伯：小風，你在碎碎念什麼啊？（對著小風）

小風：（回頭）喔，沒有啦，陳爺爺，我問你喔，你會希望蓋百貨公司嗎？

陳伯：（思考）恩……不希望。

小風：為什麼？

村長：我懂老陳的想法，他怕一旦蓋了百貨公司，金門就會變了樣，不再像以前純樸的金門，是吧？（看著陳伯）

小風：變熱鬧不好嗎？

陳伯：不是不好，金門之所以有別於其他地方的特色在於這裡的傳統閩南建築和一些戰地文化的保存，這些歷史遺跡是無可取代的，我怕百貨大樓帶來的影響層面會遠超乎我們的想像。

村長：我也希望這裡經濟可以發展起來，留住年輕人，但老陳擔心的也正是我擔心的，今晚村民大會上就讓大家一起來討論，也有請到建商和百貨公司老闆一起來，可以彼此了解、溝通。

小風：（一臉興奮）哇！我也可以去看看嗎？第一次參加村民大會耶。

陳伯：可以是可以，但是要守規矩喔，不能想到什麼就打斷別人講話，要舉手發言，知道嗎？

小風：（行舉手禮）遵命，長官。

村長：（笑著指小風）呵呵，老陳，有沒有回到當年在軍中的日子啊？

陳伯：（笑）哈哈，有啊，想當年我啊—

村長：（笑著擺手）呵，夠啦，我都聽好幾百次了，你說給小風聽去。

△ 三人邊走邊談笑下舞臺。

＊ 舞台燈暗

＊ 舞台中央燈亮

△ 董仔和林老闆大搖大擺的走進來。

林老闆：（環顧四週，點頭）不錯，這裡的地理環境很好，離
　　　　鬧區也近。

董仔：對呀，到時候大樓蓋起來，嘖嘖嘖……不得了呀！

林老闆：那個興建百貨商場的說明會準備怎樣了？

董仔：差不多了，只要過去跟大家喊一下話就好了。

林老闆：土地開發沒有問題嗎？我的秘書怎麼說有遇到狀況。

董仔：喔……小問題，就剛好那片地有一尊大的風獅爺，稍微重
　　　了點，施工的時候工人搬不太動，呵呵（乾笑），小事，
　　　不用擔心。

△ 董仔手機鈴響，尷尬的接電話，往左舞台走，林老闆四處看
　 風景。

董仔：（激動）什麼?!就叫怪手直接給它搬走就好啦，我花錢請
　　　你們這些人不是聽你講廢話的，我管你用甚麼方法搬，用
　　　炸的也行，無論如何盡快把那裏夷為平地就對了。

△ 董仔講完電話轉頭對林老闆諂媚的笑。

林老闆：講完了？

董仔：小問題，一下就搞定。（乾笑）

林老闆：這間老房子我有印象，小時候我曾經有在這外面玩丟
　　　　石頭，不小心砸到屋子的玻璃，還被屋主追著跑，真懷
　　　　念啊。（遠望）

董仔：原來林老闆是金門人啊？（驚訝）

林老闆：是呀，年輕時離家打拼賺錢，現在終於可以衣錦還鄉了。

董仔：（阿諛諂媚）這樣建設家鄉，金門人一定會很感激你的，您可說是金門之光啊！

林老闆：還好啦，就稍為賺了錢，那…看的差不多了，可以回旅館。

董仔：好的，金門冬天太陽也是很毒的，走！（狗腿的幫忙擋陽光）

△ 董仔和林老闆下場。

＊ 舞台燈暗

第四場

＊ 燈亮，舞台中央掛布條「瓊林村民大會---百貨商場興建說明」

△ 董仔和林老闆在右舞台站著。村長、陳爺爺、小風、三姑、六婆、張三、李四在左舞台的椅子區，七人坐著並交頭接耳談論著。

董仔：（拿起麥克風試音，台語發音）one two one two，麥克風試驗，各位親愛的鄉親父老，兄弟姐妹，大家好，我是董仔，這次的說明大會有好消息要告訴大家。

△ 台下六人除了村長紛紛交頭接耳。

村長：你好，我是這個村的村長，請問是甚麼好消息？

董仔：村長好，恭喜你們村將要擁有全金門最一大的百貨公司。（雙手誇張的畫圓）這消息是不是很讓人興奮呢？（轉頭看其他五個人）

村長：恩……（一臉冷靜，摸鬍子）有好也有壞，凡事都一體兩面。

△ 林老闆走向前拿走麥克風，台下六人交頭接耳。

林老闆：各位親愛的鄉親，大家好，我是林老闆，你們有福
　　　　了！這裡即將要蓋百貨大樓，裡面應有盡有，大家說好
　　　　不好啊!?（最後一句用台語）

三姑、六婆：好喔！（台語）

陳伯：等等，那要蓋在哪裡？

△ 董仔翻開白板上的建築藍圖，拿出雷射筆指向建築藍圖。

董仔：喔，這就讓我來跟大家說明一下首先，我們的預定地就
　　　　是這裡，未來要蓋十二層樓，裡面會有電影院、健身
　　　　房、餐廳、shopping mall、美食街，還有摩天輪。

陳伯：（不可置信）那裏有一尊比我還要老的風獅爺，你們要
　　　　怎麼放置祂呢？

三姑：我聽說你要把那尊超大的風獅爺炸掉喔？

陳伯、小風、六婆、張三、李四：什麼？!（有些激動的站起身）

＊ 舞台燈光閃爍，氣氛有點火藥味

△ 董仔和林老闆嚇了一跳，想要安撫大家激動的情緒，三姑走
　　到中央。

三姑：那尊聽說很靈驗的，有人曾經拜完他病就全好了。

六婆：這麼神啊！（一臉驚訝）

李四：是呀，我之前有去拜託風獅爺讓我便利商店的生意興
　　　　隆，真的有效，而且這次的施工就是怎樣都搬不動那尊
　　　　風獅爺，我猜啊~一定是風獅爺顯靈了。

董仔、林老闆：是喔！（驚恐的互看）

林老闆：董仔，你沒有事先拜拜再去請風獅爺移駕嗎？（指著
　　　　董仔鼻子罵）

董仔：（低頭）我……我沒有。

張三：（舉手）我家一條根的生意也是有去拜託風獅爺保佑，

也很靈耶。

陳伯：風獅爺會保佑認真的努力生活的人，你們如果不努力怎麼會有收穫，不過，話說回來，以前風獅爺有很多尊，這幾年已經有變少的趨勢了，村長，你怎麼看？（看向村長）

村長：恩……（摸鬍子）近幾年開放觀光後，有的風獅爺比較小尊被人偷走，加上製作風獅爺的技術漸漸失傳了，所以，保留這些歷史文物給後代子孫也是很重要的，所以，要再想想。

△ 張三點了點頭，默默走到村長和陳伯後面。

張三：有道理。

六婆：我們因為戰地管制封閉這麼久，好不容易有賺錢的機會，可以留住年輕人，為什麼不蓋？難不成只能種花生和一條根嗎？

三姑：還有高粱酒。

六婆：對呀，我們支持蓋百貨大樓。（舉手吆喝）

△ 張三點了點頭，默默走到三姑六婆身旁。

張三：也是。

陳伯：所以，你們就只看到眼前，不管以後嗎？短視近利的下場是這些重要的文化遺產將來後代子孫只能在網路上查資料或看照片才能看到，可悲啊！

李四：其實，我們的傳統文化是很有特色的，別的地方是沒有的，觀光客來都很喜歡風獅爺，老房子改建的民宿，很多外地人都搶著訂房呢！

小風：（舉手）這是真的，我這是第一次住老房子，我也好喜歡陳爺爺家喔，前面的空地抬頭就可以看到很多星星，我爸

爸媽媽說要定這間民宿要很早定，不然都會被搶光光。

△ 陳伯摸摸小風的頭，一臉驕傲。

△ 張三又默默走到陳伯、李四後面。

張三：也對。

小風：（對著張三）叔叔，你一直走來走去，到底你是贊成蓋
　　　還是不蓋？

張三：恩……這個，我想想。

小風：（遮嘴對台下**觀眾**偷偷說）這就是所謂的牆頭草。

董仔：（上前一步）各位，金門島上有那麼多的風獅爺，不差
　　　這一尊吧。

陳伯：當然有差！

小風：不好意思，打個岔，根據我小小的研究，金寧鄉目前剩
　　　八尊，金城鎮五尊，金沙鎮三十九尊，金湖鎮十二尊，
　　　最後，烈嶼鄉沒有半尊。

△ 全部的人驚訝。

三姑：小風好厲害喔！連這個也知道。

小風：（不好意思）就剛好遇到兩位熱心的風獅爺告訴我——。

其他人：什麼?!（不可置信的表情）

小風：不……不是啦，就是有去調查研究一番才知道的，呼。
　　　（轉身擦汗）

村長：我也不是反對興建百貨公司，只是對於金門的歷史及文
　　　化希望可以傳承下去，我們這一代的會逐漸凋零，下一
　　　代的不能忘記自己的根啊。

林老闆：其實，我也是金門子弟，小時候想看電影和逛百貨都
　　　要等久久去台灣一次，才能做這些事情，現在蓋這個百
　　　貨大樓是想讓金門人可以享受以前不能做的事情。

陳伯：什麼！那你更要珍惜我們在地文化，要知道這些沒了可是後悔也來不及的。

三姑：但是，時代在進步，我們不能只顧著守舊，到時候這裡會越來越落後。

六婆：對呀!對呀!

村長：有沒有可能取得兩者之間的平衡呢？大家一起想想看。

△ 全部的人沉浸思考中，安靜兩秒。

小風：（彈指）啊！有了！有辦法可以蓋百貨大樓，也同時保留風獅爺，讓他們立在門口，別人是招財貓，金門是招財風獅爺，多特別呀！

△ 其他人眼睛一亮，創意發想不斷。

村長：還可以設立個風獅爺博物館，介紹各式各樣的風獅爺，好讓來百貨公司的人們，不管是在地人還是觀光客都有機會認識和了解風獅爺的由來，如何？

六婆：（拍手）順便賣紀念品或是貢糖啊之類的，這樣還可以促進經濟發展呢！

三姑：（推六婆的肩）你想的真美好啊，還當場做起生意呢。

六婆：哪有啊。（偷笑）

張三：那……可以裡面加設一個櫃當作一條根販賣部嗎？

陳伯：你們夠囉，現在討論的重點不是這些，而是百貨公司興建。

△ 三姑、六婆、張三、李四馬上安靜。

村長：林老闆，您意下如何？

林老闆：當然沒有問題啊！（摸摸小風的頭）真是兩全其美的方案，又可以促進金門的商機，但又保留文化的資產，（轉頭叫董仔）董仔。

董仔：（畢恭畢敬）是，林老闆，到時候動工我會請工人絕對

要小心移動風獅爺，不會傷到他一根寒毛。（最後一句加重語氣外加手勢比一）

小風：（拉董仔衣角）叔叔，他又沒有毛，不過要小心搬倒是真的，還有要先去跟風獅爺說不好意思要麻煩他移一下位子，之後會搬到更好的地方繼續守護大家。

董仔：沒問題，包在我身上。（用力的拍胸口，還拍到咳嗽）

陳伯：小風，你幫了很大的忙喔。我們人因為固執己見，往往無法站在對方立場想，也不願意各退一步，你可以找到中間的平衡點，真是太感謝你了。

＊音樂下

△全部人手牽手走向前（結尾大合唱）

【第三首 金門人 金門情】

村長：我們守護這一片土地

　　　先人的努力與奮鬥不要忘記

小風：我們愛著自己的家園

　　　感謝有你們的保佑不會忘記

陳伯：雖然沒有高樓大廈

　　　但這裡是我的家鄉不僅特別也是唯一

三姑：就像風箏線的一頭總是握在手裡

　　　累了家就在這裡隨時都歡迎你

六婆：就算外地人來到這裡

　　　也能讓你有家的溫暖與甜蜜

張三：時代的進步雖然重要

李四：但是傳統文化的保存

董仔、林老闆：不能等，更不能忘記

全部：我們守護這一片土地

先人的努力與奮鬥不要忘記

我們愛著自己的家園

感謝有你們的保佑不會忘記

＊ 燈暗

＊ 燈光投影兩隻風獅爺的畫面

劇終

創作緣起

【編劇介紹】

　　畢業於臺中教育大學國民教育系，目前在臺南的國小教書，曾在學校修過兒童文學，寫過寓言故事，喜歡聽故事、看故事、說故事、編故事，小學第一次聽的相聲「那一夜，誰來說相聲」還是古老的卡帶，喜愛劇場，從高中開始接觸舞台劇，經常看完舞台劇走出劇場但魂還留在故事中。大學開始認識兒童戲劇，也曾參與演出，希望透過戲劇傳達出一些正面的力量。目前擔任國小代理教師，不是體育系也不是戲劇系但卻擁有戲劇魂的健體老師，健康課有時會來個小劇場之類的，體育課則是偶爾上肢體開發，目標是將戲劇的種子灑在幼小的苗圃中，讓更多人可以感受戲劇帶給人的感動與喜悅。

【發想】

　　先前去金門兩次，分別是背包旅行及路跑活動，發現其實金門有很多好玩的地方以及有趣的故事。除了曾是打仗時重要的第一道防線，也保存了許多傳統建築及文化，這跟戰地管制有關，封閉近四十年的金門才可以保持原本的樣貌。

　　從文化保存的層面來說，我們可以看到以前的老房子、街

道，還有象徵金門的守護神的風獅爺，了解人們過去是如何在這片土地生活，這是很難得的機會，畢竟隨著社會進步發展，傳統文化很容易淹沒在現代化的社會。

從經濟發展的層面來說，當地的工作機會較少，青壯年多數離開家鄉去外地工作，和當地人聊過促進金門經濟的話題，近年來金門觀光產業推廣的不錯，有許多導覽和博物館都介紹很詳細，但隨著現代建築日益增加，還興建了百貨公司、影城和免稅商店，原本的閩南式傳統建築逐漸減少，以往濃厚的戰地文化特色隨著開放之後也變淡了，實在有點可惜。

文化保存是我去完金門之後一直放在心裡的想法，其實不只是金門，其他地方也有類似的狀況，只是藉由風獅爺帶出一些議題討論，魚與熊掌不可兼得，在傳統守舊與現代進步要取得平衡是我所追求的，也是想傳達兩者都很重要，不可偏廢。在英國劇作家David Wood的《蹺蹺板樹》也有提到兩難議題，孰輕孰重交給觀眾來評斷，而風獅爺的存廢希望藉由小風的探險帶給村民們審慎的思考並且找到傳統有其存在的價值與意義，進步的同時別忘了文化是需要保留與傳承的。

【參加故事劇場的動機與啟發】

很高興有機會能參加這個課程，當初因為對劇場有著莫名的憧憬，但苦無機會踏入，原本想說當個開心的欣賞者也很好，但其實心裡有著更多參與的欲望，於是就抓住這次機會來學習，而收穫是出乎意料的滿!滿!滿!晴如老師的上課內容豐富且多樣化，有靜態也有動態的上課方式，例如有：讀劇、肢體

開發、小組報告、製作手偶、編寫劇本、演戲、導戲…等等，甚至還主持成果發表，一路上老師的指導和同組夥伴的互相切磋討論，這些都讓我學到很多，也成長許多，這些美好的回憶真的很難忘，也十分感謝。

　　這次能夠完成這項原以為是不可能的任務，但我真的做到了！好感動，要謝謝很多人，除了上面提到的，還有在無數個圖書館、餐廳、咖啡店的日子裡多虧有怡瑄的陪伴，寫劇本真的很耗腦力和體力，最初劇本出爐就拿去給趙芸看，多虧她指引我方向，再來就是學校的同事們：珊羽老師和顥尹老師也幫我看劇本給我靈感，還有高中麻吉林大頭給我一些建議，還有我家人精神上的鼓勵我，這是我第一個創作劇本，雖不完美但希望可以帶給社會正面的影響，讓看完的人會去思考其中的意涵，也希望未來我能夠繼續努力創作劇本，因為這是一件快樂的事。

【讀劇後訪談紀錄】

讀劇者：永康國小五年級學生
　　讀劇方式：用投影機在教室投影，讓有意願的孩子選角色讀，不定期換讀劇的人，讓多人可以參與讀劇。
讀劇完後提問，以下是提問與回答，學生回答很踴躍，問題丟下去，會有很多人舉手回答，以下老師稱師，學生統稱生。
師：讀完這個劇本，印象最深的角色是誰？為什麼？
生：1.風獅爺。因為出場聲光效果很酷，還有瓊林的大披風，斗門有兔寶寶牙感覺很可愛，會有畫面，可以想像。他

們很偉大，都不怕風雨的守護金門人。

2. 小風。感覺他是很聰明的小孩，而且他好奇心很重，應該是說求知慾很旺盛，對很多事情都很有興趣，還會一直纏著陳爺爺聽他說老兵的故事。

3. 林老闆。想不到他居然是金門人，原本以為他和董仔是壞人，後來發現他是希望自己的家鄉可以夠繁榮熱鬧，不光只是顧著賺錢。

4. 李四。他很有服務熱忱，總是笑容滿面很親切。

5. 陳爺爺。是個很好的民宿老闆，對小風好好喔。

6. 三姑、六婆。很愛講八卦，但人也不壞，只是太愛錢了。

師：從這個劇本你了解到金門有哪些文化遺產？

生：1. 閩南式建築

2. 不同樣貌的風獅爺還有風獅爺的傳說故事

師：劇中，村民大會分成兩派，如果是你會支持哪一派呢？為什麼？

生：1. 支持興建。因為經濟要起來，人才能夠生活，百貨公司可以養活很多金門人，增加工作機會，也讓有些觀光客有地方去逛紀念品。有些金門人應該也想逛百貨，不然他們感覺好可憐沒有地方逛。

2. 反對興建。我覺得這些東西要好好保存，其實大量的觀光客除了帶動經濟，有時候也有可能會造成破壞，像很多觀光客去浮潛有時候會破壞珊瑚礁或是一些自然生態。

師：很好，你們都有提到劇中說的點，所以各有優缺，凡事一體兩面，但如何找到平衡點就是我們必須去思考的。

師：大家都知道很多有名的文化遺產，身為臺南人不能不知道臺南有哪些古蹟？

生：孔廟、赤崁樓、天后宮、億載金城、南門城、安平老街、新化老街……（族繁不及備載，很多小孩舉手回答）

師：你們講的都是，其實，台南也有風獅爺喔，猜猜在哪裡？

生：我知道安平有劍獅，嘴巴咬著一把劍。

師：答對了！就是安平，那裡的風獅爺小小的會放在哪裡猜猜看。

生：門口？

師：是放在屋頂上。可以做什麼用呢？

生：避邪、好看。

師：都對。那這些你們說的文化遺產如果有一天消失了或是被破壞掉了，想像一下，會是怎樣的情況？

生：很可惜，只能看圖片或是影片。

　　無法想像，太可怕了。

　　那我會告訴我的小孩說媽媽以前小時候有去過也親眼看過喔。

師：所以保護文化遺產是不能等的，有什麼方法是你們可以做到的呢？

生：1. 去參觀博物館，多多了解那些文物的歷史背景。

　　2. 看古蹟時要小心，不要隨便在上面刻字或是亂丟垃圾。

　　3. 告訴外地人，我們的文物是很珍貴的，還有推廣保護文化遺產是重要的。

　　4. 多拍照，留做紀念，趁還能看的時候多看。

　　5. 要愛護古蹟。

　　6. 去校外教學的時候要認真寫學習單。

　　7. 長大後要當導覽解說員。

　　8. 以後要去當古蹟修復師。

　　9. 將來要當考古學家，挖出更多文物和實物。

師：好的，希望這個讀劇讓你們有所收穫，下課囉。

【讀劇照片】

圖一　拍攝者：賈至淨
　　　拍攝日期：2015.6.18
　　　拍攝地點：臺南市永康國小五年九班
　　　人物由左到右：林嘉祥，王博彥，甘家毓，陳靜
　　　宜，蔡瑀羚

圖二　拍攝者：賈至淨
　　　拍攝日期：2015.6.18
　　　拍攝地點：臺南市永康國小五年九班
　　　人物由左到右：林嘉祥，王博彥，甘家毓，陳靜
　　　宜，蔡瑀羚

【作者簡介】

賈至淨

畢業於臺中教育大學國民教育系，擔任國小代理教師，修習過兒童文學，寫過寓言故事。大學開始認識兒童戲劇，曾參與演出，希望透過戲劇傳達出正面的力量，讓更多人可以感受戲劇帶給人的感動與喜悅。

特別感謝

林文寶教授

感謝人員（以下依姓氏筆畫排序）

王怡菁老師

余姍妮

吳茂成老師

李鳳君

呂季樺

林玉里

林玉婷

林珊羽老師

許永河老師

陳芳桂老師

陳玟玟

陳顥尹老師

曾儀凰老師

黃玠源老師

黃宣老師

楊珮菁老師

趙芸

顏慧心老師

工作人員名單

江敏菁

林怡瑄

新鋭藝術28　PH0185

新鋭文創
INDEPENDENT & UNIQUE

兒童戲劇：改編・實驗・
創作【台灣篇】

監　　製	陳晞如
作　　者	江敏菁、吳念栩、李宛儒、林怡瑄、林珮如、陳青佩、 陳昭蓉、陳淑萍、賈至淨
責任編輯	林千惠
圖文排版	周政緯
封面設計	蔡瑋筠

出版策劃	新鋭文創
發 行 人	宋政坤
法律顧問	毛國樑　律師
製作發行	秀威資訊科技股份有限公司 114 台北市內湖區瑞光路76巷65號1樓 電話：+886-2-2796-3638　傳真：+886-2-2796-1377 服務信箱：service@showwe.com.tw http://www.showwe.com.tw
郵政劃撥	19563868　戶名：秀威資訊科技股份有限公司
展售門市	國家書店【松江門市】 104 台北市中山區松江路209號1樓 電話：+886-2-2518-0207　傳真：+886-2-2518-0778
網路訂購	秀威網路書店：http://www.bodbooks.com.tw 國家網路書店：http://www.govbooks.com.tw

出版日期	2016年6月　BOD一版
定　　價	350元

國家圖書館出版品預行編目

兒童戲劇：改編.實驗.創作.台灣篇 / 江敏菁等作. -- 初
版. -- 臺北市：新銳文創, 2016.06
　　面；　公分
　　ISBN 978-986-5716-77-6(平裝)

859.5　　　　　　　　　　　　　　105006252

讀者回函卡

感謝您購買本書，為提升服務品質，請填妥以下資料，將讀者回函卡直接寄回或傳真本公司，收到您的寶貴意見後，我們會收藏記錄及檢討，謝謝！

如您需要了解本公司最新出版書目、購書優惠或企劃活動，歡迎您上網查詢或下載相關資料：http:// www.showwe.com.tw

您購買的書名：＿＿＿＿＿＿＿＿＿＿＿＿＿＿＿＿＿＿＿＿＿＿＿

出生日期：＿＿＿＿＿年＿＿＿＿＿月＿＿＿＿＿日

學歷：□高中 (含) 以下　　□大專　　□研究所 (含) 以上

職業：□製造業　□金融業　□資訊業　□軍警　□傳播業　□自由業
　　　□服務業　□公務員　□教職　　□學生　□家管　　□其它＿＿＿

購書地點：□網路書店　□實體書店　□書展　□郵購　□贈閱　□其他

您從何得知本書的消息？

　　□網路書店　□實體書店　□網路搜尋　□電子報　□書訊　□雜誌

　　□傳播媒體　□親友推薦　□網站推薦　□部落格　□其他＿＿＿＿＿＿

您對本書的評價：(請填代號　1.非常滿意　2.滿意　3.尚可　4.再改進)

　　封面設計＿＿＿　版面編排＿＿＿　內容＿＿＿　文／譯筆＿＿＿　價格＿＿＿

讀完書後您覺得：

　　□很有收穫　□有收穫　□收穫不多　□沒收穫

對我們的建議：＿＿＿＿＿＿＿＿＿＿＿＿＿＿＿＿＿＿＿＿＿＿＿

＿＿＿＿＿＿＿＿＿＿＿＿＿＿＿＿＿＿＿＿＿＿＿＿＿＿＿＿＿＿＿

＿＿＿＿＿＿＿＿＿＿＿＿＿＿＿＿＿＿＿＿＿＿＿＿＿＿＿＿＿＿＿

＿＿＿＿＿＿＿＿＿＿＿＿＿＿＿＿＿＿＿＿＿＿＿＿＿＿＿＿＿＿＿

11466
台北市內湖區瑞光路 76 巷 65 號 1 樓

秀威資訊科技股份有限公司　　　收

BOD 數位出版事業部

....

（請沿線對折寄回，謝謝！）

姓　　名：＿＿＿＿＿＿＿＿＿　年齡：＿＿＿＿　性別：□女　□男

郵遞區號：□□□□□

地　　址：＿＿＿＿＿＿＿＿＿＿＿＿＿＿＿＿＿＿＿＿＿

聯絡電話：(日) ＿＿＿＿＿＿＿＿＿　(夜) ＿＿＿＿＿＿＿＿＿

E-mail：＿＿＿＿＿＿＿＿＿＿＿＿＿＿＿＿＿＿＿＿＿